DAGMAR HANSEN
Völlig hin und weg

DAGMAR HANSEN

VÖLLIG HIN UND WEG

Roman

Weltbild

Besuchen Sie uns im Internet:
www.weltbild.de

Genehmigte Lizenzausgabe für
Verlagsgruppe Weltbild GmbH,
Steinerne Furt, 86167 Augsburg, 2004
Originalausgabe 2004

Redaktion: Antje Nissen
Umschlaggestaltung: ZERO Werbeagentur, München
Umschlagabbildung: FinePic, Mauritius
Satz: Ventura Publisher im Verlag
Druck und Bindung: Clausen & Bosse, Leck
Printed in Germany

ISBN 3-8289-7484-8

1

Wie jedes Jahr hatte Elfi ein Geburtstagsfrühstück mit allen Schikanen aufgefahren. Auf dem funkelnagelneuen Esstisch türmten sich Karaffen mit Orangen- und Multivitaminsaft, Milchkrüge, mehrere Platten mit Wurst, Käse und Räucherlachs, fünf verschiedene selbst gekochte Marmeladen, eine Schüssel mit Obstsalat, ein Teller mit Radieschen-, Tomaten- und Gurkenscheiben, diverse Müslis und Frühstücksflocken, Quark, Joghurt und Frischkäse. Zum Auftakt hatte das Geburtstagskind außerdem Rühreier mit Schinken serviert. Jetzt öffnete Elfi eine zweite Flasche Sekt und erzählte lachend, dass Gerd, ihr Mann, sich geweigert habe, auch nur einen Fuß in das Möbelhaus zu setzen, als es darum ging, ihr Geburtstagsgeschenk auszuwählen. »Such dir einen Tisch aus, mein Schatz, und so viele Stühle wie du willst. Nimm auch noch ein Sideboard oder auch zwei, wenn es dich glücklich macht. Ich bezahle alles. Aber in den Laden kriegst du mich nicht!«

Alle lachten, bis auf Carolin, die Lydia gegenüber saß. Was hat sie nur, dachte Lydia. Sie ist schon den ganzen Morgen so ruhig, das passt gar nicht zu ihr, sonst ist sie immer locker drauf und sprudelt über vor guter Laune. Carolin hatte fast nichts gegessen, ließ sich von Elfi jetzt aber das dritte Glas Sekt einschenken. Das wiederum war nichts Außergewöhnliches. Carolin machte kein Geheimnis daraus, dass sie Kalorien lieber in flüssiger als in fester Form zu sich nahm. Lydia angelte sich noch ein Brötchen aus dem Korb und hatte den Mund schon geöffnet, um zu fragen, ob Carolin sich nicht gut fühle heute, als diese im Konversationston verkündete: »Ach, ehe ich es vergesse: Holger vögelt übrigens seine Steuerberaterin. Gestern Abend ist er damit rausgerückt. Wahnsinnig originell, oder?«

Das Tischgespräch war schlagartig verstummt. Fünf entsetzte Augenpaare waren auf Carolin gerichtet.

»Wenn jetzt irgendjemand von euch sagt, wie Leid es ihr tut und wie schrecklich das ist, fang ich an zu schreien. Gestorben ist nämlich niemand.«

Martina räusperte sich. »Du, bei allem Verständnis, ich finde das Thema nicht besonders gelungen für ein Geburtstagsfrühstück im Freundeskreis. Von der Ausdrucksweise ganz zu schweigen.«

Carolin starrte sie an. Ihre Augenbrauen waren so weit hochgezogen, dass sie beinahe den Haaransatz berührten. »Freundeskreis? Entschuldigung, aber gleich fang ich an zu lachen. Das hier ist kein Freundeskreis, das ist ein Heile-Welt-Kaffeekränzchen. Bla-

blabla – mehr ist nicht drin. Und du hast vollkommen Recht, ich hätte meine Klappe halten sollen. Gott bewahre, dass euch ein Bissen quer im Magen liegen könnte, weil ich das Wort *vögeln* in den Mund genommen habe.«

»Ich finde es ganz schön gemein von dir, mir meinen Geburtstag so zu verhunzen«, sagte Elfi.

Carolin stand auf. Sie schwankte leicht und auf ihren Wangen zeichneten sich hektische rote Flecken ab. »Na dann, tschüss zusammen. Einen gemütlichen Vormittag wünsche ich den Damen noch. Lasst euch durch meine Probleme bloß keine grauen Haare wachsen«, rief sie und rauschte zur Tür hinaus.

Alle saßen wie erstarrt da. Lydia fuhr durch den Kopf, dass Carolin in diesem Zustand nicht hinter das Steuer gehörte. Wortlos stand sie auf und ging ihr nach. Aber sie kam zu spät. Carolins weißer Audi raste bereits rückwärts aus der Ausfahrt. Lydia winkte und gestikulierte, aber Carolin ignorierte sie. »Hoffentlich geht das gut«, sagte Lydia laut und sah dem Wagen hinterher, als er um die Ecke verschwand.

Als sie zurück ins Esszimmer kam, sagte Susanne gerade: »Heile-Welt-Kaffeekränzchen, also wirklich. Als ob wir kein offenes Ohr für die Probleme anderer hätten. Vorausgesetzt, jede von uns hält sich an ein paar grundlegende Höflichkeitsregeln. Man muss Carolin sicher einiges nachsehen heute, aber was sie gesagt hat, fand ich schon ziemlich heftig.«

Elfi seufzte. Sie war heute zweiundvierzig geworden, sah aber keinen Tag älter als zweiunddreißig aus. Blonde Locken umrahmten ein zartes Gesicht mit Stupsnase und einem herzförmigen Mund. »Mein Engelchen«, pflegte ihr Mann Lothar sie zu nennnen, und in der Tat hatte sie Ähnlichkeit mit einem Rauschgoldengel. Viel Zeit und viel Geld flossen in die Pflege dieses Engelgesichts. Lothar, der ein gutgehendes Bauunternehmen besaß, trug dies mit Fassung.

»Sie hat es sicher nicht so gemeint. Dass Holger sie betrügt, muss ein entsetzlicher Schock gewesen sein. Und dann war sie auch nicht ganz nüchtern...«, meinte Elfi seufzend.

»Ich sag es nicht gern, aber ich finde, dass sie ein bisschen zuviel trinkt«, sagte Susanne. »Nicht nur heute. Und ich frage mich, ob das nicht der Grund für Holgers, ähm, Verhalten ist. Carolin kann schon ein wenig ähm, anstrengend sein, wenn sie angeheitert ist.«

Susanne strich sich die langen, dunklen Haare, auf die sie sehr stolz war, aus dem Gesicht und nahm einen Schluck aus ihrem Sektglas.

»Ach was. Das kann nicht der Grund sein. Carolin schaut gelegentlich zu tief ins Glas und ist dann ziemlich aufgekratzt, na und? Das kann man nun wirklich nicht anstrengend nennen. Wenn Holger fremdgeht, hat das tiefgreifendere Ursachen. Die beiden sollten eine Paartherapie machen, dann kommt auch alles wieder in Ordnung. Ich rufe sie heute Nachmittag einmal an und rede mit ihr darüber«, meldete sich Martina energisch zu Wort. »Ich habe erst kürzlich für einen Artikel recherchiert und Paare interviewt, die eine Therapie hinter sich haben. Die turtelten herum wie im zweiten Ehefrühling.«

Lydia dachte bei sich, dass es auch Fälle geben musste, die therapieresistent waren, sonst gäbe es nicht so viele Scheidungen, aber sie sagte nichts, weil sie keine Lust auf eine Psycho-Diskussion hatte. Martina war Journalistin und arbeitete frei für die Lokalzeitung und verschiedene Frauenzeitschriften. Ihre Spezialität waren Beiträge wie *So bleibt die Liebe jung* oder *Wecken Sie den Sex Appeal in sich* oder *So kommunizieren Sie mit Ihrem inneren Kind*. Im »Herfeldener Boten« berichtete sie über Konzerte (... die glockenreinen Stimmen der Kinderkantorei jubelten hinauf bis unters Kirchendach ...), Heimatdichter (... das 80 Seiten starke Werk des pensionierten Oberstudienrates, das nicht nur eindringlich vom kargen Leben einfacher Menschen erzählt, sondern der heimischen Mundart ein Denkmal setzt, ist im Eigenverlag erschienen ...) und andere kulturelle Highlights der Region.

Elfi und Susanne stimmten zu, dass eine psychologische Beratung das Beste sei. Lydia schenkte sich Kaffee aus der Isolierkanne nach. Seit Ewigkeiten waren sie und Andreas mit Carolin, Elfi, Martina, Susanne und den dazugehörigen Ehemännern befreundet. Man lud sich gegenseitig zu Geburtstagen ein, fuhr miteinander in den Skiurlaub (Lydia und Andreas sonnten sich derweil allerdings lieber auf Gran Canaria), unternahm an den Wochenenden etwas zusammen. Die Paare waren alle ungefähr im gleichen Alter, alle gut situiert, glücklich verheiratet, die Kinder – so vorhanden – wohlgeraten. Ernstere Probleme als dass Martina eine Beule in ihr neues Auto gefahren oder Lydias Tochter Nina eine Fünf in Mathe geschrieben hatte, hatte es bisher nie gegeben. Jedenfalls in unserer Familie nicht, korrigierte sich Lydia. Wir sind zu beneiden und ich bin dankbar, dass es uns so gut geht. Ob bei den anderen immer alles so glatt gelaufen ist, wie es nach außen hin den Anschein hatte, kann ich nicht mit Bestimmtheit sagen. Jedenfalls hat nie jemand etwas Gegenteiliges berichtet. Sollte es ernste Probleme gegeben haben, so wurden sie im stillen Kämmerlein gelöst. Carolins »Heile-Welt-Kaffeekränzchen« klang ihr noch in den Ohren. Sie fragte sich, wem sie sich anvertrauen würde, wenn es in ihrem Leben einmal hart auf hart käme. Elfi? Lydia versuchte sich vorzustellen, wie Elfi reagieren würde. Ein mitleidiges Gesicht würde sie machen, Lydias Hand tätscheln, und sagen: »Alles kommt wieder in Ordnung, wirst schon sehen.« Beim Zuhören würde sie mit dem Fuß wippen – das war eine ihrer typischen Angewohnheiten. Allein dieses Wippen würde mich wahnsinnig machen, wenn es mir nicht gut ginge, dachte Lydia. Susanne würde sie nach ein paar Sätzen unterbrechen und umständlich von irgend jemandem in ihrem Bekannten- oder Verwandtenkreis berichten, der genau das gleiche durchgemacht hatte und seine Schwierigkeiten mittels dieser und jener Strategie spielend und in Rekordzeit in den Griff bekommen hatte. Das war nichts, was ihr persönlich weiterhelfen würde. Martina würde zwar zuhören, ohne zu unterbrechen, anschließend aber einen ihrer psychologischen Vorträge halten, die Lydia schon im Normalfall ziemlich auf die Nerven gingen. Und Carolin? Carolin würde ihr die Schulter tätscheln und sagen: »Herrje, was für ein Mist. Aber so ist das Leben. Jetzt trinken wir erstmal ein Glas Sekt, dann sieht die Welt gleich rosiger aus!«

Im Geiste ging Lydia die dazugehörigen Männer durch. Es war niemand dabei, an den sie sich in einer echten Krise hätte wenden mögen. Das ließ ganz schön tief blicken. Carolin hatte den Nagel auf den Kopf getroffen. Nette Bekannte für gute Zeiten waren eine Sache – echte Freunde eine ganz andere. Komisch, dass sie sich bisher darüber nie Gedanken gemacht hatte.

Das Gespräch am Frühstückstisch plätscherte vor sich hin. Die Stimmung war im Eimer, aber zugeben wollte es niemand. Lydia verabschiedete sich als erste, unter dem Vorwand, Kopfschmerzen zu haben.

»Ach, deshalb warst du so still«, sagte Susanne. »Ich habe mich schon gewundert.«

»Warum hast du das nicht früher gesagt, ich habe phantastische Tabletten dabei. Wirken sofort«, meinte Martina und fing an, in ihrer riesigen Tasche zu kramen.

»Lieb von dir, aber nein danke, ich nehme grundsätzlich keine Kopfschmerztabletten«, gab Lydia zurück. Was glatt gelogen war.

Begleitet von guten Besserungswünschen stieg sie in ihr Auto und fuhr zu Carolin.

Carolin und Holger wohnten in einem restaurierten Fachwerkhäuschen in der Altstadt. Holger war Orthopäde und hatte es so nur ein paar Minuten zu Fuß bis zu seiner Praxis. Lydia sah mit Erleichterung, dass Carolins Auto am Straßenrand parkte.

Carolin riss die Augen auf, als sie Lydia vor der Tür stehen sah. »Du? Was machst du denn hier?«

»Ich habe mir Sorgen um dich gemacht. Du bist davongebraust wie Michael Schumacher, allerdings warst du nicht mehr ganz nüchtern.«

»Na ja. Unkraut vergeht nicht. Willst du nicht reinkommen, wo du schon einmal hier bist?« gab Carolin liebenswürdig zurück.

Das Wohnzimmer sah aus, als sei eine Bombe explodiert. Leere Gläser und eine Weinflasche standen auf dem Couchtisch. Der hellbeige Teppichboden war gepflastert mit Modezeitschriften, zusammengeknüllten Taschentücher, CDs, Schuhen, Sofakissen und Schokoladenpapier. Carolin fegte ein paar Versandhauskataloge vom Sofa. »Setz dich doch. Ich hoffe, die Unordnung stört dich nicht, ich bin noch nicht zum Aufräumen gekommen nach dem Geständnisdrama gestern Abend.«

Lydia versicherte, dass ihr die Unordnung rein gar nichts ausmache. Unter einem der Sofas entdeckte sie einen Suppenteller und eine leere Rotweinflasche.

Carolin ließ sich in einen Sessel fallen. »Mir geht es nicht so schlecht, wie du vielleicht denkst. Ich wollte euch schocken vorhin, das war alles. Nachher werde ich Elfi anrufen und mich entschuldigen.«

»Das wäre ganz gut, glaube ich«, sagte Lydia vorsichtig.

»Das Leben kann ganz schön beschissen sein, stelle ich immer wieder fest. Trinkst du einen Pikkolo mit mir?«

Lydia lehnte ab mit dem Hinweis, dass sie noch Auto fahren müsse. Carolin grinste schwach. »Ich will dir was gestehen. Auf dem Weg hierher habe ich beinahe einen Radfahrer umgenietet. Ich habe einen Riesenschreck gekriegt. Im Leben setze ich mich nicht mehr ans Steuer, wenn ich etwas getrunken habe.«

Sie holte sich einen Pikkolo aus der Küche und brachte für Lydia ein Glas Mineralwasser mit. Dann fing sie an zu reden. Es sei nicht ungewöhnlich, dass Holger fremdgehe. Sie sei ihm noch jedes Mal auf die Schliche gekommen, er stelle sich wirklich selten dämlich an. Immer habe er hoch und heilig versprochen, nie mehr vom Pfad der Tugend abzuweichen. »Ich habe ihm tatsächlich geglaubt. Zehn Jahre lang. Ich frage dich: wie dämlich kann man sein?«

»Ich hätte es wohl auch geglaubt. Einfach, weil ich es hätte glauben wollen«, sagte Lydia und dachte: was für ein Glück, dass Andreas mir nie Anlass zur Eifersucht gegeben hat.

»Damit ist jetzt Schluss«, meinte Carolin. »Dass er sich ausgerechnet mit dieser langnasigen, plattbusigen KUH im Bett wälzt, hat mir den Rest gegeben. Ich lasse mich scheiden und ziehe nach Rom, da wohnt meine Schwester, das weißt du ja. Und ich werde endlich tun, wovon ich immer geträumt habe: Ich werde malen!«

Sie habe, erzählte sie, schon als Kind gern gemalt und gezeichnet und dann nie wieder dafür Zeit gefunden, obwohl darin ihre wahre Berufung liege. »Eine kaufmännische Ausbildung, ein paar Jahre in einem Job, der mir von Anfang an keinen

Spaß gemacht hat, dann heiraten – Kinder waren nie ein Thema für uns, darin waren wir uns einig – dann in der Praxis ein bisschen mitgearbeitet, das kann doch nicht alles gewesen sein. Ich bin erst fünfunddreißig. Das Leben hat andere Pläne mit mir, ich weiß es. Gottseidank bin ich finanziell unabhängig, meine Eltern haben mir ganz nett was vererbt, und Holger wird auch sein Teil zahlen, darauf kannst du Gift nehmen. Morgen gehe ich zum Anwalt und reiche die Scheidung ein. Und dann geht's ab nach Rom auf Wohnungssuche.«

»Du bist wirklich wild entschlossen.«

»Allerdings. Ich habe Holgers Betrügereien lange genug mitgemacht. Jetzt ist Schluss. Warum soll ich den Rest meines Lebens an einen Kerl verschwenden, der seine Pfoten nicht von anderen Frauen lassen kann?«

Das, fand Lydia, war eine gute Frage. »Weiß Holger eigentlich schon, dass du die Scheidung willst?«

Carolin grinste. »Nein. Bis jetzt nicht. Ich habe noch geschlafen, als er aus dem Haus gegangen ist. Er musste im Gästezimmer nächtigen. Das wird eine nette Überraschung für ihn werden. Gestern Abend hat er getönt, dass er auf alle Fälle mit mir zusammenbleiben will, weil ich die große Liebe seines Lebens bin. Mir war da schon klar, dass ich ein für alle Mal die Nase voll habe. Aber theoretisch hätte es ja sein können, dass ich es mir über

Nacht anders überlege. Man soll nichts überstürzen.«

Lydia, die der Meinung war, dass ein Mensch kaum überstürzter handeln konnte als Carolin, nickte nur. Es hatte ihr vorübergehend die Sprache verschlagen.

Andreas kam spät heim. Er hatte die letzten sechs Stunden in einem Meeting mit Klienten verbracht und war hungrig, müde und ziemlich mies gelaunt. Sein Gesicht heiterte sich erst auf, als Lydia ihm Tomatensuppe mit Croutons, Baguette und eine Käseplatte vorsetzte. »Dieses Abendessen ist das Beste, was mir heute passiert ist, das kannst du mir glauben, mein Schatz. Jetzt noch ein Bier, und ich bin wunschlos glücklich.«

Lydia holte ein Bier aus dem Kühlschrank und schenkte für sich auch ein Glas ein. »Nina ist schon um neun schlafen gegangen«, sagte sie. »Ich glaube, sie brütet eine Erkältung aus, sie hat andauernd geniest.«

»Armes Mäuschen. Wäre kein Wunder, wenn es sie erwischt hätte bei dem Dreckwetter in den letzten Wochen.«

Lydia nickte seufzend. Es war Mitte Januar, und es regnete seit Weihnachten fast ununterbrochen. Das nasskalte Wetter sorgte für volle Wartezimmer in den Arztpraxen. In Andreas' Steuerkanzlei war die Hälfte der Mitarbeiter krankgeschrieben;

Andreas hatte also noch mehr zu tun als sonst. Er ging morgens um sechs aus dem Haus und kam nicht vor zehn, halb elf nach Hause. In letzter Zeit hatte er auch die Wochenenden durchgearbeitet.

»Du siehst müde aus«, sagte sie zu ihm.

Er rieb sich die Stirn. »Bin ich auch. Es war ein langer Tag, aber das bin ich ja gewohnt. Das Meeting heute hat mich geschlaucht – viel Lärm und Gerede um nichts, sowas stresst mich. Und was hast du so gemacht heute? Warst du im Laden?«

»Nein, ich arbeite morgen früh.« Sie lächelte ihn an. »Morgen ist Mittwoch.«

»Ach ja, stimmt, du arbeitest ja immer mittwochs.«

»...und das seit fünf Jahren«, fügte Lydia seidenweich hinzu. Andreas hatte sich aus unerfindlichen Gründen noch nie ihre Arbeitszeiten merken können, obwohl er normalerweise über ein ausgezeichnetes Gedächtnis verfügte.

»Warum so gereizt?«, fragte Andreas und gähnte.

»Ich bin nicht gereizt. Du, Carolin will sich scheiden lassen. Was sagst du dazu?«

Andreas starrte sie mit offenem Mund an. »Ich fass es nicht. Woher weißt du das? Unglaublich. Ich hatte immer den Eindruck, sie und Holger ergänzten sich perfekt. Sie so lebhaft, immer gut drauf, er so bedächtig und ruhig.«

Lydia räusperte sich. »Stille Wasser sind tief.«

Sie berichtete, was Carolin ihr erzählt hatte. Andreas war baff. »Also, das hätte ich ihm nicht zugetraut. Im Leben nicht. Er muss wahnsinnig diskret vorgegangen sein, sowas spricht sich doch rum über die Jahre, noch dazu in einer Kleinstadt wie Herfelden. Bist du sicher, dass Carolin sich das mit dem notorischen Fremdgehen nicht aus den Fingern gesogen hat?«

Lydia schüttelte energisch den Kopf. »Sag mal, spinnst du? Warum sollte sie so etwas tun?«

Andreas rieb sich die Augen. »Keine Ahnung. Sorry, ich bin überhaupt nicht mehr aufnahmefähig, und klar denken kann ich auch nicht. Lass uns schlafen gehen und morgen weiterreden, okay?« Wie oft hatte sie das schon gehört, egal, um welches Thema es ging?

»In Ordnung«, sagte Lydia kühl und stand auf. »Gute Nacht.«

Sie marschierte aus dem Zimmer. Normalerweise hätten sie und Andreas gemeinsam den Esstisch abgeräumt und sie hätte in der Küche noch aufgeräumt. Heute nicht, dachte sie. Wenn er zum Aufräumen auch zu müde ist, soll er das Zeug eben stehen lassen, mir ist es egal.

Als sie sich im Bad bettfertig machte, dachte sie: Ich habe mich benommen wie eine Zicke. Reagiere eingeschnappt, nur weil der arme Kerl nach einem langen Arbeitstag zu müde ist, um sich mit mir zu unterhalten. Was ist nur in mich gefahren?

Barfuß und im Nachthemd tappte sie die Treppe hinunter. Die Küchentür stand offen, aber es brannte kein Licht. Sie fand Andreas im Wohnzimmer. Er saß im Sessel und schaute fern. »Bitte entschuldige. Ich habe mich benommen wie die Superzimtzicke persönlich. Ich würde jetzt gern ein prämenstruelles Syndrom als Entschuldigung anführen, aber leider habe ich keines. Es tut mir wirklich Leid.«

»Schon gut, Schätzchen. Aber lass es nicht zur Gewohnheit werden, ja?«

Sie beugte sich zu ihm herunter und küsste ihn leicht auf die Lippen.

Später, als sie nebeneinander im Bett lagen, konnte Lydia nicht einschlafen. Andreas war hinüber gewesen, kaum dass sein Kopf das Kissen berührt hatte. Sie lauschte auf seine tiefen, gleichmäßigen Atemzüge und dachte: Das mit Carolin und Holger geht mir nicht aus dem Kopf. Da denkt man, diese Ehe ist genau so glücklich wie die eigene, und dann stellt sich raus, dass der Kerl eine Affäre nach der anderen hat und dass es Carolin dabei verdammt dreckig gegangen sein muss. Kein Wunder, dass sie ab und zu zu tief ins Glas schaut.

Lydia drehte sich auf die andere Seite. Sie würde jetzt Schäfchen zählen anstatt über anderer Leute Ehe nachzudenken, sonst würde sie morgen früh nicht aus dem Bett kommen. Sie war bei Schaf

Nr. 33 angelangt, als ihr auffiel, dass sie sich über die Art und Weise ärgerte, wie Andreas ihre Entschuldigung angenommen hatte. Er hatte geklungen, als sei so ein Benehmen schon fast an der Tagesordung bei ihr, und er, der arme Märtyrer habe es unendlich schwer, ringe sich aber dazu durch, erzieherisch auf sein Frauchen einzuwirken. Ach, Unsinn, sagte sie sich sofort, das hat er absolut nicht so gemeint, reiß dich zusammen, du bist wirklich mies und ungerecht heute, es ist nicht zu fassen. Sie zählte weiter. 34,35,36…

Lydia träumte, dass Andreas und sie sich stritten, bis die Fetzen flogen. Lydia brüllte, was sie im Wachzustand sehr selten tat. Andreas brüllte zurück, was er im Wachzustand ebenfalls sehr selten tat. Es war eine hässliche Szene, wie sie in der Realität nie stattgefunden hatte. Etwas in Lydias Unterbewusstsein registrierte, dass es sich um etwas Grundlegendes, Bedeutsames ging, aber um was es sich handelte, war nicht herauszufinden. »Ich gehe!« hörte Lydia sich im Traum schließlich schreien. »Ich verlasse dich, ich lasse mich scheiden. Und bilde dir bloß nicht ein, dass ich je wieder zu dir zurückkomme!«

Sie wachte auf. Ihr Herz klopfte wie verrückt. Sie presste eine Hand auf die Brust, um ihren Herzschlag zu beruhigen. Andreas neben ihr atmete immer noch tief und gleichmäßig. Vielleicht ist Vollmond, dachte sie. Bei Vollmond ist es nicht ungewöhnlich, dass Leute verrückte Sachen träumen. Sie stand auf, ging zum Fenster und zog die Vorhänge zurück. Über dem Haus gegenüber entdeckte sie eine blasse Sichel am Himmel, von wegen Vollmond. Gähnend kroch sie wieder ins Bett. Um halb sieben würde der Wecker sie aus dem Schlaf reißen.

Als sie aufstand, war Andreas schon fort. Seine morgendliche Routine sah im Moment so aus: um fünf aufstehen, eine halbe Stunde joggen, duschen, anziehen, ab in die Kanzlei. Unterwegs kaufte er sich beim Bäcker etwas zum Frühstück.

Lydia duschte, schminkte sich und schlüpfte in enge schwarze Hosen und ein kamelhaarfarbenes Kaschmir-Twinset. Sie legte die Perlenkette um, die Andreas ihr zu Ninas Geburt geschenkt hatte und befestigte die dazu passenden Ohrstecker. Dann ging sie nach unten, um das Frühstück zu machen. Nina hatte ihr strengstens verboten, sie zu wecken. »Dass der Wecker piepst, ist schon schlimm genug. Aber eine menschliche Stimme, die guten Morgen kräht, wenn ich noch schlafe, halte ich gar nicht aus. Zumal du in aller Herrgottsfrühe immer so ätzend gut gelaunt bist.«

Also wünschte Lydia erst einen guten Morgen, wenn Nina in die Küche schlurfte, um ihre Cornflakes mit Joghurt und Obst zu essen.

»Wie geht es dir? Was macht die Erkältung?«,

fragte Lydia, als Nina am Tisch saß und missmutig ihr Frühstück betrachtete.

»Na ja. Ich habe ein bisschen Kopfweh und meine Nase läuft.« Sie zog ein Tempo aus der Tasche ihrer Jeans und schnaubte hinein.

»Willst du nicht lieber zu Hause bleiben heute?«

Nina zog eine Schnute und schüttelte den Kopf. »Nein, es geht schon.«

»Na gut, wenn du meinst«, sagte Lydia und schlug den »Herfeldener Boten« auf. Nina gehörte zu einer Spezies, die seltener war als ein weißer Rabe – ein Teenager, der gern zur Schule ging und seine Hausaufgaben erledigte, ohne zu schlampen. Ihr Zimmer hielt sie auch in Ordnung. »Ich weiß, ich bin pervers. Aber was will ich machen? Ich kann es nicht ausstehen, wenn alles verdreckt ist und sich die Schmutzwäsche auf dem Fußboden stapelt. Und ich finde es cool, gute Noten zu schreiben. Ich will nun mal Medizin studieren.«

Nina war das, was Lydias lange verstorbene Großmutter als Blaustrumpf bezeichnet hätte. Nur sah ihre Tochter nicht so aus, wie Blaustrümpfe laut Oma Schuhmacher auszusehen pflegten, nämlich mager, mausgrau, mit runder Nickelbrille und so angezogen, dass jedes männliche Wesen schreiend die Flucht ergriff.

Nina hatte sehr dichtes blondes Haar, das ihr in Wellen über die Schultern fiel und große, kornblumenblaue Augen, die von langen schwarzen

Wimpern umrahmt wurden. Ihre Augen und Haare verliehen ihrem Aussehen etwas Besonderes. Hübsch im Sinn von ›niedlich‹ war sie nicht, aber sie hatte Ausstrahlung, sogar jetzt schon mit vierzehn Jahren.

Lydia vertiefte sich in den Lokalteil. Es gab eine neue Rubrik, fiel ihr auf: *Die Sterne lügen nicht* – Das Tageshoroskop. Verantwortlich dafür war eine gewisse Madame Zodiac, geprüfte Astrologin und Lebensberaterin. Lydia grinste in sich hinein. Dass der »Herfeldener Bote« so etwas brachte, war erstaunlich, ob Madame Zodiac mit dem Verleger verwandt oder verschwägert war? Oder etwas mit ihm hatte? Doch das erschien Lydia unwahrscheinlich. Sie war ihm einmal anlässlich des alljährlich stattfindenden Silvesterballs der Stadt Herfelden vorgestellt worden und gesetzt den Fall, dass sie mit ihm zusammen auf einer einsamen Insel gestrandet wäre, käme nur die Flucht auf die nächste Kokospalme in Frage, um vor Sex mit ihm sicher zu sein. Klar, man sollte Äußerlichkeiten nicht überbewerten, aber dieser jemand war ungefähr so hoch wie breit, hatte keine Haare auf dem Kopf, dafür aber auf den Handrücken, roch durchdringend nach Tabac Original und hatte eine Vorliebe für lange, von vielen ›Ähs‹ unterbrochene Vorträge. Na ja, die Geschmäcker waren eben verschieden, sagte sie sich.

»Was ist denn so lustig?«, erkundigte sich Nina.

Sie belegte gerade eine Scheibe Vollkornbrot mit in Streifen geschnittenen Gewürzgurken. Durchdringender Essiggeruch machte sich im Esszimmer breit.

»Es gibt jetzt ein Tageshoroskop in der Zeitung, erstellt von einer gewissen Madame Zodiac.«

Nina kicherte. »Wow. Lies mal bitte vor, was bei Waage steht.«

»*Achten Sie verstärkt auf Ihre Gesundheit. Sie sind zur Zeit besonders infektanfällig. Empfehlenswert ist viel Vitamin C und eine Extraportion Obst und Gemüse. Gönnen Sie sich Ruhe.*«

Nina steckte ihr Gurkenbrot in eine Tupperdose. »Na ja. Für diese Weisheit brauche ich kein Horoskop.«

»Astrologie ist sowieso Humbug. Ich lese Horoskope, aber ich glaube nicht dran.«

Nina kleisterte extrascharfen Senf auf eine Scheibe Bauernbrot. Sie grinste. »Wenn was Gutes drinsteht, freue ich mich. Wenn es was Schlechtes ist, mache ich mir absolut keinen Kopf deshalb.«

»So halte ich es auch«, gab Lydia zurück.

Nina belegte das Senfbrot mit Käse und Kiwischeiben. Darüber klappte sie eine Schnitte Toastbrot, die sie mit Aprikosenmarmelade bestrichen hatte. Auch diese Delikatesse wanderte in die Tupperdose. Lydia war abgehärtet durch ihre langjährige Erfahrung mit Ninas exotischen Essgewohnheiten, schauderte aber trotzdem bei der Vorstellung, wie ihre Tochter in der großen Pause genüsslich in ihre Schulbrote biss. Sie vertiefte sich in ihr eigenes Horoskop. Seltsamerweise bestand es nur aus einem einzigen Satz: *Skorpion – Heute werden Sie jemandem begegnen, der Ihr Leben von Grund auf verändern wird.*

»So ein Quatsch!«, sagte Lydia und lachte.

Nina sah sie fragend an und lachte auch, nachdem ihr Lydia das Horoskop vorgelesen hatte.

»Ich sähe esss innn därrr Kristallllkugel«, deklamierte Lydia mit dramatischem Akzent. »Ain grossser, dunkelhaariger Maaaannnn wirrrrd in Ihr Läbbbbennn trätennn…«

»Lass das nicht Papa hören«, sagte Nina kichernd. »Er ist blond. Was steht eigentlich in seinem Horoskop?«

»*Krebs: Beruflich tut sich heute bei Ihnen einiges. Packen Sie den Tiger beim Schwanz, geben Sie alles. Ausruhen können Sie sich später. Die Sterne sind heute auf Ihrer Seite – mit dem richtigen Einsatz ist alles möglich.*«

Nina stand grinsend auf. »Also, das muss bei ihm seit Wochen in den Sternen stehen. Es passt jedenfalls wie geschmiert.«

Sie schnappte sich ihre Tupperdose und gab ihrer Mutter einen Kuss.

»Tschüss. Bis dann.«

»Bis dann, mein Schatz. Sei fleißig.« Sie zwinkerte Nina zu.

Nina zwinkerte zurück. »Aber immer. Du auch, Mom. Dass mir keine Klagen kommen.«

Als Nina gegangen war, räumte Lydia die Küche auf. Dann putzte sie sich nochmal die Zähne, sprühte sich Chanel Nr. 19 hinter die Ohren und fuhr sich mit nassen Fingern durch das kurz geschnittene, kastanienbraune Haar, um es in Form zu bringen. Bei dem Kastanienbraun handelte es sich um eine Tönung. Von Natur aus waren ihre Haare straßenköterblond, wie ihre Friseurin, die aus Düsseldorf stammte und kein Blatt vor den Mund nahm, gerne sagte. »Aber machen Sie sich nichts draus. Dieses mausige Zwischending zwischen blond und braun ist der dankbarste Naturton überhaupt, wenn man mit Farbe spielen will«, hatte sie gesagt, als Lydia zum ersten Mal in ihrem Salon gesessen hatte. In den darauf folgenden Jahren hatte sie ihrem Spieltrieb freien Lauf gelassen. Am besten hatte sich Lydia blondgesträhnt gefallen, aber der Kastanienton hatte auch etwas. Er brachte ihre kornblumenblauen Augen mit den langen Wimpern, die Nina von ihr geerbt hatte, besonders gut zur Geltung. Wenn jemand Lydia gefragt hätte, ob sie sich hübsch fand, hätte sie geantwortet: Nicht hübsch, nicht hässlich. Was sie über den Durchschnitt hinweg attraktiv machte, waren ihre Augen. »Deine Augen sind schöner als die von Elizabeth Taylor«, hatte ein

Lover einmal zu ihr gesagt, und Lydia wusste, dass es stimmte.

Sie schlüpfte in ihren schwarzen Lederblazer, schnappte sich ihre Handtasche und fuhr in die Stadt. Dort parkte sie ein Stück außerhalb der verkehrsberuhigten Altstadt und ging den Rest des Weges bis zum Laden zu Fuß. Die Geschenkeboutique Schnickschnack lag in der Bärengasse. Die Arbeit in dem Lädchen machte Lydia Spaß. Manche Kunden waren – wie es Marion Wegener, die Inhaberin formulierte – ein wenig schwierig. »Aber WIR – das Team von Schnickschnack – bleiben höflich und souverän«, ermahnte Marion ihre Mitarbeiterinnen immer wieder gerne. »Auch wenn eine ältere Dame uns ihre Lebensgeschichte erzählt, dabei sämtliche Regale umräumt und schließlich das Geschäft verlässt, ohne auch nur ein Duftsäckchen gekauft zu haben. Auch wenn gewisse Individuen, die im Raumschiff durch die Kinderstube gezischt sind, uns als Blitzableiter für ihre saumiese Laune benutzen. Auch wenn es Kunden gibt, die rotzfrech sind und die Worte ›bitte‹, ›danke‹ und ›guten Tag‹ nicht im Vokabular haben – WIR bleiben die Ruhe selbst.« Hier hielt Marion, die ein ziemlich hitziges Temperament hatte, kurz inne und holte tief Luft. »Auch wenn es schwer fällt.« Lydia und Biggi nickten ernst. Es fiel manchmal tatsächlich schwer, aber bis jetzt hatten sie es noch immer geschafft. Nicht ohne Opfer allerdings. Biggi hatte

Lydia erzählt, dass Marion, nachdem ein Oberekel von Kundin endlich die Ladentür von außen zugemacht hatte, davongestürmt war, kurz darauf mit einem Päckchen Zigaretten in der Hand zurückgekommen und wortlos im Innenhof des Ladens verschwunden war. Da kein Kunde in Sicht war, huschte Biggi zur Toilette und linste durch das Fenster, das auf den Hof hinausging. Marion ging mit finsterem Gesicht auf und ab und zog immer wieder heftig an ihrer Zigarette. Ihre Lippen bewegten sich und sie schnitt Grimassen, die jemanden das Fürchten lehren konnten. Sie blieb eine ganze Weile im Hof. Als sie zurückkam, war sie leicht grün im Gesicht, aber deutlich entspannter. Biggi zählte später die Kippen in der Untertasse, die Marion als Aschenbecher benutzt hatte: es waren fünf. Nicht übel für jemanden, der sich schon vor Jahren das Rauchen abgewöhnt hatte.

Der Mittwoch war im allgemeinen ein ruhiger Tag; Lydia war allein im Geschäft. Sie räumte den Ständer mit Postkarten nach draußen und machte sich daran, einen gestern gelieferten Karton mit Tischdecken und Kissenhüllen auszupacken und auszupreisen. Gegen zehn Uhr schneite eine ältere Dame herein, die ein Geburtstagsgeschenk für ihre Schwiegermutter suchte. Dankbar über Lydias freundliche Beratung zog sie kurz darauf mit einer blaugelbkarierten Tischdecke wieder ab. Lydia arrangierte Tischdecken und Kissenhüllen in einem

Regal und beschloss dann, sich einen Kaffee zu kochen. Es war mittlerweile nach elf. Außer der älteren Dame hatte sich noch kein Kunde blicken lassen, was selbst für einen Mittwoch ungewöhnlich war.

Lydia hatte gerade in der winzigen Küche nebenan die Kaffeemaschine in Gang gesetzt, als sie die Ladenglocke läuten hörte.

Die Frau, die das Geschäft betreten hatte, war ungefähr in Lydias Alter und lächelte ihr freundlich entgegen. »Guten Morgen. Sie haben so hübschen Silberschmuck im Schaufenster, ich würde mich gern ein bisschen umschauen.«

»Gerne«, sagte Lydia. »Suchen Sie etwas Bestimmtes? Ohrringe und Ringe haben wir hier.« Sie zeigte auf die Ladentheke. »Ketten und Armbänder und eine kleine Auswahl an Armbanduhren dort drüben in der Vitrine. Ich schließe Ihnen dann auf, wenn Sie sich etwas näher anschauen möchten.«

»Danke.« Wieder das Lächeln; ein sehr anziehendes Lächeln, wie Lydia fand. Während die Kundin die Auslagen in der Ladentheke betrachtete, beobachtete Lydia sie unauffällig. Irgendwie kommt sie mir bekannt vor, dachte sie. Ich weiß bloß nicht, wo ich sie hinstecken soll. Die Frau hatte schulterlange dunkle Haare und mandelförmige, braune Augen in einem schmalen Gesicht mit hohen Wangenknochen. Es war ein hübsches Gesicht, einprägsam dazu. Sie musste die Frau wohl angestarrt haben, ohne es zu merken, denn die Kundin hob plötzlich den Kopf. Einen langen Augenblick sahen sie sich beide direkt in die Augen.

Dann sagte die Dunkelhaarige: »Lydia. Lydia Stelzer, stimmt's?«

»Ja. Das heißt, der Nachname ist Wolf, ich bin schon lange verheiratet.«

»Tausend Fragezeichen stehen in deinem Gesicht. Ich will dich nicht länger auf die Folter spannen. Wir kennen uns von der Schule her, ich war zwei Klassen unter dir und du hast mir mal den Freund ausgespannt. Na ja, ausgespannt ist das falsche Wort. Er hat sich in deine wunderschönen blauen Augen verknallt und hat mit mir Schluss gemacht. Zu seinem Pech wolltest du aber gar nichts von ihm.«

Plötzlich fiel es Lydia wie Schuppen von den Augen. »Ines! Du heißt Ines! Den Nachnamen weiß ich leider nicht mehr.«

Ines lachte. »Jensen. Er stimmt noch, ich habe nie geheiratet.«

2

Plötzlich füllte sich der Laden mit Kundschaft. Lydia hatte alle Hände voll zu tun. Sie musste Preisschildchen entziffern, die Schmuckvitrine aufschließen, eine ältere Dame beraten, ob gelb karierte Kissenhüllen sich besser zu einem roten Sofa machten als blau gestreifte und dabei zwei junge Frauen im Auge behalten, die sich umschauten. Es wurde viel gestohlen und man konnte nicht vorsichtig genug sein. Ines hatte sich innerhalb kürzester Zeit für ein Paar mit Türkisen besetzte Ohrringe entschieden, die ihr sehr gut standen. Während Lydia ihr ein Kompliment machte und kassierte, dachte sie: Schade, dass plötzlich so viel los ist, ich hätte gern noch mit ihr geredet. Wir hätten im Büro nebenan einen Kaffee zusammen trinken können.

Ines steckte die Geldscheine in ihr Portemonnaie und sagte: »War nett, dich wiederzusehen nach all den Jahren. Ich wohne übrigens seit ein paar Wochen wieder in Herfelden, vielleicht können wir uns ja mal irgendwo in Ruhe unterhalten?«

Ohne nachzudenken sagte Lydia: »Hast du heute Abend Zeit? Wir könnten uns nach Ladenschluss auf ein Glas im Bären-Bistro an der Ecke treffen.«

Ines lächelte. »Ja gern! Bis dann also.«

Der Laden leerte sich. Eine Kundin zog mit fünf Kissenhüllen und einer Tischdecke von dannen, eine zweite kaufte einen teuren Silberarmreif, die anderen hatten immerhin Kleinigkeiten erstanden. Eine hervorragende Ausbeute, dachte Lydia zufrieden. Sogar einzigartig, ich kann mich nicht erinnern, je einen so guten Umsatz an einem Mittwoch gemacht zu haben. Sie ging in den Nebenraum, kochte frischen Kaffee, schenkte sich ein Glas Mineralwasser ein und packte ihr Mittagessen aus: ein mit Gurken- und Tomatenscheiben, Putensalami und Käse belegtes Baguettebrötchen, das sie sich vor der Arbeit in der Metzgerei Lahr besorgt hatte. Dann rief sie zu Hause an, um Bescheid zu sagen, dass sie sich nach der Arbeit noch mit einer Schulkameradin im Bistro treffen würde. Nina berichtete, dass sie bei ihrer Freundin Nicole zum Mittagessen eingeladen sei. Anschließend wollten sie zusammen Chemie üben. »Es gibt Milchreis mit Zucker und Zimt und Rosinen. Mit frisch geriebenem Parmesan bestreut, schmeckt das echt geil.«

Lydia wünschte guten Appetit und rief Andreas an.

»Na dann viel Spaß, Schätzchen, amüsier dich gut«, sagte er. »Bei mir wird es wieder sehr spät werden heute. Jetzt muss ich leider los, ich habe gleich einen Termin mit einem Klienten.«

Er schickte einen Kuss durch die Leitung; Lydia küsste zurück und legte auf. Dann tippte sie Carolins Nummer ein. »Ich war soeben beim Anwalt und habe die Scheidung eingereicht«, tönte es fröhlich aus dem Hörer. »Ich hätte nie gedacht, dass es mir so gut gehen könnte in dieser Situation. Ich fühle mich befreit, losgelöst im Hier und Jetzt, einfach total happy!«

»Hm. Ja. Ich verstehe«, sagte Lydia, die absolut nichts verstand. Wie konnte man sich total happy fühlen, wenn die Ehe plötzlich in Scherben lag und ein Lebensabschnitt zu Ende gegangen war? Es erschien ihr herzlos, dass Carolin nicht wenigstens einen Hauch von Bedauern und Wehmut empfand.

Holger, berichtete Carolin weiter, habe gestern Abend, als sie Tacheles geredet hatten, ziemlich dumm aus der Wäsche geguckt. »Scheidung? Aber wieso denn das? Wir lieben uns doch!« sei der Tenor gewesen.

»ICH liebe DICH definitiv nicht mehr«, hatte Carolin geantwortet. »Und ich habe keine Lust mehr auf deine ewigen Affären. Lass uns in Freundschaft auseinander gehen. Das zumindest bist du mir schuldig. Ich dumme Kuh habe all die Jahre treu und brav zu Hause gehockt, während du dich herumgetrieben hast. Schön blöd von mir, muss ich im Nachhinein sagen. Ich bin überhaupt nicht auf die *Idee* gekommen, durch fremde Betten zu turnen. Daran ist nur meine verklemmte Erziehung Schuld. Britta war schlauer, sie hat sich nie einen Deut darum geschert. Ich hätte mir ein Beispiel an ihr nehmen sollen, anstatt die Nase darüber zu rümpfen, dass sie noch nicht mal weiß, wie man das Wort ›Treue‹ buchstabiert.«

Holger schwieg eine Weile vor sich hin, dann sagte er: »Ich glaube, ich wäre durchgedreht, wenn du fremdgegangen wärst. Ich weiß, dass das unlogisch ist, weil ich selbst nicht, hm, wie soll ich sagen, monogam gelebt habe. Aber es ist die Wahrheit.«

»Red nicht herum«, gab Carolin zurück. »Dass du ein notorischer Fremdgänger bist, hast du übrigens sehr nett umschrieben. Lass uns lieber die Sache schnell und anständig über die Bühne bringen.«

›Die Sache‹. Wie kaltschnäuzig sich das anhört, dachte Lydia. Wie kann man so reden, wenn man so lange verheiratet war. Mich überläuft es beim Zuhören. Gottseidank ist es unvorstellbar, dass zwischen Andreas und mir je ein ähnlicher Dialog ablaufen könnte.

»Wir haben dann das Finanzielle und Organisatorische durchgesprochen. Wir wickeln alles über einen gemeinsamen Anwalt ab, wieso sollte man Geld zum Fenster rausschmeißen, wenn man sich einig ist.« Dann stieß Carolin einen Schrei aus, der

Lydia zusammenzucken ließ. »Oh Gott, so spät schon und ich rede und rede, dabei habe ich noch so viel zu tun!«

Sie werde jetzt packen, noch Verschiedenes erledigen, sich dann ins Auto setzen und nach Rom fahren. »Ich kann es kaum erwarten, dass du hier eintrudelst. Wir stellen Rom auf den Kopf«, hatte Britta, die seit zwanzig Jahren in Rom lebte und als Dolmetscherin und Übersetzerin arbeitete, am Telefon gesagt. »Was glaubst du, was für sexy Typen hier rumlaufen! Glutäugige, schwarzhaarige Kerle mit breiten Schultern und knackigen Hintern. Vergiss die teutonischen Warmduscher mit Glatze und Bierbauch. Wobei mir einfällt, dass Holger zwar glatzen- und bierbauchfrei ist, aber trotzdem ur-teutonisch. Man könnte ihn als Schlafmittel in der Apotheke verkaufen und ein Wahnsinnsgeschäft machen.«

Britta, fügte Carolin erklärend hinzu, habe Holger nie gemocht.

»Darauf wäre ich nicht gekommen, nach allem was du eben erzählt hast«, meinte Lydia todernst.

Carolin fing an zu kichern. »Ein Blatt vor den Mund genommen hat sie noch nie. Als ich damals verkündete, Holger sei die Liebe meines Lebens und die Hochzeit fände im Mai statt, meinte sie: So prüfe, wer sich ewig bindet, ob sich nicht doch was Besseres findet. Ich war so stinkbeleidigt, ich hätte sie am liebsten erwürgt. Wieso bist du denn sauer?

hatte sie ganz cool gefragt. Dazu gibt es absolut keinen Grund. Ich wünsche euch von Herzen alles Glück der Welt. Aber dieses Sprichwort sollte jeder Mensch beherzigen, der ein paar Gramm Verstand im Gehirnkasten hat. Das hat absolut nichts damit zu tun, dass ich Holger nicht ausstehen kann. Ich hätte das auch gesagt, wenn du eine Mischung aus Harrison Ford und Mahatma Ghandi angeschleppt hättest.«

Ghandi?, hatte Carolin damals entsetzt gefragt.

»Der ideale Mann verfügt über die inneren Werte von Ghandi, kombiniert mit dem Aussehen von Ford. In meinen Augen jedenfalls.« Britta habe ihr Leben lang beherzigt, was sie predigte, führte Carolin weiter aus. Sie suche, prüfe fröhlich weiter und habe bis jetzt nicht einmal in Erwägung gezogen, sich ewig zu binden.

Lydia räusperte sich und dachte: Was für ein Glück, dass Britta nicht meine Schwester ist. Eine Dampfwalze ist nichts gegen sie.

Carolin hatte es plötzlich eilig. »Gott, ich rede und rede, dabei habe ich noch so viel zu tun!! Du, ich muss Schluss machen. Wir bleiben natürlich in Verbindung! Ich schicke dir ein Kärtchen mit meiner Adresse, wenn ich mich niedergelassen habe. Besuch mich mal, ja? Dann genießen wir la Dolce Vita in Roma. Ciao bella!«

Klick, aufgelegt. Lydia war noch nicht mal dazu gekommen, gute Wünsche für die Zukunft oder auch nur einen Abschiedsgruß anzubringen. Sie entschloss sich, eine SMS zu schicken: *Alles Liebe und Gute für dein neues Leben, mögen alle deine Wünsche in Erfüllung gehen.*

Die Antwort kam prompt: *Danke, danke, mille grazie, lieb von dir. Nochmal ciao und arrivederci!*

Der Nachmittag schleppte sich dahin. Die Ladenglocke läutete kein einziges Mal. Kurz vor halb sechs wehte Marion herein, worüber Lydia dankbar war, denn sie langweilte sich entsetzlich. Marion trug einen feuerwehrroten Wollmantel über einem knöchellangen, schwarzen Jerseykleid und hochhackigen Stiefeletten; dazu ein rotschwarz gemustertes Seidentuch und viel Silberschmuck.

»Ich habe gleich einen Friseurtermin«, sagte sie zur Begrüßung. »Was meinst du, soll ich mir die Haare kurz schneiden lassen?« Diese Frage stellte Marion vor jedem Friseurtermin. Es war völlig egal, was man antwortete – ihre Frisur hatte sich, seit Lydia sie kannte, nie geändert. Die dichten, glatten Haare, die seit ihrem fünfunddreißigsten Lebensjahr weiß waren, reichten ihr den halben Rücken hinunter und wurden entweder geflochten oder aufgesteckt. Der Friseur durfte die Spitzen trimmen und der Mähne umfassende Pflege angedeihen lassen, das war alles.

»Wie wäre es mit einem 9-Millimeter-Stoppelschnitt?« schlug Lydia vor. Sie hatte im Lauf der Jahre schon etliche Frisuren ins Gespräch gebracht, diese Variante allerdings noch nicht.

Marion überlegte und spielte dabei mit ihrem Zopf, der so dick war wie ihr Handgelenk. »Hmmm ja….seeehr radikal. Ich glaube, so könnte ich mir gefallen. Ich muss das gleich mal im Salon durchdiskutieren. Ich sehe mich dabei in platinblond. Was meinst du dazu?«

»Das ist eine heikle Haarfarbe, aber an dir wäre sie bestimmt ein echter Hingucker«, sagte Lydia. Das Kompliment war ehrlich gemeint. Marion war mit ihren sechsundfünfzig Jahren sehr attraktiv, sie wusste genau, wie sie ihre Vorzüge am besten zur Geltung brachte. Wenn sie durch die Stadt ging, zog sie die Blicke auf sich, besonders Männerblicke. Einem Flirt war sie nicht abgeneigt, aber ihr Herz gehörte Manfred. Er war Studienrat am Johanneum-Gymnasium, wo er Mathematik und Erdkunde unterrichtete, zehn Jahre jünger als Marion und reichte ihr gerade mal bis zur Schulter, was der Liebe jedoch keinen Abbruch tat. Sie hatte sich seinetwegen scheiden lassen und es nie bereut. »Ich war nie hübsch«, hatte sie einmal zu Lydia gesagt. »Auch nicht als ich jung war. Und was die Figur betrifft – ich war groß und hatte hinten nix und vorne nix. Ein Bügelbrett war kurvig gegen mich.« Sie grinste. »Groß bin ich immer noch, dafür aber gut gepolstert.« Sie klopfte sich auf die runden Hüften. »Ich habe mich immer wohl gefühlt mit mir selbst. Ich trage keine anderen Farben als schwarz und rot. Das gilt auch für die Dessous, da bin ich absolut konsequent. Schuhe mit einer Absatzhöhe unter sieben Zentimetern existieren nicht für mich, es sei denn es zöge mich zu einem Spaziergang in Gottes freie Natur. Ohne Lippenstift, mindestens ein Pfund Silberschmuck und eine Dosis Parfum würde ich das Haus nur bei einem Erdbeben verlassen.«

Sie kramte eine Tüte Fruchtbonbons aus ihrer riesigen Tasche und hielt sie Lydia hin. Lydia nahm ein Zitronenbonbon. »Je länger ich über rattenkurz in platinblond nachdenke, umso begeisterter bin ich«, meinte Marion und steckte einen Kirschdrops in den Mund. Die Bonbontüte war ihre ständige Begleiterin, seit sie aufgehört hatte zu rauchen. »Manfred würde Augen machen, wenn ich mit so einer megascharfen Frisur nach Hause komme, hm. Ich muss das gleich im Salon durchdiskutieren. Ach, ich es vergesse, wie lief das Geschäft? Gibt es etwas Besonderes zu berichten?«

Lydia stürzte sich in den Tagesbericht. Marion unterbrach sie mitten im zweiten Satz mit dem Aufschrei: »Ich muss los!! Liebe Güte, Lydia, warum SAGST du mir nicht, dass es schon halb sechs ist! Jetzt komme ich zu spät!«

Mit diesen Worten stürmte sie davon. Die Ladentür schloss sich hinter ihr, ehe Lydia noch tschüss sagen konnte. Das war nichts Ungewöhnliches,

Marion war berüchtigt für ihre Spontanverabschiedungen.

Es war kurz vor halb sieben, als Lydia in das Bären-Bistro kam. Das Lokal war gut besucht, wie immer um diese Zeit. Viele Leute stimmten sich hier auf den Feierabend ein. Ines saß an einem kleinen Fenstertisch und war in den »Herfeldener Boten« vertieft. Plötzlich sah sie auf und lächelte, als sie Lydia entdeckte, die auf sie zusteuerte. Lydia lächelte zurück, erleichtert, dass Ines nicht sauer zu sein schien, dass sie sie hatte warten lassen.

»Tut mir Leid, dass ich so spät dran bin«, sagte Lydia und setzte sich. »Aber um fünf vor sechs kam noch eine Kundin und hat ewig gebraucht, bis sie sich zum Kauf eines Kerzenständers durchringen konnte. Ich will ja nicht meckern, sie hat an diesem absolut toten Nachmittag als einzige für Umsatz gesorgt. Aber sie hätte ruhig ein bisschen früher aufkreuzen können.«

»Das Warten hat mir nichts ausgemacht«, meinte Ines. »Ganz im Gegenteil. Ich habe es mir gemütlich gemacht. Einen Cappucino getrunken, in der Zeitung geblättert, Leute beobachtet. Das tue ich für mein Leben gern. Ich arbeite auch oft in Cafés, in der Atmosphäre kann ich mich besonders gut konzentrieren.«

»Was machst du denn beruflich?«

»Ich schreibe Drehbücher.«

»Wow«, meinte Lydia beeindruckt. »Das ist bestimmt wahnsinnig schwierig.«

Ines winkte der Bedienung zu. »Schreiben ist ein Job wie jeder andere auch.«

»Na ja«, setzte Lydia an. »Es gehört sicher Begabung dazu.«

»Talent macht beim Schreiben vielleicht zehn Prozent aus. Der Rest ist harte Arbeit und Übung. Dass die Muse einen küsst, passiert eher selten, mir jedenfalls. Vor dem Bildschirm hocken, auch wenn einem gerade nichts einfällt, am Ball bleiben, sich durchbeißen, bis man etwas zu Papier bringt, das ist der Alltag.«

»Das habe ich mir anders vorgestellt.«

Ines grinste. »Glamouröser? There's no business like show business? Hannelore Elsner und Götz George gehen bei mir ein und aus, und wenn ich nicht gerade auf der Berlinale bin, dann liege ich bei einem Dreh auf Jamaica in der Sonne? Der Regisseur kommt in regelmäßigen Abständen vorbei, serviert mir einen Drink und gratuliert mir zu meinen göttlichen Dialogen?«

Lydia musste lachen. »Na ja, dass das nicht die Realität sein kann, ist selbst mir klar. Aber ein bisschen in diese Richtung habe ich schon gedacht, ich gebe es zu.«

»Vergiss das ganz schnell. Ich verrate dir Branchengeheimnis Nummer eins: Es gibt keinen Glamour. Ein Drehbuchautor ist ein Dienstleister, der seine Auftraggeber zufrieden stellen muss. Wenn alles gut läuft, ist mein Job für mich der schönste der Welt. Wenn es nicht läuft, möchte ich den PC an die Wand klatschen und mich von der nächsten Brücke stürzen.«

»Eine Weißweinschorle bitte«, sagte Lydia zu der Bedienung, die sich mit gezücktem Notizblock neben dem Tisch aufgepflanzt hatte.

»Und ich hätte gern einen Prosecco«, bestellte Ines.

»Sehr wohl, die Damen«, sagte die Bedienung. Lydia hatte sie noch nie gesehen, sie musste neu sein. Der Grand-Hotel-Tonfall und der strenge Haarknoten passten so gar nicht in das Bären-Bistro, das überwiegend junges Personal beschäftigte. Diese Dame war um die fünfzig, und sie trug einen schwarzen Rock, eine weiße Bluse und ein gerüschtes Schürzchen. Als sie jetzt Richtung Tresen schritt, sah Lydia, dass sie sich trotz der schwarzen Gesundheitssandalen ungemein hoheitsvoll bewegte.

»Ich frage mich, von welchem Stern die Dame gefallen ist«, sagte sie zu Ines, die von einem Ohr zum anderen grinste. »Sie passt so gar nicht zum Rest der Belegschaft. Die sind alle unter dreißig und so drauf, dass sie eher in Unterwäsche herumlaufen würden als sich ein Schürzchen umzubinden.«

Ines lachte. »Das hört sich an, als wärst du Stammgast.«

»Das bin ich auch. Ich gehe öfter mit meinen Kolleginnen nach der Arbeit auf ein Glas hierher.«

Sie erzählte von Biggi und Ulla, mit denen sie sich gut verstand, und von Marion. »Der Job macht mir Spaß. Ich arbeite seit fünf Jahren im Laden. Vorher war ich zu Hause und habe mich um Nina gekümmert. Das habe ich sehr gern gemacht, wohlgemerkt; ich hatte nie ein Problem damit, ›nur‹ Hausfrau und Mutter zu sein, wie so viele Frauen heutzutage.«

Ines konnte sich absolut nicht vorstellen, dass ein denkender Mensch ein Hausfrau- und Mutterdasein genoss – wo blieb die geistige Herausforderung zwischen Staubsauger und Windeln? Sie fand, dass Lydia sich angehört hatte, als sei sie circa hundertundfünzig Jahre alt und nicht Anfang vierzig. Aber sie sagte nichts. Mochte jeder nach seiner Fasson selig werden. Die Bedienung brachte die Getränke. »Bitteschön, die Damen. Sehr zum Wohl.«

»Der Prosecco ist gut«, sagte Ines nach dem ersten Schluck.

»Die Chefin legt Wert auf Qualität. Der Wein ist hier besser als beim Wein-Huber.«

»Ach, der Wein-Huber. Den gab es schon immer, ich erinnere mich. Wenn meine Eltern ausgegangen sind – dreimal im Jahr kam das vor, am Hochzeitstag und an den Geburtstagen – dann dorthin. Ich habe gestern mal reingeschaut, weil mich die Neugier geplagt hat. Es sieht alles noch genau so aus wie früher. Aber sonst hat sich einiges getan in der Stadt, finde ich. Cityring, Fußgängerzone, neue Geschäfte, vieles wirkt total fremd. Ich war nur sehr sporadisch hier seit dem Abitur.«

»Ach, im Grunde ist alles beim Alten geblieben«, meinte Lydia. »Die Veränderungen sind rein oberflächlich. Ich lebe wirklich gern hier, aber Herfelden ist ein Nest, da beißt die Maus keinen Faden ab, und daran wird sich auch in hundert Jahren nichts geändert haben.«

»Jede Stadt wird zum Nest, wenn man nur lange genug drin hockt«, meinte Ines. »Und dann wird alles zu eng. Ich habe es nirgendwo länger als drei Jahre ausgehalten, auch nicht in sogenannten Metropolen. Nach Herfelden wollte ich nie wieder zurück, das hatte ich mir geschworen mit neunzehn, aber man soll niemals nie sagen. Hier bin ich, wie lange ich bleibe, steht allerdings in den Sternen.«

»Wieso bist du wieder hierher gezogen?«

»Meine Eltern sind im vorletzten Jahr kurz hintereinander gestorben. Ich hatte die Eigentumswohnung, in der sie gelebt haben, vermietet. Als der Mieter mir zum 30. November gekündigt hat, habe ich einen Makler mit der Neuvermietung beauftragt. Aber eines Morgens bin ich aufgewacht und habe mir gesagt: Ines, in diese Wohnung zieht vorerst niemand außer dir ein. Innerhalb von einer Woche hatte ich einen Nachmieter gefunden, meinen Krempel zusammengepackt und war auf dem Weg nach Herfelden. Frag mich bitte nicht, was mich hierher getrieben hat, ich kann es dir wirklich nicht sagen. Sentimentale Gründe sind es jedenfalls nicht. Herfelden bedeutet mir nichts, und zu meinen Eltern hatte ich ein sehr distanziertes Verhältnis. Sie haben mir übrigens nie verziehen, dass ich ihnen weder Schwiegersohn noch Enkelkinder beschert habe.«

Sie trank einen Schluck Prosecco und sah sich im Bistro um. »Ach, übrigens der Typ da am Tisch schräg gegenüber, der Blonde, der schaut dauernd zu dir herüber.«

»Ach was, das kann nicht sein«, meinte Lydia, der nichts aufgefallen war, und schaute prompt hinüber. Der Mann saß allein am Tisch und hatte eine Zeitschrift vor sich liegen. Lydias Blick begegnete seinem. Was für wahnsinnsblaue Augen – vergissmeinnichtblau. Das war ihr erster, völlig untypischer Gedanke. Sie pflegte sich normalerweise keine Gedanken über die Augenfarbe wildfremder Männer zu machen. Ihr zweiter Gedanke war: Wow, was für ein Lächeln, da könnte man glatt in die Knie gehen, wenn man für so etwas empfänglich wäre, was ich nicht bin, da ich glücklich verheiratet bin. Es war allerdings nicht verboten, zurückzulächeln, auch wenn man glücklich verheiratet war – also lächelte sie zurück.

»Schnuckelig ist der«, sagte Ines, die auch hinüber geschaut hatte. »Ich würde ihn nicht von meiner Bettkante schubsen.«

Lydia wurde rot und wandte den Blick ab.

Du lieber Himmel, da ist aber jemand brav, dachte Ines amüsiert. Ich wette, sie ist eine treue Ehefrau. Ich habe gedacht, die sind zusammen mit den Dinosauriern ausgestorben. Ob der Gatte von demselben Kaliber ist? Kaum zu glauben. Wenn ich fünf Euro bekäme für jeden Ehemann, der mir an die Wäsche wollte oder in meinem Bett gelandet ist, käme ganz schön etwas zusammen.

»Wie lange bist du schon verheiratet?«

»Sechzehn Jahre«, gab Lydia zurück. »Andreas stammt aus Guldenstedt, kennengelernt haben wir uns aber an der Uni. Das war schon witzig, da haben wir gerade mal zehn Kilometer auseinander gewohnt, aber begegnet sind wir uns in Heidelberg. Er studierte BWL, ich Biologie. Wir haben dann geheiratet, so wie ich mein Diplom in der Tasche hatte.«

»Ich habe mein Herz in Heidelberg verloren«, summte Ines.

Lydia lachte. »Genau. Und dort sind wir auch erst mal geblieben. Ich habe mich nach einer Stelle umgesehen, aber das konnte man vergessen. Niemand stellt eine Biologin ein, die nicht promoviert hat. Und um die Promotion durchzuziehen, haben mir ehrlich gesagt Lust und Energie gefehlt. Und na ja«, sie lachte, »wir waren kaum ein paar Monate verheiratet, da war auch schon unsere Tochter Nina unterwegs. Als sie fünf war, bekam Andreas die Chance, sich in Herfelden als Steuerberater niederzulassen; er übernahm die Kanzlei eines alten Freundes der Familie. Aber wir reden nur von mir, dabei gibt es im Grunde nicht viel zu erzählen. Wir sind sehr glücklich miteinander, auch nach all den Jahren noch. Der einzige Wermutstropfen ist, dass ich nach Ninas Geburt nicht mehr schwanger werden konnte. Andreas und ich hätten gern mehr Kinder gehabt, am liebsten vier.« Sie räusperte sich und griff nach ihrem Glas. »Aber erzähl du doch mal, wie es dir so ergangen ist.«

Wie aus dem Werbefernsehen hört sich das alles an, schoss es Ines durch den Kopf. Die glückliche Lenor-Familie. Fehlt nur noch ein zotteliger, treuherzig dreinblickender Hund, dann ist die Idylle komplett. Man könnte glatt eine Vorabendserie daraus stricken, mit dem Titel: Die perfekte Familie. Hm, nein, das klappt nicht. Der Stoff gibt nichts her, diese heile Welt ist ja todlangweilig. Es müsste ein paar Bösewichte geben, die das Glück bedrohen. Eine fiese Schwiegermutter, der ein oder andere Lover, eine Krankheit. Dass es soviel Glück und Eintracht im wahren, echten Leben gibt – wer hätte das gedacht? Die Leute, die ich kenne, sind entweder solo, geschieden oder unglücklich verheiratet und finden den Ausstieg aus ihrer Ehe nicht.

»Ich habe Germanistik studiert und schon während des Studiums angefangen, Drehbücher zu schreiben, nachdem ich an Seminaren und Workshops an der Uni teilgenommen hatte. Ich hatte das enorme Glück, dass ich gleich ganz gut ins Geschäft gekommen bin.«

Auf Lydias Fragen hin zählte sie eine bekannte Krimireihe auf, für die sie Folgen geschrieben hatte, einige Spielfilme, die Lydia nicht kannte, da sie wenig fernsah, sowie einige Vorabendserien, die seit Jahren mit großem Erfolg im Fernsehen liefen.

»Ich zigeunere umher und ich kann mir nicht vorstellen, je einmal irgendwo Wurzeln zu schlagen. Ich habe eine Zeitlang in Paris gelebt, in London, Berlin, Hamburg. Zwei Jahre habe ich auf einer Farm in Irland in einer Wohngemeinschaft verbracht. Das waren supernette Leute, die ich während eines Griechenlandurlaubs kennengelernt hatte. Ich wäre glatt noch ein paar Monate dort geblieben, aber es gab Trouble mit einem Typen, und da bin ich in einer Nacht- und Nebelaktion abgehauen.« Sie grinste und zuckte die Schultern. »Du, da fällt mir ein, dass ich einen Riesenhunger habe! Ich habe heute nur ein paar Joghurts gegessen. Ich koche nämlich fast nie.«

Lydia, die sich dachte, dass sich Ines' Leben im

Vergleich zu ihrem eigenen exotisch und hochinteressant anhörte, sagte: »Das Essen hier ist gut, die Pizza ist sogar die beste in ganz Herfelden. Da kommen die italienischen Restaurants nicht mit.«

»Das trifft sich gut, ich liebe Pizza! Und wenn ich nicht bald etwas zwischen die Kiemen kriege, falle ich völlig beschwipst unter den Tisch.«

Zehn Minuten später waren die beiden in die Speisekarte vertieft. Lydia hatte Nina angerufen, um Bescheid zu sagen, dass sie noch eine Kleinigkeit im Bistro äße, sie wisse noch nicht genau, wann sie zu Hause eintrudeln werde. »Sag bloß nicht, du isst Pizza, sonst bin ich neidisch«, grummelte Nina. »Da habe ich nämlich megamäßig Lust drauf.«

»Nein, nein, keine Sorge. Ich bestelle mir nur einen kleinen Salat. Ich muss an meine schlanke Linie denken.«

»Na, dann bin ich beruhigt. Ich koche mir jetzt was Gutes: Spaghetti mit Thunfisch-Mais-Ananas-Pfirsich-Sahnesoße, mhm, lecker!«

»Was hat deine Tochter denn gesagt, dass du so ein Gesicht ziehst?« wollte Ines wissen, nachdem das Gespräch beendet war.

Lydia erläuterte kurz Ninas kulinarische Vorlieben. »Eines ihrer Lieblingsessen ist Kräuterquark mit Pellkartoffeln. Dahinein rührt sie Preiselbeeren. Oder Erdbeermarmelade. Aber wir lassen uns davon nicht den Appetit verderben, oder?«

Ines lachte. »Bestimmt nicht.«

Sie bestellte eine große Pizza mit Pepperoni, frischen Champignons, Mozzarella, Spinat und Salami. Lydia konnte nicht widerstehen und orderte den »Bärensalat«. Dabei handelte es sich um eine riesige gemischte Salatplatte mit Knoblauchsahnedressing, Ei, Putenbruststreifen, schwarzen und grünen Oliven und Schafskäse. Serviert wurde die Köstlichkeit mit Unmengen von Roggenbaguette und hausgemachter Kräuterbutter. Morgen war auch noch ein Tag, an dem sie über ihre schlanke Linie nachdenken konnte.

Es war jetzt weniger los im Bistro. Diejenigen, die nach der Arbeit auf einen Sprung vorbeigeschaut hatten, waren gegangen; die abendliche Betriebsamkeit hatte noch nicht eingesetzt. Der Blonde schob sich auf dem Weg nach draußen an Ines'und Lydias Tisch vorbei und sagte lächelnd: »Einen schönen Abend noch. Ciao.«

»Ciao«, sagte Ines und lächelte ihn strahlend an.

»Ciao«, sagte Lydia. Sie lächelte auch. Und ertappte sich bei dem Gedanken: Wow, was für eine sexy Stimme.

Es war kurz nach zwölf, als Lydia nach Hause kam. Andreas' BMW stand in der Garage. Alles war dunkel, nur im Schlafzimmer brannte Licht. Er war also schon zu Bett gegangen und las vor dem Einschlafen ein paar Seiten, so wie er es jeden Abend tat. »Nichts entspannt mehr nach einem langen Arbeitstag als ein spannender Krimi«, sagte er immer.

Lydia ging in die Küche und schenkte sich ein Glas Mineralwasser ein. Es war ein schöner Abend, dachte sie. Ich bin richtig froh, dass Ines heute ins Schnickschnack geschneit ist. Wir haben geredet und geredet, da war plötzlich nichts Fremdes mehr zwischen uns. Sie ist mir so vertraut, als wäre sie schon seit Ewigkeiten meine Freundin. Ich habe ihr Dinge über mich erzählt, die ich noch niemandem erzählt habe, selbst Andreas weiß nicht, dass ich mit sechzehn abgetrieben habe.

»Manchmal habe ich noch Schuldgefühle«, hatte Lydia Ines anvertraut. »Und dann denke ich, es ist die gerechte Strafe, dass ich nach Ninas Geburt nicht mehr schwanger werden konnte. Das war auch der Grund, warum ich nicht alle medizinischen Möglichkeiten ausgeschöpft oder einer Adoption zugestimmt habe. Es war meine Buße, die ich annehmen musste. Wenn die Natur ein Machtwort spricht, habe ich nicht das Recht, dagegen anzugehen, verstehst du das?«

Ines hatte genickt. Lydias Logik konnte sie folgen, so fremd ihr ein solches Denken auch war.

Lydia tief Luft geholt. »Ich wollte das Baby damals bekommen, aber das ging natürlich nicht. Meine Mutter ist mit mir nach Holland gefahren.«

»Ich habe zwei Abbrüche hinter mir«, hatte Ines berichtet. »Den letzten vor fünf Jahren. Ich habe immer verhütet, aber manchmal geht eben doch etwas schief. Kinder waren nie ein Thema für mich, genauso wenig wie ein fester Partner. Für mich kam nichts anderes in Frage als eine Abtreibung. Ich habe damals zu meiner Entscheidung gestanden, und ich stehe auch heute noch dazu. Ich belaste mich nicht mit Schuldgefühlen, egal worum es geht. Schuldgefühle sind sinnlos – und Gift für die Seele.«

Sie hat vollkommen Recht, dachte Lydia. Vor ihrem geistigen Auge tauchte der Kindsvater auf, den ganz sicher nie Schuldgefühle geplagt hatten. Sebastian war Rechtsanwalt geworden, hatte ihr Elfi im vergangenen Jahr einmal erzählt, und lebte in Berlin. Dort waren sie sich über den Weg gelaufen, als Elfi ihren Mann auf eine Geschäftsreise begleitet hatte. »Er hat sich kaum verändert«, berichtete Elfi. »Sieht immer noch unverschämt gut aus und turtelte in einer Bar mit einem Mädel rum, das seine Tochter hätte sein können.«

Er war eine Klasse über Lydia gewesen, ein hübscher, schwarzhaariger Junge, der bei den Mädchen einschlug wie eine Bombe. Er hatte an jedem Finger zehn haben können, was er auch weidlich ausgenutzt hatte. Freundinnen hatten Lydia gewarnt, aber sie war bis über die Ohren verliebt gewesen und hatte alles in den Wind geschlagen. Ein paar Wochen im siebten Himmel, dann kam der Absturz, als er ihr eröffnete, dass er sich in eine andere verliebt hatte. Als sie ihm mitteilte, dass sie schwanger war, meinte er: »Scheiße. Aber was will man machen. Sowas kann halt passieren. Ich stehe dazu, mach dir keine Sorgen. Sag mir Bescheid, wann du das Geld für die Abtreibung brauchst, auf meinem Sparbuch ist genug drauf.«

Sie hatte sich auf dem Absatz umgedreht und ihn stehen gelassen. Natürlich hatte sie nicht Bescheid gesagt. Sie hatte nie wieder ein Wort mit ihm geredet. Er hatte sie ein paarmal angesprochen, es dann aber gelassen, als sie ihn abblitzen ließ. »Na dann nicht«, meinte er achselzuckend. »Ich finde es zwar albern, dass du dich so komisch anstellst, ich habe dir schließlich nichts getan. Aber bitte, wenn du nicht mit mir reden willst, dann eben nicht. Alles Gute und tschüss.«

Die Eltern nahmen ›die Sache‹, wie sie sich ausdrückten, so in Angriff, wie sie alles in Angriff nahmen: Effizient und nüchtern. Beide waren Geschäftsleute durch und durch. Der Vater leitete das »Parkhotel Herfelden«, die Mutter arbeitete dort als Empfangsdame.

»Natürlich kommt nur eine Abtreibung in Frage«, sagte Lydias Mutter. »Das Geld von diesem jungen Rotzlöffel brauchen wir nun wirklich nicht«, sagte der Vater. »Du fährst mit deiner Mutter nach Holland und fertig. Je weniger Worte über diese unglückselige Angelegenheit verloren werden, desto besser. Wohlgemerkt,« er legte einen

Arm um Lydia, die wie versteinert neben ihm auf dem Sofa saß, »ich mache dir keine Vorwürfe. Ich war auch mal jung und solche Dinge passieren.«

Die Eltern hatten über »die Sache« bis heute nie wieder ein Wort verloren. Lydia auch nicht. Das Verhältnis zu ihren Eltern war herzlich und ungezwungen. Die Stelzers waren viel auf Reisen, seit sie sich aus dem Berufsleben zurückgezogen hatten. Waren sie im Lande, traf man sich, oft gemeinsam mit Andreas' Eltern, mit denen sich Lydia gut verstand. »Du bist zu beneiden«, hatte ihre Kollegin Ulla einmal gesagt. »Glücklich verheiratet, kein Stress mit der Verwandtschaft. Ihr seid eine richtige Bilderbuchfamilie.«

Es klang sehnsüchtig und das hatte seinen Grund. Ulla war todunglücklich in ihrer Ehe, fand aber nicht die Kraft, endgültig einen Schlussstrich zu ziehen. An der Situation waren ihre eigenen Eltern und die Schwiegereltern nicht ganz unschuldig, da diese alles besser wussten und sich überall einmischten.

Als Lydia ins Schlafzimmer kam, sah sie, dass Andreas beim Lesen eingeschlafen war. Er lag auf dem Rücken, die Lesebrille noch auf der Nase. Das Buch war ihm aus den Händen geglitten und zu Boden gefallen. Lydia zog ihm die Brille ab und legte sie auf den Nachttisch, dann hob sie das Buch auf. Es war *Die Schandmaske* von Minette Walters.

Sie küßte ihren Mann leicht auf die Lippen, dann kroch sie ins Bett und kuschelte sich unter die Decke. Nächste Woche würde sie Ines besuchen. Sie freute sich schon darauf.

Ines hängte ihren Mantel in der Garderobe auf und streifte die Schuhe von den Füßen. Der Flur war in einem leuchtenden Gelb gestrichen, ein Relikt des Mieters, der, kurz bevor er sich zum Auszug entschlossen hatte, noch einen angebrochenen Eimer Farbe verwertet hatte. Sämtliche anderen Räume hatte Ines eigenhändig geweißelt. Zu Lebzeiten ihrer Eltern hatten Blümchen- und Textiltapeten in Beige- und Grüntönen die Wände geziert, passend zu den Möbeln in Eiche rustikal. Die Einrichtung war fast neuwertig gewesen, die Eltern hatten sich anlässlich ihres Umzugs komplett neu eingerichtet. Ines hatte nach der Beerdigung verkauft, was zu verkaufen war, den Rest hatte ein professioneller Entrümpelungsdienst erledigt. Jetzt, da sie selbst hier wohnte, kam es ihr unwirklich vor, dass ihre Eltern je hier gelebt hatten. Aufgewachsen war sie in einem kleinen Haus am Stadtrand, das verkauft wurde, als der Vater vor sechs Jahren pensioniert wurde. »Wir sind nicht mehr die Jüngsten. Das Haus macht zuviel Arbeit. Außerdem möchten wir zu Fuß in die Stadt gehen können«, hatte die Mutter damals am Telefon zu Ines gesagt. Ihre Stimme klang, als erwarte sie, dass ihre Tochter ihr

Vorwürfe machen würde. Nichts lag Ines ferner. Sie hing nicht an ihrem Elternhaus. Um ehrlich zu sein, hatte sie es kaum erwarten können, ihm zu entfliehen. Sie war spät in das Leben ihrer Eltern gekommen, die nie ein Hehl daraus gemacht hatten, dass sie sie nicht vermisst hätten, wäre die Ehe kinderlos geblieben. Ines brachte Unordnung in ein perfekt geregeltes Leben zu zweit.

Abstecher in die Heimatstadt waren daher selten gewesen, nachdem Ines Herfelden einmal den Rücken gekehrt hatte. Die Eltern hatten sich auch nur ein einziges Mal zu einem Besuch aufgerafft. Ines lebte zu der Zeit in Hamburg. Vater und Mutter, die sich in ihrem Leben bis auf die seit Beginn ihrer Ehe stattfindende Sommerfrische am Titisee nie über einen Radius von fünfzig Kilometern aus Herfelden fortbewegt hatten, vermissten die vertraute Umgebung schmerzlich. In der Pension ganz in der Nähe von Ines' kleinem Appartement schmeckten die Frühstücksbrötchen wie Gummi, die Matratzen waren durchgelegen, der Teppichboden im Zimmer abgetreten. Hamburg war zu groß und zu laut; die Luft schlecht, die Leute unfreundlich. Ines führte immer noch ein Lotterleben, keine Verlobung, geschweige denn eine Hochzeit in Sicht! Keine Enkel! Die Jensens waren die einzigen im Bekanntenkreis, die keine Fotos von lachenden Kindern herumzeigen konnten. Und dann Ines' Beruf. Er schien sie zu ernähren (wie lange noch, wusste nur der Herrgott), suspekt war er trotzdem. Da saß jemand vor dem Computer und tippte vor sich hin, wie daraus Filme entstehen konnten, die im Fernsehen gesendet wurden, war nicht nachzuvollziehen. Warum war Ines nicht in den Staatsdienst getreten wie ihr Vater? Sie hätte Grundschullehrerin werden können, das war ein schöner Beruf für eine Frau, der in idealer Weise auf die spätere Mutterrolle vorbereitete. »Sicherheit hättest du gehabt«, hatte der Vater oft gesagt. »Du hättest nicht von der Hand in den Mund leben müssen. Schau mich an. Ich habe deine Mutter und dich immer ernähren können. Und meine Tätigkeit beim Arbeitsamt füllt mich voll und ganz aus. Ich tue etwas Nützliches, indem ich Menschen, die auf Arbeitssuche sind, helfe. Das ist ein schönes Gefühl.«

Die Mutter hatte eifrig genickt.

»Ich habe mich bisher auch immer ernähren können«, hatte Ines gesagt. Sie hätte hinzufügen können, dass sie auch etwas Nützliches tat: Die Filme, die aus ihren Drehbüchern entstanden, boten Menschen Ablenkung und Unterhaltung. Aber wozu? Wenn sie mit ihren Eltern redete, kam es ihr vor, als spräche sie isländisch, Vater und Mutter arabisch, der Verständigungseffekt war derselbe. Der Ton allerdings machte die Musik und ihre Stimme hatte trotzig und genervt geklungen, sie hatte es selbst gehört und ärgerte sich über sich selbst. Lieber Gott, schenke mir Geduld, dachte sie. Ich muss diesen Besuch noch genau vierundzwanzig Stunden und dreiunddreißig Minuten ertragen. Es ist nicht nett, so etwas über seine Eltern zu denken, aber ich wünschte, ich könnte sie auf der Stelle nach Herfelden beamen, wo alles schöner, gemütlicher und besser ist als irgendwo sonst auf der Welt. Dann könnte ich jetzt in Leggings und meinem Lieblingssweatshirt auf dem Sofa liegen und lesen, telefonieren, Musik hören, im Fernsehen herumzappen und mir ein Glas Sherry gönnen und Erdnüsse futtern. Sie seufzte innerlich. Man saß beim Kaffee in Ines' Wohnzimmer, und die Mutter brachte zum wiederholten Male zur Sprache, dass der Raum doch sehr spartanisch eingerichtet sei. Ines erklärte zum wiederholten Male, dass sie ihre Möbel zu verkaufen pflegte, bevor sie ihre Zelte irgendwo abbrach und umzog, und sich dann an Ort und Stelle neu einrichtete. Daher genüge ihr das Notwendigste. »Aber das ist so ungemütlich«, klagte die Mutter. »Im Schlafzimmer steht auch fast nichts.«

Ein riesengroßes Bett und ein Schrank und ein Nachttisch, ist das nichts? dachte Ines, sagte aber nichts. Sie war der Diskussion müde. Wie sollte sie den Eltern, deren Räumlichkeiten so vollgestopft waren, dass man sich kaum darin bewegen konnte, erklären, wie schön die Leere sein konnte? Weiß gestrichene Wände ohne Bilder? Nirgendwo Schnickschnack, von Häkeldeckchen ganz zu schweigen?

Ines' persönliche Besitztümer passten in einen Kombi und bestanden in der Hauptsache aus Klamotten, Aktenordnern, einer Kiste mit Büchern, einem Fernseher, einem Laptop und einer Mini-Stereoanlage.

Ines ging in die Küche und schenkte sich ein Glas Mineralwasser ein. Der Abend war schön gewesen. Lydia und sie hatten so gut wie nichts gemeinsam, trotzdem waren sie plötzlich so vertraut miteinander gewesen, als ob sie schon seit Jahren befreundet wären. Ihr fiel ein, dass sie Viktor versprochen hatte, um zehn anzurufen. Das hatte sie glatt vergessen. Sie überlegte, ob sie jetzt noch anrufen sollte, Viktor war eine Nachteule, er schlief sicher noch nicht. Nein, ich habe keine Lust, mit ihm zu reden, dachte sie. Morgen ist auch noch ein Tag. Wenn er sauer ist, weil ich ihn versetzt habe, kann ich auch nichts machen. Es ist sowieso nur eine Frage der Zeit, wann der Kontakt einschläft, es liegen immerhin fünfhundert Kilometer zwischen uns. Sie stellte das Glas in die Spüle und gähnte. Plötzlich war sie so müde, dass sie im Stehen hätte einschlafen können.

Als sie im Bett lag, klingelte ihr Handy. Es lag auf dem Nachttisch, wie immer, nur hatte sie vergessen, es auszustellen. Sie knipste das Licht an. Das Display zeigte Viktors Nummer.

»Du hast nicht angerufen«, kam es vorwurfsvoll aus dem Apparat.

»Stimmt. Ich war unterwegs und hab es vergessen, sorry.«

»Mit wem warst du unterwegs?«

Ines warf einen Blick auf den Wecker. Es war halb zwei, definitiv zu früh am Morgen für eine Unterhaltung mit der spanischen Inquisition.

»Mit einem Mann. Was denkst du denn? Um weiteren Fragen vorzubeugen: er ist groß, dunkelhaarig und gut gebaut und liegt neben mir im Bett.«

»Schlampe«, hörte Ines noch, dann war die Verbindung beendet.

Dafür, dass von Anfang an klar war, dass es keinerlei Verpflichtungen oder Besitzansprüche zwischen ihnen geben sollte, hatte Viktor ziemlich laut gebrüllt, fand Ines. Nicht, dass es ihr auch nur das Geringste ausmachte. Sie stellte das Handy ab, schaltete das Licht aus und drehte sich auf die andere Seite. Drei Minuten später schlief sie tief und fest.

3

Als Ines am nächsten Morgen in aller Herrgottsfrühe ihr Handy einschaltete, trudelten kurz hintereinander zwei SMS ein. Der Absender war Viktor: *Dass ich mich mit dir eingelassen habe, war der größte Fehler meines Lebens – eine egoistischere Person als dich hat die Welt noch nicht gesehen – und das gilt auch fürs Bett!!!*

Die zweite lautete: *Du wirst nie mehr von mir hören. Versuch erst gar nicht, mich nochmals zu kontaktieren. Viktor.*

Oh Gott, soviel Dramatik am frühen Morgen, noch bevor ich die Kaffeemaschine in Gang gesetzt habe, dachte Ines und gähnte. Sie erinnerte sich nicht, von Viktor je zuvor ein Wort der Klage über ihre Aktivitäten im Bett gehört zu haben. Wenn er sie nicht genossen haben sollte, dann war er ein verdammt guter Schauspieler und sollte unbedingt den Beruf wechseln, anstatt seine Brötchen weiterhin als Fotograf zu verdienen. Sie löschte die Meldungen und entfernte seine Nummer aus dem Adressbuch ihres Handys. Sie würde Viktor nicht vermissen, soviel stand fest. Wieso hatte sie ihm eigentlich nicht gleich vor ihrem Umzug gesagt, dass es vorbei war? Es war doch sonnenklar gewesen, dass die Beziehung, so man sie außerhalb des Bettes als solche bezeichnen konnte, die Entfernung nicht überleben würde. Sie hatten öfter telefoniert und dabei besprochen, wie man denn mal einen Wochenendbesuch auf die Reihe kriegen könnte, aber es war immer etwas dazwischengekommen. Was bewies, dass die Sehnsucht nacheinander nicht groß gewesen sein konnte. Wenn man jemanden wirklich sehen wollte, gab es immer eine Möglichkeit. Hatte sie sich je nach einem Mann verzehrt? Wenn sie ehrlich war – nein. Männer waren austauschbar. Wenn es Stress mit dem einen gab, fand sich immer schnell ein anderer. Sie schien Rauchzeichen auszusenden, von denen sich Männer angezogen fühlten. Joe, ein Amerikaner aus New York, mit dem sie ein Jahr zusammen gewesen war (was auf einen Rekord hinauslief), hatte es einmal so formuliert: »Du siehst gut aus, aber das ist es nicht allein. Sexy ist auch, dass du total locker und unsentimental bist. Du glaubst gar nicht, wie es abtörnt, wenn Frauen nichts anderes im Hirn haben, als möglichst schnell vor dem Traualtar zu landen.«

Ines glaubte es ihm gern, gab es doch kaum etwas, das *sie* mehr abtörnte als männliche Klammeraffen und gefühlsduselige Warmduscher.

In T-Shirt und Leggings tappte sie in die Küche und setzte Kaffee auf. Während er durchlief, ging sie nach unten zum Briefkasten, um die Zeitung zu holen. Oben im Treppenhaus knallte eine Tür zu, eine Männerstimme rief: »Bleib, Einstein!« Etwas flitzte bellend an ihr vorbei. Sie verlor vor Schreck das Gleichgewicht und wäre gefallen, wenn sie sich nicht instinktiv am Geländer festgekrallt hätte. »Blöder Köter!«, schrie sie.

Jemand polterte die Treppe hinunter, dann ergriff eine Hand von hinten ihren Ellbogen. Sie brauchte sich nicht umzusehen, um zu wissen, wer es war. Der Typ aus dem zweiten Stock war der einzige im Haus, der einen Hund besaß.

»Tut mir schrecklich Leid, sind Sie in Ordnung?« fragte er besorgt.

Sie schüttelte seine Hand ab und funkelte ihn an. »Dafür, dass ich mir Dank Ihres Hundes beinahe das Genick gebrochen habe, geht es mir blendend, vielen Dank. Wieso lassen Sie das Vieh einfach so laufen? Dient die Leine, die Sie da in der Hand halten, nur zur Verzierung?«

Das Vieh, ein riesiger Schäferhundmischling, stand schwanzwedelnd unten im Flur. Die Zunge hing ihm aus dem Maul. Er machte ganz den Eindruck, als sei er mit sich und der Welt zufrieden. Sein Besitzer sagte kleinlaut: »Ich weiß nicht, was heute mit ihm los ist, so eilig hat er es sonst nie. Ab sofort leine ich ihn an.«

Sie waren sich ein paar Mal im Treppenhaus begegnet, aber wenn jemand Ines gefragt hätte, wie der Mann aussah, hätte sie nur antworten können, dass er jüngeren Baujahrs war und braune Haare hatte. Jetzt nahm sie ihn zum ersten Mal genauer ins Visier. Er war groß und kräftig, mit breiten Schultern, trug Jeans und eine lammfellgefütterte Lederjacke. Die dunklen Haare standen in alle Himmelsrichtungen ab, eine Strähne fiel ihm in die Stirn. Sie schätzte ihn auf Mitte dreißig. Er hatte grüne Augen, und den treuherzigen Blick, den er ihr jetzt schenkte, musste er bei seinem Köter abgeschaut und lange vor dem Spiegel geübt haben. Ein eitler Gockel ist das, dachte Ines, genau wie Viktor, so jemanden wittere ich zehn Meilen gegen den Wind. Ich wette, er kommt sich unwiderstehlich vor mit diesem Augenaufschlag. Und dieses Lächeln, es hat bestimmt Jahre gedauert, bis er das Grübchen in der rechten Wange optimal zum Einsatz bringen konnte. Wenn er glaubt, mich damit beeindrucken zu können, irrt er sich gewaltig. Diese Typen erkenne ich mittlerweile auf den ersten Blick, und ich habe die Nase gestrichen voll von ihren Allüren.

»Das will ich hoffen«, gab sie kurz angebunden zurück und marschierte die restlichen Stufen hinunter. »Aus dem Weg«, sagte sie zu dem Hund, der Anstalten machte, sie freundschaftlich zu begrüßen.

»Platz, Einstein«, ertönte es hinter ihr.

Einstein, was für ein Name, dachte Ines. Darauf

muss man erst mal kommen. Der Hund legte sich hin und schaute aufmerksam zu, wie sie die Zeitung aus dem Briefkasten nahm, während sein Besitzer ihn anleinte.

»Ich heiße übrigens Cai Dorner«, stellte er sich vor, als Ines an ihm vorbei zurück zur Treppe ging.

Wie interessant, lag es ihr schon schnippisch auf der Zunge. Sie bremste sich gerade noch rechtzeitig. Wie führe ich mich eigentlich auf, schoss es ihr durch den Kopf. Wie die allerletzte Zimtzicke. Es ist schließlich nichts passiert, der Mann hat sich entschuldigt, aber ich habe nichts Besseres zu tun, als absolut unausstehlich zu ihm zu sein. Es kann keine Entschuldigung sein, dass es noch früh am Morgen ist und ich immer ziemlich unausstehlich bin, bevor ich nicht mindestens drei Tassen Kaffee intus habe.

Sie lächelte ihn an. Es fiel ihr gar nicht mal so schwer, die entsprechenden Muskeln zu aktivieren, trotz akuten Koffeinmangels. »Ich bin Ines Jensen.«

Dorner lächelte zurück. Sie schüttelten sich die Hand. Einstein war aufgestanden und beschnüffelte Ines' Beine.

»Pfui, Einstein«, sagte Dorner und zog ihn am Halsband zurück. Ines streichelte Einsteins Kopf. »Schon okay. Ich bin kein Hundefeind, auch wenn ich mich eben so aufgeführt habe.« Sie wandte sich zum Gehen. »Schönen Tag noch.«

»Danke, Ihnen auch. Und auf gute Nachbarschaft. Falls Ihnen mal das Salz ausgehen sollte, ich habe immer ein Päckchen in Reserve da.«

Ines erwiderte etwas Freundlich-Unverbindliches und dachte bei sich, dass gute Nachbarschaft für sie vor allem bedeutete, dass man einander in Frieden ließ. Das war in diesem Haus gottseidank der Fall. Niemand war laut, neugierig oder aufdringlich. Das dreistöckige Haus war zudem ideal in einer Seitengasse unweit des Stadtzentrums gelegen. Im Parterre wohnte eine alte Dame, der Ines einmal beim Hereintragen ihrer Einkäufe geholfen hatte. Im ersten Stock logierte Ines, im zweiten Stock Dorner, im dritten ein Paar um die dreißig. Dorner war relativ neu im Haus – Ines erinnerte sich, dass früher eine allein stehende Lehrerin in der Wohnung gelebt hatte, mit der ihre Mutter manchmal im Stadtpark spazieren gegangen war.

Kaffeeduft stieg ihr verlockend in die Nase, als sie zur Wohnungstür hereinkam. Sie frühstückte wie immer ausgiebig. Es gab frisch gepressten Orangensaft, ein weich gekochtes Ei, Toast mit Honig, Müsli mit Joghurt und frischen Früchten. Über der vierten und letzten Tasse Kaffee griff sie zur Zeitung und schlug den Lokalteil auf, wo es seit neuestem ein Tageshoroskop gab. *Die Sterne lügen nicht*, nannte sich die Rubrik, und verantwortlich war eine gewisse Madame Zodiac. Leider gab es kein Foto von Madame Zodiac, was Ines sehr bedauerte. Sie hätte zu gern gewusst, wie die Autorin aussah. Aus irgendeinem Grund stellte sie sich eine rundliche, alte Dame vor, die – in rosa gerüschte, wallende Gewänder gehüllt – mit einem weißen Zottelhündchen auf dem Schoß, Pralinen verspeiste, während sie über ihren Texten brütete. Sicher schrieb sie per Hand, mit einem Füllfederhalter von Lamy, und sie konsultierte Sternenkarten, wie Astrologen es vor der Erfindung des Computers getan hatten. Keine Standardsoftware für Madame Zodiac, ihre Horoskope waren noch echte Handarbeit.

Für den Skorpion verkündeten die Sterne folgendes: *Der heutige Tag steht ganz im Zeichen Amors! Er hat besonders diejenigen Skorpione im Visier, die seine Pfeile am wenigsten erwarten. Falls Sie sich in diesem nasskalten Januar hinter der Ofenbank verkrochen haben sollten – ziehen Sie sich warm an und dann nichts wie hinaus in das tosende Leben! Der Winter mag die Welt noch im Griff haben, astrologisch gesehen stehen alle Zeichen auf einen wonnigen Frühling der Gefühle. Rechnen Sie heute mit mindestens einem heißen Flirt! Wenn Sie Ihr Herz verlieren möchten – carpe diem! Möglicherweise verlieren Sie auch den Kopf, aber was soll es, Sie leben nur einmal. Also genießen Sie, was Ihnen geboten wird!*

Wow, dachte Ines amüsiert. Da bin ich aber mal

gespannt, was sich tut, wenn ich heute abend ins *Paco* gehe, Madame Zodiac. Ich werde mein neues, schulterfreies Shirt anziehen und auf das Leben warten, das da auf mich einstürmen wird.

Lydia hatte Nina das Horoskop am Frühstückstisch vorgelesen, worauf beide in schallendes Gelächter ausgebrochen waren. »Ooh, das ist wirklich scharf. Pass bloß auf dein Herz auf, Ma. Skorpione leben gefährlich heute.«

Lydia wischte sich vorsichtig eine Lachträne aus dem Augenwinkel, um die Wimperntusche nicht zu verschmieren. »Wie sehe ich aus? Reicht es für einen heißen Flirt im Supermarkt mit dem Mann meiner Träume?«

Nina musterte ihre Mutter kritisch. Lydia trug Jeans und einen azurblauen Rollkragenpulli. Die Farbe ließ ihre Augen besonders intensiv leuchten. Der Silber-Lapislazulischmuck aus dem Laden – Kette, Ohrringe und ein breiter Armreif – passten gut dazu. Sie war zwar schon einundvierzig (alles über dreißig war in Ninas Augen uralt), aber noch hübsch, besonders wenn sie lächelte. Figurmäßig war sie auch ziemlich gut beieinander. Nicht zu dick, nicht zu dünn. Und sie versuchte nicht, jünger auszusehen, indem sie supermodische Klamotten anzog. So etwas ging unweigerlich schief. Lawinias Mutter zum Beispiel hatte eine tolle Figur, kein Wunder, sie trainierte täglich eine Stunde im

Fitnessstudio und ging dreimal die Woche joggen. Trotzdem sah es irgendwie peinlich aus, wenn sie in dem gleichen Outfit herumlief wie ihre Tochter: superkurzer Mini, bauchfreies Top und Netzstrumpfhosen.

»Von der Optik her reicht es ganz sicher«, meinte Nina und strich eine dicke Schicht Nutella auf ihr Käsebrot. »Aber du darfst nicht heiß flirten, Ma. Tut mir Leid, dir das sagen zu müssen«, sie wackelte mahnend mit dem Zeigefinger. »Aber du musst brav sein, da hilft alles nichts. Du bist verheiratet.«

Lydia seufzte gespielt schwer. »Da hast du Recht. Oh weh, was wird mir entgehen heute. Ich bin ganz sicher, dass ich einem großen, dunkelhaarigen Unbekannten begegnen werde. Er wird vor der Kühltheke stehen und mich anlächeln, ich werde völlig hin und weg sein und darf mich nicht auf der Stelle in seine Arme werfen und ihn wild küssen, vor aller Augen. Ach, es ist ein Elend!«

»Du hast wirklich ein hartes Schicksal«, sagte Nina und biss genüsslich in ihr Brot. »So etwas tue ich mir nicht an. Ich werde bestimmt nie heiraten. Dann kann ich flirten, wann ich will und mit wem ich will.« Sie kniff ein Auge zu und grinste.

Das Telefon klingelte. Es war Andreas, der Lydia bat, seinen anthrazitgrauen Anzug aus der Reinigung abzuholen.

Anthrazitgrauer Anzug, anthrazitgrauer Anzug? Sie dachte scharf nach und zog dabei die Stirn kraus. »Habe ich den nicht schon längst abgeholt, Schatz?«

»Nein, Schätzchen, hast du nicht. Du hast ihn irgendwann vor Weihnachten abgegeben. Jetzt haben wir bald Februar und ich vermisse ihn schmerzlich.«

Warum hast du ihn dann nicht schon längst selbst abgeholt, schoss es Lydia durch den Kopf. Von der Kanzlei zur Reinigung ist es nicht weit.

Als hätte Andreas ihre Gedanken gelesen, fuhr er fort: »Ich hätte es ja selbst erledigt – aber du weißt ja, wie hektisch es seit Wochen in der Kanzlei zugeht. Ich komme zu nichts.«

Lydia versprach, gleich bei der Reinigung vorbei zu fahren.

»Danke, Schätzchen«, sagte Andreas, pustete ein Küsschen durch die Leitung und verabschiedete sich, da er auf dem Sprung zu einem Termin war.

Das Telefon klingelte wieder, kaum dass Lydia aufgelegt hatte. Diesmal war Marion dran. Für einen Morgengruß fehlte ihr die Zeit. »Du MUSST heute einspringen, du MUSST einfach. Bitte lass mich nicht im Stich!« tönte es aufgeregt aus dem Hörer. »Ulla sollte heute arbeiten, aber das wird nichts. Sie sitzt mit wahnsinnigen Schmerzen beim Zahnarzt, sie hat eben angerufen. Der Zahn muss raus, hat ihr der Doktor gesagt.«

»Ach je, die Arme.« Lydia, die panische Angst vor dem Zahnarzt hatte, war voller Mitleid.

»Allerdings. Biggi ist im Skiurlaub, wie du weißt, und ich habe heute einen Termin nach dem anderen, lauter wichtige Sachen, ich kann da ganz schlecht absagen. Bitte, bitte sag, dass du kommst!«

»Ja, sicher springe ich ein, mach dir keine Gedanken. Um halb zehn bin ich im Laden. Kein Problem.«

»Du bist ein Schatz, danke! Und jetzt muss ich mich beeilen, ciao.«

Sie hatte aufgelegt, ehe Lydia den Abschiedsgruß erwidern konnte.

Eine Stunde später hatte Lydia Andreas' Anzug aus der Reinigung abgeholt. Für den geplanten Großeinkauf hatte die Zeit nicht mehr gereicht. In der Reinigung hatte sie anstehen müssen, halb Herfelden schien sich hier ein Stelldichein zu geben. Lydia trat von einem Bein auf das andere und sah immer wieder auf ihre Armbanduhr. Warum tue ich mir das an, fragte sie sich. Ich hätte das Teil genauso gut morgen abholen können, anstatt mich so abzuhetzen. Auf den einen Tag wäre es nun auch nicht mehr angekommen. Aber nein. Andreas braucht sich nur zu beschweren, und ich springe. Ich bin immer gesprungen, er kennt es gar nicht anders. Wie heißt es doch so schön? Hinter jedem erfolgreichen Mann steht eine Frau, die ihm den Rücken frei hält. Das tue ich natürlich gern, habe es immer gern getan; es war mein freier Wunsch und Wille, für ihn und Nina da zu sein. Dass ich mich jetzt, in diesem Moment frage, wer eigentlich mal für MICH da ist, ist der reine Egoismus, gepaart mit ausgesprochen mieser Laune. Oh, wie ich es hasse, irgendwo Schlange zu stehen.

Als sie um Viertel vor zehn abgehetzt die Ladentüre aufschloss, sagte eine Stimme hinter ihr mit deutlichem Vorwurf: »Sie öffnen aber spät heute! Ich war um Punkt halb zehn schon mal da und stand vor verschlossener Türe! Ich brauche ganz dringend ein Geschenk für meine Nachbarin, sie hat heute Geburtstag.«

Lydia lächelte die Dame süßsauer an – *der Kunde ist König, und das Team von Schnickschnack bleibt in jeder Situation freundlich und gelassen* – und log, dass sie leider aufgrund eines Unfalls in einen Verkehrsstau geraten sei und sich daher verspätet habe.

»Ein Unfall? Ein schlimmer Unfall? Wo ist er denn passiert?«

»Es war nur ein kleiner Auffahrunfall«, improvisierte Lydia. »Gottseidank entstand nur leichter Blechschaden. Niemand wurde verletzt.«

»Ach so«, sagte die Frau. Sie klang enttäuscht.

Diese Person hatte zweifellos das Zeug dazu,

sich zu einem Star auf Lydias schwarzer Liste unsympathischer Kunden zu entwickeln. »Kann ich Ihnen schon weiterhelfen, oder möchten Sie sich erst einmal umschauen?« erkundigte sie sich höflich.

»Ich komme allein zurecht«, kam es in einem Ton zurück, als habe Lydia ihr ein unmoralisches Angebot unterbreitet.

Die Frau wurde schnell fündig, das musste man ihr lassen. Sie erstand ein mit Potpourri gefülltes, besticktes Leinensäckchen, dazu ein Fläschchen mit Duftöl zum Auffrischen. Als sie gegangen war, nicht ohne zu bemerken, dass sie wegen Lydias Unpünktlichkeit höchstwahrscheinlich zu spät zu ihrem Termin bei der Kosmetikerin kommen würde, atmete Lydia tief durch und beschloss, sich erst einmal eine Kaffeepause zu gönnen. Aber die Ladenglocke bimmelte und herein spazierte der Blonde mit den unglaublich blauen Augen, der sie gestern im Bären-Bistro angelächelt hatte. Im ersten Moment glaubte Lydia, einer optischen Täuschung erlegen zu sein. Aber nein, er war es wirklich. Unverkennbar. Er schaute sie überrascht an, dann lächelte er. Ihr Herz schlug einen Salto. Sie lächelte zurück und stützte sich auf der Ladentheke ab, denn ihre Knie gaben nach. Irgendwo sehr weit weg regte sich der Gedanke, dass sie komplett durchgeknallt sein musste. Wieso zum Teufel verwandelten sich ihre Knie in Wackelpudding, weil ein Kunde hereinkam und sie anlächelte?

»Guten Morgen«, sagte er. »Ich suche ein Geschenk. Für meine Mutter.«

Im ersten Moment konnte sie nichts sagen. Ihr Kopf war wie leer gefegt. Dann klingelte das Telefon, und ihr Verstand setzte wieder ein. »Guten Morgen«, sagte sie. »Bitte schauen Sie sich doch schon mal um, ich bin gleich bei Ihnen.«

Wieder dieses Lächeln. »Hoffentlich.«

Lydia merkte, wie sie rot wurde. Hastig griff sie nach dem Mobiltelefon. Der Blonde schlenderte zur Schmuckvitrine und spähte hinein. Er drehte ihr den Rücken zu, worüber sie dankbar war. Sein Rücken in einer cognacfarbenen Wildlederjacke lenkte sie weit weniger ab als seine Augen.

Am Telefon war eine Kundin, die vor einigen Wochen ein Milchkännchen und eine Zuckerdose aus Silber bestellt hatte. Die Lieferung aus England war immer noch nicht eingetroffen. »Es tut mir Leid«, entschuldigte sich Lydia. »Ich habe Ihnen ja gesagt, dass es Februar werden kann. Wir rufen Sie sofort an, sobald die Sachen da sind. Einen schönen Tag wünsche ich Ihnen – ja, danke. Auf Wiederhören, Frau Beer.«

Sie legte auf. Der Blonde drehte sich zu ihr um. »Der silberne Fotorahmen gefällt mir. Ich würde ihn mir gern näher ansehen.«

Lydia schloss die Vitrine auf. Er stand sehr dicht

neben ihr, sie konnte sein Rasierwasser riechen und seine Körperwärme spüren. Er duftete nach Cool Water, das Andreas auch eine Zeit lang benutzt hatte. Sie griffen beide gleichzeitig in die Vitrine und ihre Hände berührten sich. Es traf Lydia wie ein elektrischer Schlag. Die feinen Härchen auf ihren Armen und im Nacken richteten sich auf. Hastig zog sie ihre Hand zurück.

Einen Moment herrschte Stille. Dann sagte er: »Ich weiß, was Sie gespürt haben bei der Berührung eben. Ich habe es genauso empfunden.«

»Ich habe gar nichts gespürt!«

Er lachte leise. »Können Sie das beschwören?«

»Was reden Sie da. Sie sind ja verrückt«, sagte Lydia. Zu ihrem Entsetzen merkte sie, dass ihre Stimme schwankte.

»Genauso verrückt wie du.«

Sie standen so nahe beieinander, dass sie sich fast berührten. Ich möchte seine Arme um mich spüren, dachte Lydia. Mein Gott. Ich bin wirklich verrückt. So etwas ist mir noch nie im Leben passiert. Ich stehe neben einem wildfremden Mann und möchte ihn küssen. In welchem Film bin ich gelandet? Egal – er ist jedenfalls nicht jugendfrei. Höchste Zeit, in die Realität zurück zu kehren. Sie wich einen Schritt zurück.

»Hören Sie auf!«, fuhr sie ihn an.

Er hob die Hände. »Schon gut. Nur ändert es nichts an den Tatsachen.«

Sie war auf einmal so wütend, dass sie ihm am liebsten eine Ohrfeige verpasst hätte. »Was ist jetzt mit dem Rahmen? Wollen Sie ihn nun nehmen oder nicht?«, fuhr sie ihn an. Marion hätte sie hochkant gefeuert, wenn sie mitbekommen hätte, dass sie einem Kunden gegenüber einen solchen Ton anschlug, aber das kümmerte sie im Moment wenig. Marion war weit weg.

Der Blonde grinste. »Ich nehme ihn, wenn Sie mir nicht vorher den Kopf abbeißen.«

Von genauer anschauen war keine Rede mehr, von anderen Dingen auch nicht. Na also. Es ging doch. Wortlos nahm Lydia den Rahmen aus der Vitrine und stelzte zur Kasse. Die Ladentür ging auf, zwei Frauen mittleren Alters traten ein. Der Blonde war Lydia gefolgt. Sie sah, wie die beiden Frauen ihn verstohlen musterten, als sie mit einem gemurmelten »Wir wollten uns mal ein bisschen umschauen«, an ihm vorbei gingen.

»Packen Sie mir den Rahmen doch bitte als Geschenk ein.«

»Gern«, sagte Lydia knapp. Und ärgerte sich über seine Stimme, die ihr ganz gegen ihren Willen angenehm im Ohr klang. Warum konnte dieser unverschämte Mensch keine unerotische Piepsstimme haben?

Immerhin brauchte sie ihn jetzt nicht anzuschauen, sie konnte sich voll und ganz auf das Einwickeln konzentrieren.

»Ich heiße Jens. Jens Krüger.«

Als ob es sie auch nur entfernt interessieren würde, wie dieses Individuum hieß. Sie sah nicht auf. »Möchten Sie ein silbernes Band dazu oder lieber ein rotes?«

»Ein silbernes, bitte. Das macht sich sehr hübsch zu dem blauen Papier. Wollen Sie mir nicht verraten, wie Sie heißen?«

»Nein.«

Die Ladentür ging auf, eine weibliche Stimme schmetterte: »Einen wunderschönen guten Morgen, Frau Wolf! Das ist aber schön, dass Sie heute im Geschäft sind, wir haben uns so lange nicht gesehen.«

Frau Anhäuser strahlte in aller Unschuld über das ganze Gesicht. Sie war eine von Lydias Lieblingskundinnen, immer freundlich und gut gelaunt. Sie hatte ein Faible für hübschen Nippes und ließ immer eine Menge Geld bei Schnickschnack. Lydia freute sich normalerweise, wenn Frau Anhäuser hereinschaute. Aber nicht heute morgen. Dafür, dass sie so laut und fröhlich ›Frau Wolf‹ gekräht hatte, hätte sie sie glatt erwürgen können. Was sie nicht daran hinderte, die Arme, die ja nicht wusste, was sie angerichtet hatte, mit einem strahlenden Lächeln zu begrüßen.

Der Blonde zahlte mit Karte per Telecash. »Möchten Sie eine kleine Tüte?«, fragte Lydia, ganz die umsichtige Verkäuferin. Dass sie, als sie ihn leichtsinnigerweise eben angeschaut hatte, das beinah unwiderstehliche Verlangen verspürt hatte, ihn zu berühren, ging niemanden etwas an, ihn am allerwenigsten.

»Ja, bitte, Frau Wolf«, gab er zurück und grinste über das ganze Gesicht. Frecher Kerl, dachte sie, und plötzlich waren ihr Zorn und ihre Verlegenheit verflogen. Sie musste lachen.

»Sie sehen einfach umwerfend aus, wenn Sie lachen. Sie sollten das viel öfter tun. Einen schönen Tag wünsche ich Ihnen noch, Frau Wolf. Ich bin sicher, der Rahmen wird meiner Mutter sehr gefallen. Auf Wiedersehen, Frau Wolf.«

Bloß nicht, dachte sie. Ich will dich nicht wiedersehen, auf gar keinen Fall!

Er ging. Frau Anhäuser sah ihm ungeniert hinterher. »Ui«, meinte sie. »Das war aber mal ein fescher Mann. Wenn ich fünfzehn Jahre jünger wäre und meinen Berti nicht hätte, ich könnte für nichts garantieren. Allerdings hat er Ihnen schöne Augen gemacht und wie. Das war nicht zu übersehen.«

»Hm. Ob das am Wetter gelegen hat?«, gab Lydia todernst zurück und kniff ein Auge zu.

»Kaum«, meinte Frau Anhäuser, immer noch kichernd. »Der Frühling ist noch weit weg.«

Aber nicht in Madame Zodiacs Horoskop, dachte Lydia. Da toben die Frühlingsgefühle. Die Sterne lügen nicht, blabla. Heute allerdings war wohl etwas dran gewesen, den prophezeiten Flirt hatte sie allerdings erfolgreich abgeschmettert. Und sie hatte weder Herz noch Kopf verloren. Jetzt, im Nachhinein, konnte sie überhaupt nicht mehr nachvollziehen, wieso sie so heftig auf die zufällige Berührung eines wildfremden Mannes reagiert und sich so albern aufgeführt hatte, als wolle er ihr die Jungfräulichkeit rauben. Sie würde diese Episode und ganz besonders Jens Krüger aus dem Gedächtnis streichen, ganz einfach.

Ines verbrachte einen fruchtbaren Arbeitstag am Computer. Sie war so gut in Schwung, dass sie ein Exposé für einen Fernsehkrimi in einem Anlauf niederschrieb. Es war natürlich noch nicht die endgültige Fassung, aber ein vielversprechender Anfang: Eine harmlose, alte Dame entpuppte sich als Mörderin, das würde hoffentlich gut ankommen. Sie arbeitete bis drei Uhr, dann zog sie ihren Jogginganzug an und machte sich auf den Weg in den Stadtpark. Es war ein kalter, sonniger Tag. Sie genoss es, ihre Runden zu drehen, das Laufen machte den Kopf frei. Auf dem Rückweg entdeckte sie auf der gegenüberliegenden Straßenseite Cai Dorner, der mit Einstein Richtung Park strebte. Er winkte ihr zu, sie winkte zurück. Was er wohl beruflich machte? Ein geschniegelter Managertyp in Schlips und Kragen war er jedenfalls nicht.

Zu Hause duschte sie und wusch sich die Haare, dann machte sie sich ihr Lieblingssandwich zurecht: Hauchdünn aufgeschnittener Putenschinken, Käse, Salatgurke und Tomaten auf Vollkorntoast. Dazu gab es einen Apfel, Weintrauben und Orangensaft. Sie hatte es sich im Wohnzimmer auf dem Sofa gemütlich gemacht. Der Fernseher lief, aber sie hatte den Ton abgestellt. Auf der Stereoanlage dudelte eine CD von Shakira. Sie summte mit. Es ging ihr rundherum gut. Gegen neun würde sie ins *Paco* gehen. Sie kannte dort mittlerweile eine Menge Leute, es fand sich immer jemand, mit dem man reden konnte und es hatte sich auch immer jemand gefunden, mit dem man die Nacht verbringen konnte, wenn einem danach war. Ob ihr danach war, würde sich noch herausstellen. Das war das Spannende am Spiel. Man wusste nie, wem man begegnen würde und man wusste nie, wie man drauf sein würde.

Er fiel ihr schon beim Hereinkommen auf, denn er überragte die meisten Anwesenden und hatte weißblonde, kurz geschnittene Haare. Er lehnte an der Bar und checkte sie von oben bis unten ab, als sie sich einen Weg zum Tresen bahnte. Der Weißblonde war nicht der Einzige, der sie im Auge hatte. Auch andere schauten hin, was kein Wunder war, denn in dem kurzen schwarzen Lederrock und dem schulterfreien roten Shirt bot Ines einen erfreulichen Anblick. Das *Paco* war wie immer rammelvoll. Es war die In-Kneipe von Herfelden, denn hier stimmte alles: Atmosphäre, Publikum, Musik. Dennis, der Inhaber, hatte ein Talent für die richtige Mischung und zog Gäste an wie ein Honigtopf die Ameisen. Der Laden war eine wahre Goldgrube. Dennis hatte eine Kneipe im Frankfurter Stadtteil Sachsenhausen betrieben, bevor es ihn vor ein paar Jahren in die Provinz gezogen hatte. Sein Stammpublikum war ihm treu geblieben und scheute auch die fünfzig Kilometer Anfahrt nicht. Besonders an den Wochenenden wimmelte es geradezu von Frankfurtern.

Ines hatte das *Paco* gleich bei ihrem ersten abendlichen Streifzug durch die Stadt entdeckt. Bei ihr und Dennis war es Sympathie auf den ersten Blick gewesen, sie waren ins Reden gekommen, kaum dass Ines auf dem Barhocker Platz genommen hatte. Bei aller Zuneigung kam es jedoch keinem von beiden in den Sinn, etwas miteinander anzufangen, es funkte einfach nicht zwischen ihnen. Dennis war überzeugt, dass genau das der Grund war, weshalb sie sich so gut verstanden. Egal, wieviel im *Paco* los war, für einen kurzen Schwatz mit Ines nahm er sich immer Zeit. Mehr als einmal war es vorgekommen, dass sie nach Lokalschluss den Rest der Nacht durchdiskutiert hatten. »Wenn ich mit einer Frau erst mal im Bett war, kann ich nur noch Blabla mit ihr reden. Ich habe keine Ahnung, woran das liegt, aber normal ist das nicht. Meinst du, ich sollte es mal mit Psychotherapie versuchen?«, hatte er einmal zu Ines gesagt und dabei nachdenklich eine lange, rote Haarsträhne um den Finger gewickelt.

»Hm«, hatte Ines gemeint. »Ist es denn ein Problem für dich, dass du mit deinen Frauen nicht reden kannst?« Der Plural war angebracht, denn Dennis hatte einen enormen Verschleiß.

Er grinste und zeigte dabei ebenmäßige, weiße Zähne in seinem solariumgebräunten Gesicht. »Nö. Nicht wirklich.«

Dennis war ein Kraftpaket, er trainierte täglich mehrere Stunden im Fitnessstudio. Bei einer Größe von einsfünfundsiebzig brachte er hundert Kilo auf die Waage, aber kein Gramm Fett, nur schiere Muskelmasse. Wo er auftauchte, fiel er auf, dafür sorgten schon die fuchsroten Haare, die er schulterlang trug, die silbernen Kreolen in den Ohren und die Tatsache, dass er ausschließlich in schwarzen Klamotten und Cowboystiefeln herumlief. Für Herfeldener Verhältnisse war er ein absoluter Exot. Als Ines ihn fragte, wieso er denn der Großstadt den Rücken gekehrt hatte und ausgerechnet nach Herfelden gezogen war, das er höchst flüchtig anlässlich eines Rendezvous mit einer verheirateten Frau kennen gelernt hatte, gab er zurück: »Ich habe die Schnauze voll vom Großstadtleben. Ich bin jetzt fünfunddreißig, und Baby, glaub mir, ich habe alles gesehen und erlebt, was es zu sehen und zu erleben gibt und eine Menge davon hätte ich mir im Nachhinein betrachtet gern erspart. Hier ist alles gemütlich und überschaubar, die Leute sind total spießig und total in Ordnung. Hier will ich alt werden.« Er grinste. »Na ja, vorerst jedenfalls. Wer weiß, wie ich in ein paar Jahren darüber denke. Darüber mache ich mir jetzt noch keinen Kopf.« Ines grinste zurück. Sie und Dennis waren sich ziemlich ähnlich, das stellte sie immer wieder fest.

Jetzt stellte sich Ines neben den Weißblonden, der ihr beim Hereinkommen aufgefallen war. Dennis, der hinter der Bar gerade Tequila ausschenkte, entdeckte sie sofort. »Hey Ines, Baby, wie geht's dir? Einen Pinot Grigio für dich?«

»Hey Dennis, mein Schatz, mir geht's top. Nein, heute keinen Weißwein. Ich hätte gern einen Merlot.«

Der Weißblonde, der sie nicht aus den Augen gelassen hatte, sagte mit norddeutschem Akzent: »Hi. Ich habe dich noch nie hier gesehen.«

Was nicht die originellste Gesprächseröffnung war, die Ines je gehört hatte. Schaun wir mal, wie es weitergeht, dachte sie. Er hatte jedenfalls ein sympathisches Gesicht. Und seine Figur machte ganz den Eindruck, als ob er viel Zeit im Fitnessstudio verbrachte.

»Hm. Ich dich auch nicht«, gab sie zurück. »Und ich bin ziemlich oft hier.«

Er grinste und zog die Schultern hoch. »Na ja, um ehrlich zu sein, bin ich zum ersten Mal hier. Ich bin neu in Frankfurt. Mein Kollege«, er deutete auf einen untersetzten Dunkelhaarigen am Tresen, der heftig mit einer jungen Blondine flirtete, »hat gefragt, ob ich Lust habe, mitzukommen.«

Ines kannte den Dunkelhaarigen vom Sehen, er war Stammgast und tobte sich vor allem am Wochenende tüchtig aus. Jedes Mal wenn sie ihn sah, hatte er eine andere Blondine am Wickel.

Der Abend hatte begonnen. Ines unterhielt sich eine Weile mit dem Weißblonden, der sich als Volker vorstellte. Die Konversation konnte sie nicht wirklich fesseln, aber Volker schien ein netter Kerl zu sein. Sehr harmlos, fast naiv. Er musste ein behütetes Leben in dem schleswig-holsteinischen Dorf, aus dem er stammte, geführt haben. Achtundzwanzig war er, und hatte sie soeben auf höchstens siebenundzwanzig geschätzt. Sehr schmeichelhaft, deutete allerdings darauf hin, dass Volker eine Brille benötigte.

Jemand tippte ihr von hinten auf die Schulter. Es war Dennis. »Ich muss dich was fragen«, sagte er. »Kommst du kurz mit ins Büro?«

Das war ungewöhnlich. Ungewöhnlich war auch, dass Dennis, der sonst immer gut drauf war, ein Gesicht machte wie drei Monate Regenwetter. Ines entschuldigte sich bei Volker, rutschte von dem Barhocker, den sie mittlerweile ergattert hatte, und folgte Dennis, der sich wie ein Eisbrecher einen Weg durchs Lokal pflügte. Zurufe wie: Hey Dennis, grüß dich, wie isses, ignorierte er entschlossen, was auch ungewöhnlich war. Dennis hatte sonst für jeden Gast ein Lächeln oder ein nettes Wort übrig.

Im Büro setzte sich Ines auf die rote Ledercouch. Dennis schenkte ohne zu fragen für sie einen Grappa ein und für sich ein Glas Mineralwasser. Er trank so gut wie keinen Alkohol. Dann setzte er sich in den Sessel gegenüber und starrte Ines an. »Ich glaube, ich bin am Durchdrehen«, sagte er, so beiläufig, wie man sagte: Du, die Sonne scheint. Ines sagte erst einmal nichts. Es war offensichtlich, dass Dennis seine Gedanken sammelte und weiterreden würde, wenn er soweit war. Sie ließ ihren Blick durch den Raum schweifen. Eine sündhaft teure Stereoanlage, ein PC, ein riesiger Flatscreen-Monitor. Sie betrachtete das Poster von Che Guevara, das an der Wand hinter dem Schreibtisch hing.

»Ich habe mich verliebt«, kam es unvermittelt von Dennis. »Auf meine alten Tage hat es mich erwischt, und wie. Ich habe meine große Liebe gefunden. Ist das zu fassen?«

»Du hörst dich nicht so an, als wärst du sehr glücklich darüber«, sagte Ines vorsichtig.

»Glücklich? Ich bin am Boden zerstört! Dass sowas ausgerechnet mir passieren muss.«

Ines räusperte sich. »Na ja. Du bist sicher nicht der Einzige, dem es je passiert ist. Also, ich kann da nicht wirklich mitreden. Meine Anfälle von Verliebtheit waren immer sehr kurz, und von dem Gefühl, die große Liebe gefunden zu haben, konnte nie die Rede sein.«

Dennis verschränkte die Hände im Nacken und schaute zur Decke empor. »Meinst du vielleicht, mir ist es je anders gegangen? Aber ich HABE meine große Liebe gefunden. Das ist eine Tatsache, kein Gefühl. Ich habe etwas gefunden, von dem ich überzeugt war, dass es gar nicht existiert. Und jetzt habe ich ein Riesenproblem. Ich weiß absolut nicht, was ich tun soll.« Er schaute Ines flehend an. »Du bist doch eine vernünftige Frau, eine, die mit beiden Beinen im Leben steht. Unsentimental. Tough. Herrgott, du bist mir verdammt ähnlich, du könntest meine Zwillingsschwester sein. Ich stecke in einer gottverdammten Zwickmühle und habe keine Ahnung, was ich jetzt tun soll. Ich WILL keine feste Beziehung. Ich will mich gefühlsmäßig niemandem ausliefern. Ich will auch nicht heiraten und Kinder in die Welt setzen. Ich will genau so weiter leben wie bisher. Aber was ich für Marie empfinde, kann ich nicht wegzaubern. Ich bin verrückt nach ihr. Ich will mit ihr zusammen sein, Tag und Nacht, und will es auch wieder nicht, weil ich genau weiß, dass sie mein Leben auf den Kopf stellen wird. Und davor habe ich eine Scheißangst. Sag, was würdest du an meiner Stelle tun?«

Weglaufen, war Ines' erster Gedanke. Ganz schnell und ganz weit. Von mir würde man nur noch eine Staubwolke sehen. Nicht, dass ich glaube, dass mir so etwas je passieren könnte. Sie räusperte sich. »Ich glaube, ich würde in einer Nacht- und Nebelaktion auf Nimmerwiedersehen verschwinden. Das Auto vollpacken, ab und tschüss. Das wäre alles viel zu heftig für mich.«

Dennis seufzte. »Genau das ist es, heftig. Und wunderschön, und aufregend. Abhauen kann ich nicht mehr, ich stecke schon viel zu tief drin.«

Ines versuchte sich vorzustellen, wie es sein mochte, so tief drin zu stecken, so von Gefühlen überwältigt zu sein, dass man nicht mehr aussteigen konnte oder wollte. Es gelang ihr nicht. Was war das für eine Frau, die Dennis derartig umgehauen hatte? Und wie lange lief das schon zwischen den beiden?

»Sie ist die aufregendste Frau der Welt«, erklärte Dennis auf ihre Frage hin. »Und streng genommen LÄUFT nichts, aber ich bin sicher, dass sie meine Gefühle erwidert. Sowas spürt man einfach.«

Ines merkte, dass ihr Mund vor Erstaunen offen stand und klappte ihn hastig zu. Wollte er damit etwa sagen, dass er nicht mit ihr ins Bett ging?! Dennis wurde rot. Das an sich war schon eine Sensation, sie hätte nicht gedacht, dass irgend etwas auf dieser Welt Dennis noch zum Erröten bringen könnte.

»Ich glaube, ich muss dir das genauer erklären. Du steigst irgendwie nicht durch.«

»Das stimmt«, sagte Ines und trank einen Schluck von ihrem Grappa.

Zum ersten Mal gesehen hatte Dennis Marie am 23. Dezember. »Ich hatte eine dicke Erkältung. Husten, Schnupfen, Fieber. Also bin ich in die Frosch-Apotheke gestiefelt, um mir Medikamente zu besorgen. Sie bediente eine quengelige Oma, so eine, die an allem was auszusetzen hat, und blieb dabei total freundlich. Sie hat mich auf den ersten Blick umgehauen. Ich hätte sie am liebsten auf der Stelle in die Arme genommen und geküsst. Du denkst sicher, ich bin total durchgeknallt, was?«

Ines, die genau das gedacht hatte, schüttelte den Kopf. »Aber nein.«

Er grinste und sah zum ersten Mal an diesem Abend wieder aus wie der Dennis, den sie kannte. »Sei ehrlich. Ich nehm es dir nicht übel, wirklich nicht. Vor dem 23. Dezember wär es mir ganz genau so gegangen wie dir. Ich war davon überzeugt, dass Liebe etwas ist, das die Leute sich krampfhaft einreden, weil sie ein romantisches Deckmäntelchen brauchen, wenn sie scharf auf jemanden sind.«

Er seufzte. »Was soll ich sagen. Du denkst

sicher, Marie sieht aus wie Marilyn Monroe die Zweite und deshalb hat es mich so umgehauen. Aber weit gefehlt. Sie erinnert mich an eine Zeichnung der Gänseliesel im Märchenbuch, aber das ist es auch nicht. Ich habe sie angeschaut, und sie war die Welt für mich. Mir war heiß und kalt und das hatte nix damit zu tun, dass ich neununddreißig Grad Fieber hatte. Sie hätte übrigens aussehen können wie Frankensteins Braut, das hätte mich auch nicht gestört.«

»Hm«, machte Ines ungläubig.

»Na ja.« Er lächelte verschmitzt. »Frankensteins Braut hätte mich vielleicht nicht ganz so angetörnt, ich bin kein Masochist. Was ich ausdrücken will ist, dass zum ersten Mal in meinem Leben mir das Aussehen ziemlich egal ist. Noch einen Grappa, Baby?«

»Ja, gern«, sagte Ines und hielt ihm ihr Glas hin. Bei ›Gänseliesel‹ hatte es in ihrem Gedächtnis klick gemacht. Sie sah die üppig gerundete Blonde mit dem Bauernzopf und dem netten Lächeln vor ihrem geistigen Auge, die ihr kürzlich in der Frosch-Apotheke Magnesiumtabletten verkauft hatte.

»Ich glaube, deine Marie hat mich letztens in der Frosch-Apotheke bedient. Hellblonder Bauernzopf?«

Dennis strahlte über das ganze Gesicht. »Ja! Genau! Marie Muhlberg heißt sie. Steht auf dem

Schildchen auf ihrem Kittel. Aber darauf hast du wohl nicht geachtet.«

»Ähem, nein.«

Plötzlich ging Ines etwas ganz und gar Unglaubliches durch den Sinn. »Sag mal, Dennis, hast du überhaupt schon mal mit Marie geredet?«

Dennis nahm einen großen Schluck Mineralwasser. Sein Gesicht hatte die Farbe einer reifen Tomate angenommen.

»Sicher habe ich mit ihr geredet. Was denkst du denn? Ich bin fast jeden Tag in dem Laden. Kaufe Deo, Duschlotion, Aspirin, allen möglichen Kram. Ich könnte bald selbst eine Apotheke aufmachen. Und wie es der Zufall will, ist es fast immer Marie, die mich bedient, und wir halten immer einen kleinen Plausch. Über das Wetter oder irgend etwas. Ich weiß einfach, dass sie genauso empfindet wie ich. Ich habe das Gefühl, wir versprühen Funken.«

Ines hätte beinahe laut aufgelacht. Dennis, der im Leben nie etwas hatte anbrennen lassen, dem keine Anmache fremd war, war plötzlich schüchtern! Ines schickte ein kleines Stoßgebet zum Himmel: bitte, lieber Gott, verschone mich weiterhin mit der sogenannten Liebe. Ich möchte nie erleben, dass es mir so ergeht wie Dennis, der zu einer scheuen Jungfrau mutiert ist. »Du hast mir immer noch nicht gesagt, was du an meiner Stelle tun würdest«, sagte Dennis und betrachtete seine

Hände. Hände so groß wie Bratpfannen hat der Kerl, dachte Ines. Kann vor Kraft kaum laufen. Hoch intelligent, hat ein abgeschlossenes Studium, was nur wenige Leute wissen. Und hockt da so unglücklich wie ein kleiner Junge, der in den Matsch gefallen ist, und fragt mich, wie er die Frau seines Herzens erobern soll. »Warum rufst du sie nicht einfach mal an und lädst sie zum Essen ein? Sie steht doch im Telefonbuch, oder?«

Dennis rutschte unbehaglich auf dem Sessel hin und her. »Jaja, sie steht im Telefonbuch. Was glaubst du, wie oft ich schon das Telefon in der Hand hatte. Ich habe sogar angerufen, um ehrlich zu sein, aber aufgelegt, als ich ihre Stimme gehört habe. Überleg doch mal. Was ist, wenn sie es aufdringlich findet, wenn ich einfach so anrufe? Oder was ist, wenn sie einen Freund hat? Sie wohnt zwar allein, aber das heißt ja nichts.«

Also hatte er auch schon wie ein Mondsüchtiger vor dem Haus gestanden, in dem Marie wohnte.

»Ines! Jetzt sag doch was. Ich halte es nicht mehr aus.«

»Du könntest ihr auch einen Zettel mit deinem Namen und deiner Telefonnummer in der Apotheke zustecken, obwohl ich das nicht so gelungen finde. Oder du könntest rein zufällig an ihrem Haus vorbeigehen, wenn sie gerade zur Arbeit geht oder ihr nach der Arbeit folgen. Herrgott, Dennis, ich fass es nicht! Muss ich dir, ausgerechnet dir, wirklich erzählen, wie man Kontakt zu einer Frau aufnimmt, von der man was will?!«

»Ich liebe sie, das ist etwas ganz anderes«, sagte Dennis schlicht. »Und ich will nicht, dass sie etwas Falsches von mir denkt. Dass sie glaubt, ich will mit ihr nur ins Bett. Sie soll gleich wissen, wie ernst es mir ist mit ihr.«

Ein Gefühl der Unwirklichkeit machte sich in Ines breit. Dennis war wirklich unglaublich. Warum machte er seiner Marie nicht gleich schriftlich einen Heiratsantrag? Per Einschreiben, auf rosarotem Briefpapier. Und ließ dazu hundert rote Rosen liefern. Sie brauchte unbedingt noch einen Grappa, sonst würde sie dieses Gespräch in den Wahnsinn treiben. Sie winkte mit dem leeren Glas. Dennis sprang brav auf und schenkte ihr ein.

»Dennis, es gibt tausend Möglichkeiten, die weit entfernt von plumper Anmache sind, und das weißt du auch sehr gut. Tatsache ist, du machst dir vor lauter Feigheit fast ins Hemd!«

»Quatsch! So ein Blödsinn! Ich bin nicht feige. Ich mache mir Gedanken um Marie, das ist alles. Ich will sie nicht überfordern.«

Ines fand, dass sie einen Preis verdient hatte dafür, dass sie sich jetzt NICHT vor Lachen auf dem schönen hellgrauen Teppichboden kugelte. Zumindest aber verdiente sie noch einen Grappa. Sie war zwar schon ein bisschen beschwipst, aber egal. Sie winkte also wieder mit dem Glas, Dennis schenkte nach. »Du hast einen guten Zug am Leibe heute«, meinte er.

»Was soll's. Also hör jetzt genau zu, Dennis. Du BIST feige – und wie. Deshalb rate ich dir: bete Marie ruhig weiter aus der Ferne an, bis du alt und grau bist. In der Zwischenzeit hat Marie dann geheiratet, dich nicht, da du immer nur übers Wetter plauderst, und mit einem Kerl, der um Längen schlauer ist als du, einen Stall voll Kinder in die Welt gesetzt, und dann –«

»Hör schon auf«, unterbrach Dennis giftig. »Spar dir deinen Sarkasmus. Du bist eine echte Hilfe, das muss ich schon sagen. Eine richtig gute Freundin.«

»Red nicht herum, Dennis. Wenn Marie deine große Liebe ist, dann TU endlich was. Lauf weg, vergiss sie oder erobere sie. Du hast genau diese drei Möglichkeiten.«

Dennis stand auf. Sein Gesichtsausdruck war mörderisch. »Danke, Ines. Vielen, vielen Dank. Was würde ich nur ohne dich tun?« Er hatte sehr leise gesprochen.

Ui, ist der wütend, dachte Ines. Gleich packt er mich am Genick und schüttelt mich durch wie ein Terrier eine Ratte. Wie gut, dass ich weiß, dass er das gutmütigste Schaf unter der Sonne ist, jedenfalls den Menschen gegenüber, die er als seine Freunde bezeichnet. Sonst würde ICH mir jetzt ins Hemd machen.

Wenig später saß Ines wieder neben Volker an der Bar. Dennis stand dahinter und hatte Anja am Zapfhahn abgelöst. Er hatte alles und jeden im Blick, wie immer. Nur an Ines schaute er vorbei, was sie nicht störte. Er würde sich schon wieder einkriegen.

»Was möchtest du trinken?«, fragte Volker. Er war sehr dicht an sie herangerückt. Was ihr, sie musste es zugeben, alles andere als unangenehm war.

Sie lächelte ihn an. »Einen Grappa.« Sie überlegte, wie viele sie schon intus hatte, aber ohne Ergebnis. Egal. Sie fühlte sich top.

Anja stellte den Schnaps vor sie hin. »Prost.«

Volker hob sein Colaglas. »Prost. Auf den Abend.«

Sie tranken. Was er wollte, war so klar, dass er es sich genauso gut auf die Stirn hätte pinseln können.

»Wo ist eigentlich dein Kumpel abgeblieben?« fragte Ines.

Volker grinste. »Hm. Keine Ahnung, wo genau die zwei gelandet sind. Sie haben jedenfalls schon vor geraumer Zeit das Lokal verlassen. Wir sind mit zwei Autos gefahren, für alle Fälle. Man kann ja nie wissen.«

Dieser Wink mit dem Zaunpfahl war Ines durchaus nicht entgangen. Warum nicht, dachte sie, durch den Nebel hindurch, der sich urplötzlich in ihrem Hirn ausbreitete. Warum, zum Teufel, eigentlich nicht. Andererseits, warum überhaupt? Das könnte ich genauso gut fragen.

Hm.

Ich lasse das jetzt erst einmal auf mich zukommen.

4

Ines wachte auf, als die Mittagssonne durch das Schlafzimmerfenster fiel. In ihrem Kopf hämmerte es, ihre Zunge schien doppelt so dick wie sonst, ihr Mund war völlig ausgetrocknet. Der Wecker zeigte Viertel vor zwölf. Sie brauchte unbedingt eine Dusche. Dann viel Kaffee und Aspirin. Danach würde sie sich vielleicht wieder wie ein menschliches Wesen fühlen und nicht wie, ja, wie eigentlich? Vage erinnerte sie sich an Grappa und noch mehr Grappa. Oh Gott. Das widerliche Zeug würde sie im Leben nicht mehr anrühren. Einen Filmriss hatte sie nicht, sie erinnerte sich an alles. An manches nur schemenhaft, aber immerhin. Sie hatte mit wie hieß er noch gleich? Der Name fiel ihr nicht ein, sie wusste nur noch, dass es irgendetwas germanisches gewesen war. Na, war ja auch egal. Jedenfalls hatte sie den Germanen mit nach Hause genommen und mit ihm geschlafen (der Akt an sich gehörte auch ins Reich der Schemen), und lag jetzt allein in ihrem Bett, wofür sie zutiefst dankbar war. Sie hätte es heute morgen definitiv nicht gebraucht, neben einem wildfremden Menschen aufwachen zu müssen. Ines wankte ins Bad. Ihr Badetuch lag in einem Knäuel auf dem nassen Boden. Ihre Zahnbürste war benutzt worden. Na super. Ein Glück, dass sich im Badezimmerschränkchen eine neue befand. Rasierschaumspritzer klebten am Spiegel, der Nassrasierer, mit dem sie sich Bein- und Achselhaare entfernte, lag im Waschbecken. Der Verursacher dieses Chaos hatte Glück, dass er rechtzeitig das Weite gesucht hatte, sie hätte ihn sonst mit Genuss einen Kopf kürzer gemacht. Wieso nur waren neun von zehn Männern nicht in der Lage, ein fremdes Badezimmer so zu hinterlassen, wie sie es vorgefunden hatten?

Eine halbe Stunde später saß sie in der Küche. Das Radio dudelte leise im Hintergrund. Nach zwei Aspirin und einem halben Liter Kaffee fühlte sie sich ziemlich fit. Jetzt noch ein Spaziergang durch den Stadtpark, und der vermaledeite Kater würde sich endgültig verzogen haben.

Das Telefon klingelte. »Hi, guten Morgen, hier ist Volker«, sagte eine fröhliche Stimme. »Ich bin ganz früh losgefahren heute morgen, ich musste ja zur Arbeit. Ich wollte dich nicht wecken, du hast so tief geschlafen.«

Ah. Das Rätsel um den germanischen Namen war gelöst. Volker hieß er also, und es war nett, dass er die Tatsache, dass sie im Grappa-Koma gelegen und hoffentlich nicht geschnarcht hatte, diplomatisch umschrieb. Da verzieh sie ihm sogar spontan das Chaos im Bad.

Volker fragte, ob Ines Lust habe, am Wochenende etwas mit ihm zu unternehmen. In Frankfurt. Man könne ins Kino gehen, anschließend irgendwo eine Kleinigkeit essen. Ines unterdrückte ein Gähnen. Ein Wiedersehen mit Volker brauchte sie ungefähr genau so dringend wie ein Loch im Kopf.

»Sorry, am Wochenende habe ich schon etwas vor.«

»Schade. Und wie sieht es mit dem übernächsten Wochenende aus?«

»Da habe ich auch was vor.« Sie betrachtete ihre Fingernägel. Der Lack war leicht abgestoßen. Allerhöchste Zeit für eine Maniküre also.

»Hm. Und wie sieht es unter der Woche mit deinem Terminplan aus? Wir könnten uns irgendwann abends im *Paco* treffen.«

»Das wird nicht klappen. Ich bin leider völlig ausgebucht. Rund um die Uhr.«

Einen Moment herrschte Schweigen am anderen Ende der Leitung. Dann sagte er: »Schon kapiert. Du hättest ruhig gleich sagen können, dass du keinen Bock auf ein Wiedersehen hast. Also, dann will ich dich nicht weiter stören. Mach's gut. Ciao.«

Sie atmete auf. Er nahm es gottseidank locker. Manche Typen versuchten herumzudiskutieren, was absolut nervtötend war. Sie würde Volker sicher irgendwann im *Paco* über den Weg laufen, das ließ sich nicht vermeiden. Aber es würde keine Peinlichkeiten geben.

»Du auch. Tschüss.«

Sie mixte sich eine Apfelsaftschorle. Die Leber muss gespült werden nach Alkoholgenuss, dachte sie spöttisch. Unvermittelt fiel ihr Lydia ein, die jetzt wahrscheinlich mit Mann und Tochter zu Mittag aß. Oder saß sie allein mit der Tochter am Esstisch? Sie hatte keine Ahnung, ob der Mann mittags nach Hause kam. Eher nein, vermutete sie. Lydia hatte erzählt, dass er zur Zeit enorm viel in seiner Kanzlei zu tun hatte. Lydia wäre bestimmt entsetzt, wenn sie wüsste, wie Ines den Abend und die Nacht verbracht hatte. Vielleicht hatte sie ja aber ganz tief drinnen das Gefühl, dass sie als brave, treue Ehefrau etwas verpasste? Man konnte nie wissen. Stille Wasser waren tief. Der Blick, den sie dem Blonden im Bistro zugeworfen hatte, war jedenfalls nicht ohne gewesen.

Ines streckte den Kopf zum Küchenfenster hinaus, um die Außentemperatur zu prüfen. Trotz des strahlenden Sonnenscheins war es sehr kalt. Sie zog Jeans an, einen Norwegerpulli, gefütterte Stiefel und eine pinkfarbene Daunenjacke. Als sie die Haustür hinter sich zuzog, fiel ihr ein, dass sie heute noch keinen Blick in die Zeitung geworfen hatte; sie steckte immer noch im Briefkasten. Was das Horoskop wohl heute für sie bereit hielt? Sie freute sich schon auf die Lektüre. Der haarsträubende Unsinn, den Madame Zodiac verzapfte, hatte einfach Unterhaltungswert.

Im Stadtpark drehten ein paar Mütter mit Kinderwägen ihre Runden. Einer der kleinen Wageninsassen brüllte in ohrenbetäubender Lautstärke. Ines beschleunigte ihre Schritte. Gott, war sie froh, dass sie sich nicht mit so einem Schreihals abplagen musste. Auf Höhe des Spielplatzes war von dem Geheul endlich nichts mehr zu hören. Jetzt stapfte eine kleine Gestalt in einem blauen Schneeanzug mit roter Zipfelmütze an der Hand ihrer Mutter den Weg entlang. Vor Ines blieb das Kind stehen und strahlte über das ganze Gesicht. »Hallo!«, sagte es.

Das Strahlen war unwiderstehlich. Ines lachte zurück. Ihr wurde warm um das Herz. Wenn Kinder nur immer so reizend wären, konnte man beinahe nachvollziehen, warum ein großer Teil der Menschheit das Verlangen verspürte, sich fortzupflanzen.

»Hallo du«, sagte Ines zu dem Kleinen.

»Er heißt Sebastian«, sagte die Mutter mit einem stolzen Lächeln. »Wir nennen ihn Basti. Im Dezember ist er zwei geworden.«

»Basti«, sagte Basti wichtig und tippte sich auf die Brust.

»Das ist aber ein schöner Name. Dann noch viel Spaß beim spazierengehen. Ciao, Basti.«

»Mach winke-winke, Basti«, sagte die Mutter.

Basti machte winke-winke. Ines winkte zurück. Dann trippelte Basti an der Hand seiner Mutter davon. Ines nahm Kurs auf die Frosch-Apotheke. Sie brauchte Aspirin und eine spezielle Handcreme, die nur in Apotheken verkauft wurde. Anschließend wollte sie sich in dem türkischen Laden um die Ecke etwas zum Abendessen besorgen.

In der Frosch-Apotheke war die Hölle los, was Ines aber nicht störte. So hatte sie die Gelegenheit, sich Dennis' Herzdame in Ruhe anzuschauen. Marie war nur wenig geschminkt und trug die Haare wieder zu einem Bauernzopf geflochten. Sie wirkte so frisch und ausgeruht, als sei sie am Abend zuvor mit den Hühnern zu Bett gegangen. Unvorstellbar, dass sie je zu tief in eine Grappaflasche sehen würde. Eine Szene tauchte vor Ines' geistigem Auge auf: Marie trat lächelnd aus einem Kuhstall. Ein Kranz aus Margeriten schmückte ihr Haar, und in einer Hand hielt sie einen Eimer mit frisch gemolkener Milch. Sie trug ein Dirndl und sah zum Anbeißen aus, obwohl sie dieses Outfit mit Gummistiefeln kombiniert hatte.

Dass ausgerechnet Dennis diesem Gänselieselcharme erlegen war, war allerdings nach wie vor schwer vorstellbar. »Ich mag Frauen, die wissen, wo es lang geht.«, hatte er einmal gesagt und den Arm um die Taille seiner Begleiterin gelegt, deren Ausschnitt Einblicke bis zum Bauchnabel gewährte. Marie sah aus, als wüsste sie, wo es auf jeder Alm lang ging. Sicher war sie imstande, verirrte Ziegen aufzuspüren. Aber dass sie sich im

Dschungel der Single-Bars auskannte, war zweifelhaft.

Ines war an der Reihe und nannte ihre Wünsche. »Gern«, sagte Marie freundlich. »Einen Augenblick, bitte.«

Was sich dann abspielte, passierte so schnell, dass Ines im ersten Moment völlig verdattert war. Marie erstarrte plötzlich. Ihre Pupillen weiteten sich so, dass die graublauen Augen fast schwarz wirkten. Ehe Ines sich noch umdrehen konnte, um zu ergründen, wer oder was diese Reaktion ausgelöst hatte, drängte sich eine breitschultrige Gestalt mit langen, roten Haaren an ihr vorbei und marschierte hinter die Verkaufstheke. Im Raum war es plötzlich totenstill. Sämtliche Anwesenden verfolgten gespannt das Geschehen. Dennis, um niemand anderen handelte es sich, pflanzte sich vor Marie auf.

»Gehst du heute Abend mit mir essen, Marie?« Es klang fast wie eine Drohung.

»Ja, Dennis. Ich gehe sehr gern heute Abend mit dir essen«, war die Antwort.

Dennis gab dazu keinen Kommentar ab. Er stand einfach nur da und schaute Marie an. Marie schaute zurück. In ihren Augen lag ein Leuchten, das Ines geradezu verlegen machte. Dennis' Herzdame hatte es zweifellos genauso erwischt wie ihn selbst. Da konnte es niemanden überraschen, dass sie seinen Vornamen kannte, obwohl er ihn ihr im Zuge der Diskussionen über das Wetter sicher nicht verraten hatte.

»Amors Pfeil hat ihre Herzen durchbohrt«, sagte ein älterer Herr, der neben Ines stand, in sachlichem Ton. Die Ausdrucksweise erinnerte sie an ihren ehemaligen Deutschlehrer. Vielleicht waren die beiden ja verwandt? Des blumigen Stils ungeachtet, hatte der Mann den Nagel auf den Kopf getroffen. Ein Erdbeben hätte die Frosch-Apotheke erschüttern können, Marie und Dennis hätten es nicht gemerkt, so versunken waren sie in die Betrachtung des anderen.

Die Anwesenden wandten sich wieder ihren Einkäufen zu, behielten das junge Glück aber im Blick, um nur ja nichts zu verpassen. »Das ist ja wie im Film«, sagte eine junge Frau, die ein Baby auf dem Arm hielt zu der Apothekerin, die sie bediente.

»Ein schönes Paar«, flüsterte der ältere Herr Ines zu. »Von der Anmutung her sind die beiden wie die Reinkarnation von Jung-Siegfried und Kriemhild. Da spielt es gar keine Rolle, dass der junge Mann rothaarig ist und nicht blond.«

Ines hätte beinahe laut aufgelacht. Während sie noch überlegte, ob Jung-Siegfried und Kriemhild den Rest des Tages in seliger Erstarrung zubringen wollten, kam Bewegung in die beiden.

Marie trat näher, legte ihre Arme um Dennis' Hals und küsste ihn sanft auf die Lippen. Soviel

Zärtlichkeit lag in diesem Kuss, dass Ines ein Ziehen in der Herzgegend verspürte. Du liebe Güte, ich werde alt und sentimental, dachte sie. Wie peinlich. Bloß weg hier. Aspirin und Handcreme können warten.

Sie flüchtete in den türkischen Laden um die Ecke und kaufte Schafskäse, Rinderschinken, Tomaten, Gurken, Oliven, gefüllte Weinblätter und Fladenbrot. Sie würde sich einen gemütlichen Abend vor dem Fernseher machen, ihre Fingernägel lackieren und früh schlafen gehen.

Lydia warf einen Blick auf ihre Armbanduhr. Es war Viertel vor acht. Die Lasagne brutzelte im Ofen und würde in einer halben Stunde fertig sein. Andreas hatte am Nachmittag angerufen und mitgeteilt, dass er heute zum Abendessen daheim sein würde. »Wie schön! Das ist ja seit Ewigkeiten nicht mehr vorgekommen«, sagte Lydia.

»Was soll der Vorwurf? Meinst du, mir macht es Spaß, dass ich in Arbeit ersticke? Heute habe ich mir ein bisschen Luft verschaffen können, weil Hildegard von den Grippekranken auferstanden ist und mir einen Teil der Arbeit abgenommen hat. Aber was soll das überhaupt? Ich kündige an, dass ich früh nach Hause komme, und du machst ein Drama daraus. Da kann einem glatt die Lust vergehen. Also tschüss, bis um acht. Ich muss noch was tun.«

Erst hatte sie sich über seine gereizte Reaktion geärgert. Dann dachte sie: sei nicht so kleinlich. Sie erinnerte sich an ihre Schwiegermutter und musste lächeln. Elisabeth hatte sie kurz vor der Hochzeit bei einem gemeinsamen Mittagessen im besten italienischen Restaurant der Stadt in die Geheimnisse eines glücklichen Ehelebens eingeweiht. »Männer sind einfach gestrickt«, dozierte sie über den Antipasti. »Andreas ist keine Ausnahme. Zieh dich immer nett an, Schätzchen, mach dich hübsch zurecht und koch ihm etwas Gutes, dann kannst du nichts falsch machen. Sorge für eine friedliche, harmonische Atmosphäre im Haus, damit dein Mann immer gern zu dir heim kommt. Ein Blumenstrauß auf dem Wohnzimmertisch wirkt Wunder für das Gemüt, glaub mir. Manfred und ich sind jetzt dreißig Jahre glücklich verheiratet. Am letzten Hochzeitstag, du weißt ja, das war kurz nach seiner Pensionierung, hat er mir ein wunderschönes Kompliment gemacht. Ich sei all die Jahre lang seine Oase gewesen, ganz besonders, wenn es viel Arbeit und Ärger im Beruf gab. Er habe sich immer den ganzen Tag gefreut, nach Hause zu kommen, sich erst einmal still hin zu setzen und mein Blumenarrangement zu betrachten.« Sie lächelte Lydia an, Lydia lächelte voller Zuneigung zurück. Elisabeth, die immer fröhlich und ausgeglichen war, war ihr auf den ersten Blick sympathisch gewesen.

»Sie ist ein Hausmütterchen«, hatte Lydias Mutter gesagt. »Nett, aber langweilig.«

»Das ist nicht wahr!« fuhr Lydia auf. »Sie ist überhaupt nicht langweilig. Sie hat unglaublich vielseitige Interessen. Sie engagiert sich im Tierschutz, besucht Kranke im Krankenhaus, ist Mitglied in einem Literaturkreis. Wenn eine Frau nicht berufstätig ist, heißt das noch lange nicht, dass sie ein langweiliges Hausmütterchen ist!«

Die Mutter hob die Hand. »Ja, ja, schon gut, jetzt reg dich ab. Ich hätte das nicht sagen sollen, ich kenne Elisabeth viel zu wenig, um mir ein Urteil erlauben zu können. Und ich finde es schön, dass du dich so gut mit ihr verstehst. Ich will sie dir um Gottes willen nicht madig machen. Du hast meine Schwiegermutter, also deine Großmutter, ja nie kennen gelernt. Ich habe dir aber oft erzählt, dass sie mir das Leben zur Hölle gemacht hat. So habe ich das damals jedenfalls gesehen. Heute weiß ich, dass ich auch mein Teil zu unserem schlechten Verhältnis beigetragen habe. Ich hätte mehr Rücksicht auf sie nehmen sollen. Sie war sehr oft krank und daher rührte wohl ein großer Teil ihrer Reizbarkeit. Aber ich schweife ab. Ich möchte dir einen gut gemeinten Rat geben: Nimm dir Elisabeth nicht zu sehr zum Vorbild. Sei du selbst. Und denk daran, beide Partner müssen etwas dafür tun, dass eine Ehe funktioniert.«

Lydia war zu erstaunt, um zu antworten. Ihre

Mutter hatte ihr nie gute Ratschläge erteilt, das war nicht ihre Art. Wieso fing sie jetzt auf einmal damit an? Lydia hatte keine Lust, es herauszufinden, dazu war ihr Verhältnis zur Mutter nicht eng genug. Außerdem ärgerte sie sich, wollte es aber nicht zugeben. Als ob sie, Lydia, kritiklos einen anderen Menschen nachäffen würde, allein die Unterstellung brachte sie innerlich zum Kochen. Und was Ratschlag Nr. 2 betraf, der Neuigkeitswert war ja wohl gleich Null. Außerdem, was hieß »funktionieren«? Glücklich sein, darauf kam es an. Die Ehe ihrer Eltern funktionierte sicher. Es gab eine gut geregelte Arbeitsteilung, man ging freundlich miteinander um, Streit gab es so gut wie nie, und wenn, folgte die Versöhnung auf dem Fuß. Beide waren beruflich erfolgreich, verbrachten ihre knappe Freizeit gemeinsam, vorzugsweise auf dem Golfplatz. Der Alltagstrott hielt die Eltern fest in seinen Klauen. Auch als sie klein war, hatte Lydia nie das Gefühl gehabt, dass Liebe die Ehe ihrer Eltern zusammenhielt, geschweige denn Leidenschaft. Eine gut eingespielte Zweckgemeinschaft, so ließ sich der Status quo am besten beschreiben. So wird es nie sein zwischen Andreas und mir, schwor sie sich. Wir halten das Glück fest, über die Jahre hinweg. Elisabeth und Manfred sind das beste Beispiel dafür, dass so etwas möglich ist.

Jetzt, so viele Jahre später, dachte Lydia, dass das Glück nichts anderes als eine Sache der Einstellung war. Die Dinge positiv sehen, auch wenn man mal nicht ganz so zufrieden war – das war das Geheimnis einer glücklichen Ehe. Sie freute sich auf Andreas. Sie freute sich auf diesen Abend. Nina hatte den Tisch mit dem besten weißen Bone China Service gedeckt. Weiße Moosröschen prangten in einer kleinen Vase; die weiß und blau gemusterte Tischdecke und Stoffservietten von Schnickschnack machten sich gut dazu. Lydia hatte Andreas zuliebe einen kurzen Rock angezogen, dazu eine cremefarbene Seidenbluse und Pumps mit hohen Absätzen. Er mochte es, wenn sie Röcke oder Kleider trug; sie bevorzugte Hosen, weil sie sie bequemer fand.

Kurz vor acht kam Andreas nach Hause. Nina, die ihr orangefarbenes Lieblingskleid aus Pannesamt trug, zog ihn nach der Begrüßung gleich ins Esszimmer, damit er die Festtafel bewundern konnte.

»Ein wunderschön gedeckter Tisch«, sagte Andreas dann auch begeistert. »Und zwei wunderschöne, elegant gekleidete Damen, die mich mit einem Kuss begrüßt haben, und es duftet nach Lasagne. Herz, was willst du mehr?« Er legte einen Arm um Lydia, den anderen um Nina und küsste beide auf die Wange.

Als Vorspeise gab es einen Salat mit Sojaprossen und Crevetten, der ebenso köstlich schmeckte wie die Lasagne. Nina verfeinerte ihre Portion mit Ketchup und Tabascosauce, ihrer Meinung nach brachte erst diese Würze das Aroma voll zur Geltung. Zum Nachtisch gab es Walnusseis, Andreas' Lieblingsdessert. Die Unterhaltung war lebhaft, die Stimmung fröhlich. Um zehn unterbrach sich Nina mitten im Erzählen. »O je, da fällt mir ein, dass ich die Mathehausaufgaben für morgen glatt verschwitzt habe. Das gibt Ärger, wenn ich mich jetzt nicht schnell dahinter klemme.« Sie küsste ihre Eltern, wünschte eine gute Nacht und trollte sich.

Andreas sagte: »Du, Schatz, in zehn Minuten kommt ›Kabarett Kaputt‹ auf Pro7, das schauen wir uns an, ja?« Er beugte sich zu ihr hinüber und küsste sie auf die Wange. »Das Essen war übrigens super. Du hast dich selbst übertroffen.«

Lydia traute ihren Ohren kaum. Zum ersten Mal seit langem verbrachten sie einen gemeinsamen Abend, und Andreas würgte das Gespräch ab, weil er in die Glotze schauen wollte! Während sie noch an einer passenden Antwort bastelte, fing Andreas an, das Geschirr aufeinander zu stapeln. Auf der Zunge lag ihr: wenn du diese alberne Sendung interessanter findest als mich, lass dich scheiden und heirate den Fernseher!

»Ich würde gern noch gemütlich mit dir zusammen sitzen, reden und ein Glas Wein trinken«, sagte Lydia ruhig. Wenn Andreas sich die Mühe gemacht hätte, sie anzusehen, hätte ihm auffallen müssen, dass sie innerlich kochte. Aber er sah sie nicht an. Lydia hatte ihn dafür um so genauer im Visier. Was für ein sympathisches, vertrauenerweckendes Gesicht er doch hatte. Und er wusste auch, wie er auf Frauen wirkte. Carolin hatte es auf einer Party einmal auf den Punkt gebracht: »Andreas sieht nicht *wirklich* gut aus, also ähm, ich meine, er ist kein *schöner* Mann, wie zum Beispiel George Clooney, du weißt schon, wie ich es meine. Aber Andreas ist wahnsinnig charmant«, sagte sie zu Lydia. »Und er hat eine besondere Ausstrahlung, ein *je ne sais quoi*. Das macht ihn so attraktiv.« Sie war ziemlich beschwipst gewesen, als sie dieses Kompliment von sich gegeben hatte. Lydia war hin- und hergerissen zwischen Ärger, was fiel Carolin ein, ein Urteil über ihren, Lydias, Mann abzugeben, und Belustigung. Die Belustigung siegte. »Ich werde es an Andreas weitergeben. Er wird traurig sein, dass er dir nicht so gut gefällt wie George Clooney.«

»Bloß nicht!« ,quietschte Carolin und kicherte. Es war ihr deutlich anzusehen, dass es ihr alles andere als unangenehm war, wenn Andreas die Perlen ihrer Weisheit zu Ohren kämen.

Andreas grinste, als Lydia ihm später Bericht erstattete. »Gott, muss die einen im Tee gehabt haben«, war sein einziger Kommentar.

»Das ist eine wunderbare Idee, Schatz«, gab Andreas jetzt zurück. »Nach »Kabaret Kaputt« haben wir ein Date, versprochen.«

Schon war er in Richtung Küche verschwunden, ohne ihre Antwort abzuwarten. Er verteilte Termine wie im Büro, und erwartete von ihr, dass sie seine Entscheidungen widerspruchslos schluckte. So nicht, mein lieber Mann, so nicht, dachte sie und marschierte in die Küche.

»Können wir nicht EINMAL einen Abend miteinander verbringen, einfach nur reden? Wir haben gemütlich zusammengesessen, zum ersten Mal seit Wochen. Und dann unterbrichst du mich quasi mitten im Satz, weil du unbedingt fernsehen willst!«

Andreas zog bei ihrem scharfen Ton die Augenbrauen hoch. »Wir haben doch ein Date nach der Sendung. Warum machst du eine Szene, nur weil ich mich nach einem harten Arbeitstag ein Stündchen vor dem Fernseher entspannen will?«

Lydia funkelte ihn an. »Merkst du gar nicht, was für eine Riesenunverschämtheit du da eben von dir gegeben hast? Vor der Glotze kannst du dich also entspannen, aber nicht, wenn du dich mit mir unterhältst?«

»So war das absolut nicht gemeint, bitte dreh mir nicht das Wort im Mund herum.« Andreas' Gesicht hatte sich gerötet, wie immer, wenn er wütend war. »Ich sehe nur nicht ein, warum es ein Kapitalverbrechen sein soll, wenn ich mir meine Lieblingssendung anschauen möchte.«

Das war der Auftakt zu einer längeren, ziemlich heftigen Auseinandersetzung, die damit endete, dass Andreas sich bei ihr entschuldigte. Danach waren beide nicht mehr in Redelaune, wollten es aber nicht zugeben. Also quälten sie sich durch eine nichtssagende Konversation. Lydia erzählte von dem Treffen mit Ines und Andreas gab ein paar Anekdoten aus der Kanzlei zum besten. Kurz vor zwölf, als sie sich gegenseitig bei einem verstohlenen Blick auf die Uhr ertappten, beschlossen sie schlafen zu gehen.

Lydia schlief sofort ein. Irgendwann in der Nacht wachte sie plötzlich auf. Sie hatte lebhaft geträumt, das wusste sie noch, aber sie erinnerte sich nicht an ihren Traum. Vor ihrem geistigen Auge tauchte Jens Krüger auf. Er hatte dort nichts zu suchen, da sie ihn doch aus ihren Gedanken verbannt hatte. Dessen ungeachtet stand er da und lachte sie an. Sie spürte wieder den elektrischen Schlag, den seine zufällige Berührung ausgelöst hatte. Wie es wohl sein mochte, ihn zu küssen? Das war ihr letzter Gedanke, bevor sie wieder einschlief.

Ines verwöhnte sich an diesem Abend. Als erstes führte sie sich ihr Horoskop zu Gemüte. *Seien Sie heute besonders aufmerksam. Gehen Sie mit offenen Augen und Ohren durch den Tag, vergessen Sie auch nicht, nach innen zu horchen. Das Schicksal hat eine Botschaft für Sie, die bedeutsam für Ihre Zukunft ist,* stand da zu lesen.

»Jaja«, sagte Ines laut. »Die Botschaft lautet: Ich bin auf dem besten Weg, fett zu werden, weil das Schicksal mir eben zugerufen hat, dass ich eine Tafel Nougatschokolade einwerfen soll«.

Sie steckte das letzte Stückchen in den Mund und ging dann ins Bad, um Wasser in die Wanne einzulassen. Ein Mandelölbad und ein ausgiebiges Pflegeprogramm waren genau das, wonach ihr jetzt der Sinn stand. Nachdem sie sich bei Kerzenschein und leiser Radiomusik in dem duftenden, warmen Wasser geaalt hatte, wusch sie sich die Haare und ließ eine Spezialhaarkur einwirken. Ihrem Teint gönnte sie eine feuchtigkeitsspendende Maske. Dann widmete sie sich ihren Fingernägeln. Das Telefon läutete ein paar Mal, sie ließ es läuten. Wer immer sich am anderen Ende der Leitung befand, konnte ihr gestohlen bleiben, sie hatte absolut keine Lust auf ein Gespräch. Ines stieg aus der Wanne und machte es sich auf ihrem Sofa bequem. Die Welt außerhalb ihrer vier Wände war ein finsterer Ort, bevölkert von unerträglichen Nervensägen. Wie gut, dass wenigstens sie glücklich und zufrieden mit ihrem Leben war. Sie rief sich alle Reichtümer in ihr Gedächtnis: Sie war frei und unabhängig, erfolgreich in einem Traumberuf. Sie war gesund, attraktiv, hatte keine Sorgen, keine Nöte. Es gab absolut keinen Grund für Stimmungstiefs. Sie war ein Mensch, den andere zu Recht beneideten. Es ging ihr super, und wenn sie etwas für die Schönheit tat, eine Tafel Schololade verdrückte und wie jetzt mit einem Auge eine Quizsendung im Fernsehen verfolgte, ging es ihr sogar megasuper, auch wenn das einzige, das sie registrierte, die Aufmachung des Quizmasters war. Der Typ, schätzungsweise Ende zwanzig, trug ein Blümchenhemd in Pastelltönen, das fast bis zum Bauchnabel aufgeknöpft war. Auf seiner Brust baumelte ein circa pfundschweres Silberkreuz. Die dunklen Haare waren zu einer Art Hahnenkamm gestylt. Er sprach gedehnt und rückte ständig mit einem Finger die eckige, schwarz umrandete Hornbrille zurecht. Mit jedem Wort und jeder Geste kam rüber, wie unglaublich toll er sich fand. Ines hatte bei ihrem letzten Besuch beim Friseur die »Frau im Leben« studiert und wusste, dass er verheiratet war und zwei kleine Kinder hatte. »Ingo ist mein absoluter Traummann. Er ist intelligent, sexy und erfolgreich und er hat gottseidank keine Haare auf der Brust«, wurde seine Frau, eine sportlich wirkende Brünette, die Jeans und einen Rollkragenpulli trug, zitiert. Kaum zu glauben, dass sie nicht täglich einen Schreikampf bekam beim Anblick ihres Gatten, der sich in einem pinkfarbenen Seidenhemd zum knapp geschnittenen auberginefarbenen Anzug auf den Hochglanzseiten tummelte. Was er im Interview von sich gab, troff vor Eigenlob, fand Ines. Aber das war nicht ihr Problem.

Um Mitternacht lag sie im Bett. Mit rosigem

Teint, glänzenden Haaren und kirschrot lackierten Fingernägeln. Obwohl sie todmüde war, konnte sie nicht einschlafen, und ihre Laune hatte sich immer noch nicht wesentlich gebessert. Aus unerfindlichen Gründen spukte ihr Volker im Kopf herum, und nicht nur er, sondern eine lange Reihe von Gesichtern und Körpern. Manche hatten für eine Nacht eine gewisse Bedeutung gehabt, viele nicht einmal das. Oft genug war es nur das Spiel an sich gewesen, das sie gereizt hatte. Der Kick des Neuen, die Eroberung. Was sich danach abgespielt hatte, hatte sie in einigen Fällen so zum Gähnen gebracht, dass sie gegangen war, beziehungsweise den Möchtegern-Lover hinauskomplimentierte, bevor es richtig zur Sache ging. Vieles hätte ich mir ersparen können, dachte sie jetzt. Wenn ich an den Typ denke, der da plötzlich im roten G-String und schwarzen Kniestrümpfen vor mir stand, oh Gott. Der Anblick war die reine Körperverletzung. Du lieber Gott, bin ich gerannt, absolut weltrekordverdächtig.

Das Läuten der Haustürglocke riss sie aus ihren Gedanken. War es zu fassen? Wer um alles in der Welt wagte es, um diese Uhrzeit, bei ihr zu klingeln? Sie kletterte aus dem Bett, riss das Fenster auf und rief auf die Straße hinunter: »Wenn Sie nicht sofort aufhören Terror zu machen, rufe ich die Polizei!«

»Hey Ines, ich bin es doch bloß, Dennis«, tönte

es zu ihr hinauf. »Ich MUSS dich unbedingt noch kurz sprechen. Du schläfst doch nicht etwa schon?«

Sie seufzte. »Wie kann ich schlafen, wenn ich gerade den Kopf aus dem Fenster strecke und dich zur Schnecke mache, hm? Moment. Ich komme runter. Die Haustür ist unter Garantie abgeschlossen.«

Sie zog einen seidenen Kimono über ihr Nachthemd und marschierte mit ihrem Schlüsselbund bewaffnet nach unten. Im Flur erblickte sie Cai Dorner und den Hund Einstein. Neben ihnen stand ein über beide Ohren strahlender Dennis. »Cai hat mich reingelassen«, verkündete er.

Ines schaute von einem zum anderen. »Ihr kennt euch?«

»Aus dem Fitnessstudio«, sagte Dorner und lächelte sie an. Um den Hals hatte er ein Ungetüm von Schal gewickelt, seine Wangen waren von der Kälte gerötet. Einsteins Schwanz wedelte beim Klang seiner Stimme sachte hin und her.

Sie gingen die Treppe hinauf. Vor Ines' Wohnungstür blieben sie stehen und sagten sich gute Nacht. »Komm doch mal wieder im *Paco* vorbei, Cai«, meinte Dennis. »Warst lange nicht da. Ich habe unsere Gespräche vermisst.«

»Es ging ziemlich hektisch zu in den letzten Wochen, aber jetzt ist es ruhiger. Ich schaue bestimmt am Wochenende rein, da habe ich frei.«

»Ihr scheint euch ja gut zu kennen«, sagte Ines, als sie mit Dennis im Wohnzimmer saß.

»Cai ist in Ordnung. Netter Kerl für einen Bullen.«

»Bulle? Du meinst, er ist bei der Polizei?!«

Dennis grinste. »Yep. Kommissar Dorner höchstpersönlich. Aber Einstein ist kein Polizeihund.«

»So genau habe ich es nun wirklich nicht wissen wollen. Und jetzt sag endlich, warum du mich aus dem Bett geklingelt hast.«

»Weil ich dich umarmen will! Indem du mir in den Hintern getreten hast, was Marie betrifft, hast du mich zum glücklichsten Mann der Welt gemacht. Ich bin heute in die Frosch-Apotheke marschiert und habe ihr klipp und klar meine Gefühle gestanden. Wir waren heute Abend essen und wir haben geredet und geredet, und es ist, als würden wir uns schon ewig kennen und für morgen Abend sind wir verabredet und der Laden muss ohne mich auskommen, hach, ich bin so glücklich!«

Er strahlte Ines an, und in seinen Augen lag sein ganzes Herz.

»Wie schön, Dennis, ich freue mich so für euch!« Sie würde ihm bestimmt nicht erzählen, dass sie zu dem fraglichen Zeitpunkt ebenfalls in der Frosch-Apotheke gewesen war.

Er brachte es tatsächlich fertig, noch intensiver zu strahlen als vorher. »Das wollte ich dir unbedingt erzählen. Aber das ist nicht der einzige Grund, weshalb ich um diese Uhrzeit noch vorbeigeschneit bin. Komm an mein Herz!«

Dennis erhob sich aus dem Sessel und breitete die Arme aus. Es war unverkennbar, dass er nicht im Vollbesitz seiner geistigen Fähigkeiten war. Mehr noch – die Ereignisse des Tages hatten ihn in einen armen Irren verwandelt, mit dem die Gefühle durchgegangen waren. Widerstand war zwecklos. Ergeben stand Ines auf, ließ sich hochheben und so fest umarmen, dass ihr die Luft weg blieb. Als Dennis damit fertig war, sie abzuküssen und sie wieder festen Boden unter den Füßen hatte, zog er ein Schächtelchen aus der Jeanstasche und hielt es ihr hin. »Da. Für dich. Mach schon auf.«

»Für mich? Ja, aber wieso denn?«

»Darum. Und jetzt halt den Mund und mach es auf. Wenn du weiter herumdiskutierst, kriegst du Lokalverbot.«

»Haha, das machst du nicht. Denk an deinen Umsatz.«

»Und ob ich das tue. Und wenn es mich ruiniert.« Er blickte so grimmig drein, dass Ines ihm beinahe glaubte.

In der Schachtel befand sich ein wunderschönes, mit Türkisen besetztes Silberarmband.

»Oh, danke!«, rief Ines entzückt.

»Du kannst es umtauschen, wenn es dir nicht gefällt.«

Sie fiel ihm um den Hals. »Bist du verrückt? Es ist wunderschön! Das rücke ich nie wieder heraus.«

Dennis wurde ernst. »Ich freu mich, dass es dir gefällt. Ich möchte gern, dass du dich daran erinnerst, dass Dennis und Marie heute zueinander gefunden haben.«

Plötzlich hatte sie einen dicken Kloß im Hals. Und fing zu ihrem eigenen Entsetzen an zu heulen. Sie konnte nichts, absolut nichts tun, um den Tränenfluss einzudämmen. Wann hatte sie das letzte Mal geweint? Sie konnte sich nicht daran erinnern. Dennis nahm sie in die Arme, streichelte ihr über das Haar und brummte: »Aber wer wird denn weinen. Es gibt doch gar keinen Grund traurig zu sein.«

»Ich bin doch gar nicht traurig, du Depp«, schluchzte Ines. »Ich heule vor lauter Rührung!«

»Hör auf damit. Bitte!«, flehte Dennis. »Sonst heule ich womöglich noch mit. Aber nicht vor Rührung, sondern vor Glück.«

Das gab ihr den Rest. »Ich k-k-k-ann nicht aufhören und s-s-s-chon gar nicht, wenn du mitheulst.«

Dennis nahm sie fester in die Arme. »Schon gut. Ist ja schon gut. Ich verkneife es mir. Ich will nicht daran Schuld sein, wenn deine Wohnung unter Wasser steht.«

Als sich die Wohnungstür hinter Dennis geschlossen hatte, schleppte sich Ines ins Bett. Sie fühlte sich so erschöpft, als hätte sie einen Zentner Steine bergauf geschleppt. Der Tränenausbruch war ihr sehr peinlich, sie hatte sich bei Dennis entschuldigt. »Spinn nicht rum«, war die freundliche Antwort. »Sind wir Freunde, oder nicht?«

Woraufhin Ines beinahe wieder losgeheult hätte.

Dennis sah sie an. »Wag es bloß nicht. Für heute ist es genug, Freundschaft hin oder her.«

Sein energischer Ton erstickte den erneut drohenden Anfall von Rührseligkeit, wofür Ines ihm zutiefst dankbar war. Sie hatte ihre Tränendrüsen und seine Geduld heute so sehr strapaziert, dass es für die nächsten fünfzig Jahre reichte, fand sie.

Bevor sie einschlief, sagte sie laut in die Dunkelheit hinein: »Ich wünsche euch alles Glück der Welt.«

Obwohl ich nicht an das Glück glaube, fügte sie im stillen hinzu. Aber es wäre schön, wenn jetzt jemand neben mir liegen würde, der mich in die Arme nähme.

5

Es war ein ungewöhnlich warmer Tag für Ende Februar. Die Sonne schien von einem strahlend blauen Himmel herunter und die Luft duftete nach Frühling. Lydia und Ines hatten sich in der Stadt getroffen und die Läden unsicher gemacht. Anschließend gönnten sie sich im Café Zanitz die Spezialität des Hauses: einen Eisbecher mit frischen Früchten.

Lydia fand, dass Ines blass und müde aussah. Aber sie sagte nichts. Niemand hörte gern, dass er blass und müde aussah. Ines wiederum hatte das Gefühl, das irgend etwas Lydia bedrückte, aber sie hütete sich, zu fragen. Lydia würde von sich aus anfangen zu reden, oder es lassen. Genau wie Ines war sie der Typ, der vieles mit sich allein abmachte. Wir sind uns sehr vertraut geworden seit dem Abendessen bei mir, als ich zu meiner ewigen Schande angebrannte Steaks und versalzenes Kartoffelgratin serviert habe, dachte Ines. Wir telefonieren oft und unternehmen etwas, auch wenn es aus Zeitgründen manchmal nur für einen Spaziergang durch den Stadtpark reicht. Wir reden und reden, über Gott und die Welt, wir haben uns immer etwas zu sagen. Aber es gibt Themen, denen wir aus dem Weg gehen. Lydia spricht so gut wie nie über ihren Mann, der anscheinend nur zum Essen und Schlafen nach Hause kommt und ansonsten in seiner Kanzlei wohnt. Bis jetzt habe ich ihn nicht kennen gelernt, kann aber nicht behaupten, dass ich das Gefühl habe, dass mir dadurch etwas fehlt. Mit Workaholics kann ich nicht viel anfangen, das war immer schon so. Und worüber schweige ich? Über mein Liebesleben. Wenn man es denn so nennen will. Viel gelaufen ist in den letzten Wochen sowieso nicht. Ich bin abends oft so müde, dass ich mich nicht aufraffen kann, noch etwas zu unternehmen. Ich hänge vor dem Fernseher wie eine Stubenhockerin. Vielleicht leide ich unter vorzeitiger Frühjahrsmüdigkeit. Oder unter Vitaminmangel? Ich sollte mal in die Frosch-Apotheke pilgern und mich beraten lassen. Am besten von Marie, die aussieht wie das blühende Leben und soviel verliebte Glückseligkeit verströmt, dass es anstecken könnte, wenn ich nicht dagegen immun wäre.

»Nina ist bis über beide Ohren verliebt«, erzählte Lydia soeben. »Aber leider unglücklich. Der Junge hat eine Freundin, und es sieht nicht so aus, als ob –« Sie hielt mitten im Satz die Luft an und wurde glühend rot. Ines, die mit dem Rücken zum Geschehen im Café saß, drehte sich um. Da stand der Blonde, der damals im Bären-Bistro mit Lydia geflirtet hatte und sah sich nach einem freien Tisch um. Er war auffallend braun gebrannt inmitten all der winterblassen Gesichter und seine Haare waren sonnengebleicht. Jetzt hatte er Lydia erspäht. In seinen Augen blitzte etwas auf, er nickte ihr zu. Lydia zögerte fast unmerklich, dann nickte sie zurück. Ines spürte die Spannung, die sich zwischen den beiden aufgebaut hatte. Ein Vibrieren lag in der Luft. Zwischen diesen beiden knisterte es, und zwar gewaltig. Die Begegnung im Bistro war nicht die einzige gewesen, soviel war klar.

»Wie kann ein Mensch um diese Jahreszeit nur so unverschämt braun sein?«, erkundigte sich Lydia in einem Ton, als ginge es darum, eine ungeheuer wichtige philosophische Frage zu klären.

»Hm. Da gibt es diverse Möglichkeiten. Aber meinst du nicht, du solltest ihn fragen und nicht mich?«

»Ganz bestimmt nicht! Ich rede kein Wort mehr mit ihm. Und außerdem interessiert es mich nicht die Bohne, wo er nun in der Sonne gelegen hat«, sagte Lydia empört.

»Ach so«, gab Ines milde zurück. Sie hatte sich also nicht getäuscht. Es hatte sich tatsächlich etwas abgespielt. Lydia war völlig durch den Wind, seit der Blonde das Café betreten hatte.

Jetzt stocherte sie in ihrem Eisbecher herum, führte gelegentlich mit leicht zitternder Hand den Löffel zum Mund und erzählte dabei eine wirre Geschichte, in der es um ihre Schwiegermutter ging.

Die Dame litt unter Hühneraugen und gab ein Vermögen beim Frisör aus. Ines, die den Zusammenhang zwischen Hühneraugen und dem Frisör nicht recht nachvollziehen konnte, hörte nichtsdestotrotz aufmerksam zu. Schwiegermütter gehörten nicht unbedingt zu ihren Lieblingsthemen, aber wenn Lydia in dieser Situation darüber reden wollte, musste man sich als Freundin eben in Geduld fassen.

»Elisabeth ist sehr lieb«, fügte Lydia hinzu. »Ich habe wirklich Glück gehabt mit meiner Schwiegermutter. Wenn ich da zum Beispiel an Susanne denke, das ist eine Freundin von mir, na ja, eigentlich ist Freundin zuviel gesagt, Bekannte trifft es eher, und sie ist mit Norbert verheiratet, und Norberts Mutter ist ein Drache, wie er im Bilderbuch steht ...«

Ein Klecks Erdbeereis landete auf ihrem hellgrauen Kaschmirpulli. Sie schaute an sich herunter. »Oh, verflixt. Ich versuche mal eben, das auszuwaschen.«

Lydia steuerte zielstrebig auf die Toiletten zu. Dass sie unterwegs ihre Handtasche fallen ließ und beinahe die mit einem Kuchentablett beladene Kellnerin über den Haufen rannte, überraschte Ines nicht. Genauso wenig wie die Tatsache, dass der Blonde Lydia nachging, sobald sie den Raum verlassen hatte.

Lydia rieb mit einem nassen Taschentuch an dem Eisfleck herum. Vergeblich, er ließ sich nicht ganz entfernen. Nicht so schlimm, sie würde den Pulli in die Reinigung bringen. Nein, erst würde sie ihn selbst waschen, und wenn der Fleck immer noch da sein sollte, würde sie die Reinigung aufsuchen, oh Gott, was für ein Gedanken-Wirrwarr. Sie rief sich zur Ordnung. Der Fleck war kein Weltuntergang, und um ehrlich zu sein, ging es hier nicht um einen Pulli. Sie hatte ganz andere Sorgen. Ihr Gesicht glühte, sie hatte Herzklopfen wie eine Vierzehnjährige, und das alles nur wegen dieses idiotischen Kerls. Was fiel ihm ein, hier im Café aufzutauchen und sie in einen solchen Zustand zu versetzen? Sie hatte in den vergangenen Wochen nicht an ihn gedacht, na ja, beinahe nicht. Wenn er sich in unbedachten Momenten in ihr Bewusstsein schlich, drängte sie ihn sofort hinaus. Sie war überzeugt gewesen, dass sie ihm nie mehr begegnen würde; aus dem einfachen Grund, weil sie ihm nicht begegnen WOLLTE. Der Wille versetzte ja bekanntlich Berge, er war wie ein Zauber. Wieso versagte der Zauber jetzt plötzlich?

Sie wusch sich die Hände und überlegte, ob sie sich die Lippen nachziehen sollte. Ach was. Wozu? Es war ja nicht so, als hätte sie es darauf abgesehen, irgendjemanden mit rosa glänzenden Lippen zu beeindrucken. Sie würde jetzt ganz cool und lässig zurückgehen, zahlen und das Café verlassen. Ines würde Verständnis dafür haben, dass das Café Zanitz zu klein war, als dass Lydia Wolf und Jens Krüger sich gleichzeitig darin aufhalten konnten.

Sie sah ihn sofort, als sie die Tür zum Korridor öffnete. Er stand da, ganz entspannt, mit locker herabhängenden Armen. Sein Gesicht verriet nichts. Sie machte einen Schritt auf ihn zu. Sie wollte es nicht, aber ihre Füße führten ein Eigenleben. Und dann lag sie in seinen Armen und sie spürte seine Lippen auf ihren, seine Zunge in ihrem Mund, und die Welt um sie herum schien zu versinken. Es gab nur noch seinen Körper an ihrem und den berauschenden Duft seines Rasierwassers. Sie kam erst wieder zu sich, als eine freundliche Männerstimme sagte: »Ich möchte ja nicht stören und es geht mich ja auch nichts an, aber finden Sie nicht, dass diese Örtlichkeit verdammt ungemütlich ist für die Beschäftigung, der Sie gerade nachgehen?«

Jens hatte Lydia los gelassen. »Da haben Sie verdammt Recht«, meinte er, ohne eine Miene zu verziehen.

Der Mann verschwand grinsend in der Herrentoilette.

Lydia war wieder in das Hier und Jetzt zurückgekehrt. Und wäre vor Entsetzen über sich selbst am liebsten im Boden versunken. Sie musste komplett durchgedreht sein. Sie, eine verheiratete Frau, küsste in aller Öffentlichkeit einen wildfremden Mann und hatte es so genossen, dass sie immer noch weiche Knie hatte. Was, wenn jemand dazu gekommen wäre, der sie kannte? Herfelden war ein Nest, die Wahrscheinlichkeit war hoch. Die pikante Neuigkeit hätte sich in der Stadt verbreitet wie ein Steppenbrand. Es hätte keine zwei Stunden gedauert, und Andreas wäre informiert gewesen.

»Sehen wir uns morgen Abend?«

»Nein«, sagte Lydia. Gott, wie atemlos ihre Stimme klang.

»Schillerstraße 20. 5.Stock, Apartment Eins E. Es ist kein Namensschild an der Tür. Ich bin ab 18 Uhr da.«

Die Tür zum Caféraum ging auf und eine ältere Dame in einem rosa Strickensemble betrat den Korridor.

»Nein!«, zischte Lydia und floh.

»Lass uns gehen!«

Lydia hatte leise gesprochen, aber ihre Stimme signalisierte Alarmstufe Rot. Ines warf einen Blick in das Gesicht der Freundin und stand sofort auf. Du liebe Güte, wie ließ sich der Zustand, in dem Lydia sich befand, am besten beschreiben? Im Moment fiel ihr nichts ein, und das wollte etwas heißen, sie war sonst nie um Worte verlegen.

Draußen auf der Straße machte Lydia ihrem Herzen Luft: »Er will sich mit mir treffen. Morgen

Abend. In seiner Wohnung. Eindeutiger geht es ja wohl nicht mehr! Ich gehe natürlich nicht hin. Was denkt der Mensch sich? Ich bin verheiratet. Es muss ihm doch aufgefallen sein, dass ich einen Ehering trage.«

Ines seufzte innerlich. Konnte es wirklich ihre Aufgabe sein, eine Frau von einundvierzig Jahren darüber aufzuklären, dass ein Mann, der sich in eine Frau verguckt hatte, sein Augenmerk nicht ausschließlich auf ihre Hände richtete? Lydia sah sie erwartungsvoll an.

Ines räusperte sich. »So wie er dich angeschaut hat, gehe ich davon aus, dass es ihm egal ist, ob du verheiratet bist oder nicht. Es lag ganz schön was in der Luft zwischen euch, das war nicht zu übersehen. Du stehst ihm auch nicht, hm, gleichgültig gegenüber, um es mal vorsichtig zu formulieren.«

Lydia gab keine Antwort. Sie marschierte so schnell drauflos, dass Ines, die ein Stück kleiner war, sich anstrengen musste, um mit ihr Schritt zu halten. Vor dem Schaufenster der Boutique, in der sie vorhin ein weinrotes Leinenkleid mit passender Jacke erstanden hatte, blieb Lydia stehen und fauchte: »Ich wünschte, er würde auf der Stelle dorthin auswandern, wo er sich diese geschmacklose Bräune geholt hat! Ich will ihn nie wieder sehen!«

Ines öffnete den Mund. Lydia funkelte sie an.

»Du glaubst, ich bin völlig hin und weg von diesem Typen. Aber das stimmt nicht. Und egal, was du sagen willst – ich will es nicht hören! Es ist schlimm genug, dass ich mich eben in einem Anfall geistiger Umnachtung von diesem Menschen habe küssen lassen!«

Ines klappte brav ihren Mund zu, obwohl es schwer fiel, denn die Dinge waren sogar noch weiter gediehen, als sie erwartet hatte. In Lydias Ehe würde dieser Kuss Spuren hinterlassen, auch wenn nicht mehr daraus erwachsen sollte. Was Ines bezweifelte. Lydia mochte sich einreden, was sie wollte. Tatsache war, dass sie Feuer gefangen hatte.

»Danke«, sagte Lydia. »Lieb von dir.«

»Gern geschehen.«

Sie umarmten sich zum Abschied. Lydia machte sich auf den Weg zum Parkplatz; Ines ging in die andere Richtung. Beide drehten sich gleichzeitig noch einmal um und winkten.

Lydia und Nina aßen gemeinsam zu Abend. Danach verzog sich Nina in ihr Zimmer, um für eine Französischarbeit zu üben. Lydia räumte die Küche auf, dann zappte sie sich durch die Fernsehkanäle. Nichts konnte ihre Aufmerksamkeit fesseln. Es war acht Uhr. Andreas war im Büro. Und sie dachte an einen Kuss und sah das Gesicht eines fremden Mannes vor sich. Schillerstraße 20. Die

Adresse war am anderen Ende der Stadt, in der Nähe des Krankenhauses. Was bildete der Kerl sich ein. Als ob sie sich mit ihm treffen würde.

Andreas kam kurz vor zehn nach Hause und brachte eine Flasche Wein mit, die ihm eine Klientin verehrt hatte. »Frau Schenckenberg hat Geburtstag heute, und es war ihr ein inneres Bedürfnis, mir einen auszugeben. Ist das nicht lieb?«

Automatisch stellte sie die Fragen, die sie immer stellte, wenn Andreas von einem weiblichen Wesen erzählte. Es war ein altes Spiel zwischen ihnen. »Sehr lieb. Aber, hm. Wie alt ist sie, wie sieht sie aus?«

Er grinste. »Sie ist heute vierzig geworden, ist eine meiner Lieblingsklientinnen und hat zwei Arme, zwei Beine und einen Kopf. Hey, du bist doch nicht etwa eifersüchtig?«

»Nein. Absolut nicht.« Die Standardantwort hätte gelautet: Doch, und wie! Doch die Abweichung fiel Andreas nicht auf. Er erzählte, dass er nicht hungrig sei, da er sich um sechs eine Pizza in die Kanzlei hatte kommen lassen. »Was meinst du, wollen wir ein Glas auf das Wohl des Geburtstagskindes trinken?«

»Wenn du magst«, meinte Lydia.

Andreas überhörte den lustlosen Ton und verschwand, um die Weinflasche zu öffnen. »Wie war dein Tag?«, rief er ihr von der Küche aus zu. »Wie immer?«

Nicht ganz, dachte Lydia. Nicht ganz. Es gab da einen Zeitraum, in dem alles auf dem Kopf stand.

Nur nicht daran denken.

Laut sagte sie: »Ja. Alles war wie immer. Keine besonderen Vorkommnisse.«

»Das ist schön, Schatz!«, kam es zurück. »Ich wünschte, ich könnte das gleiche sagen, aber in der Kanzlei war mal wieder mal der Teufel los. Ich erzähle es dir gleich in Ruhe.«

Ich mag es nicht hören, schoss es ihr durch den Kopf. Ich mag einfach nicht mehr. Es ist immer dasselbe. Furchtbarer Stress, keine Zeit, keine Zeit, Schatz, du verstehst das ja, es wird irgendwann mal besser.

Wann? Wenn wir alt und grau sind? Wir müssen mal raus aus dem Alltag, durchatmen, uns wieder näher kommen. Ich habe das Gefühl, wir haben uns meilenweit voneinander entfernt. Andreas steckt in seiner Tretmühle, ich in meiner, es ist höchste Zeit, auszubrechen.

Andreas kam mit zwei vollen Weingläsern zurück und setzte sich neben Lydia auf das Sofa.

»Lass uns doch nächstes Wochenende wegfahren«, sagte sie. »In ein schickes Hotel mit Schwimmbad und Sauna und allem Drum und Dran. Nur wir zwei. Damit wir endlich mal wieder Zeit für uns allein haben, die Seele baumeln lassen können. Wir müssen mal raus aus dem Alltagstrott.«

Er lächelte sie an. »Das ist eine wunderbare Idee! Ich nehme den Laptop mit, arbeiten kann ich auch im Hotel. Ich mache am Freitag in jedem Fall vor acht Schluss, egal was kommt, und dann fahren wir los. Was hältst du vom Wasserschloss zu Münster? Da haben wir doch vor zwei Jahren unseren Hochzeitstag verbracht. Das ist ein erstklassiges Haus, da würde ich gern noch einmal hin.«

Sie starrte ihn an. Das konnte doch wohl nicht sein Ernst sein! Mit dem Laptop ins Wasserschloss reisen, um die Seele baumeln zu lassen, war es zu fassen? »So habe ich mir ein Wochenende zu zweit nicht vorgestellt. Den Laptop lass mal schön zu Hause!«

Er nahm ihre Hand und küsste die Innenfläche. »Meine arme Maus. Ich weiß, dass es im Moment nicht einfach ist für dich. Wir haben sehr wenig Zeit füreinander. Ich weiß es zu schätzen, dass du mir den Rücken freihältst, glaub mir, und ich bin dir dankbar für deine Geduld.«

Was für ein Sermon. Sie zog ihre Hand weg. »Mit meiner Geduld bin ich im Moment ziemlich am Ende, um ehrlich zu sein. Es ist nicht nur der Zeitmangel. Wir stecken fest im Trott und du merkst es nicht mal. Wir reden über Banalitäten, Alltagskram. Nie über uns, unsere Ehe, unsere Träume. Über das, was in uns vorgeht.«

Er sah sie verständnislos an. »Was gibt es da

auch zu reden? Wir lieben uns und wir sind glücklich miteinander. Allein darauf kommt es an. Dann kann man auch kleine stressbedingte Durststrecken überwinden. Aber ich verstehe dich sehr gut, wirklich. Die Zweisamkeit ist wirklich ein bisschen kurz gekommen in der letzten Zeit. Ich sag dir was. Wir fahren dieses Wochenende weg – ohne Laptop. Irgendwie kann ich das schon organisieren.«

Sein Gesicht sprach Bände. Nimm mich bloß nicht beim Wort, bitte nicht, war darin zu lesen.

Auf einmal war sie sehr müde. Gar nichts verstehst du, dachte sie. Deine Welt ist in Ordnung, für dich ist alles, wie es war. Meine Welt ist nicht mehr in Ordnung, aber das ist mein Problem.

»Nein. Ich will nicht, dass du zeitlich herumjonglierst und organisierst und es hinterher bereust. Lass uns ein anderes Mal wegfahren. Wenn sich die Lage beruhigt hat und du dich guten Gewissens entspannen kannst. Wir haben beide nichts davon, wenn du unter Druck stehst, weil du eigentlich arbeiten müsstest.«

»Nein, nein, das klappt schon. Es ist kein Problem, wirklich nicht. Alles eine Sache der Organisation.«

»Du lügst sehr schlecht, mein Schatz. Wir fahren ein anderes Mal. Basta.«

Er konnte seine Erleichterung nicht verbergen. »In Ordnung. Aber nur, wenn es dir wirklich nichts ausmacht.«

»Es macht mir nichts aus.«

Er küsste sie leicht auf die Lippen. »Danke. Ich weiß, dass du jetzt schwindelst. Aber ich mache es gut, sobald ich ein bisschen Luft habe. Das verspreche ich dir.«

»Ich nehme dich beim Wort«, sagte sie leichthin, schnappte sich die Programmzeitschrift und begann, darin zu blättern. Andreas nahm sichtlich entspannt die Fernbedienung zur Hand. Er ist heilfroh, dass die Diskussion beendet ist und wir zum gemütlichen Teil des Abends übergehen, dachte sie. Gestern hätte mich das noch so geärgert, dass ich einen Streit vom Zaun gebrochen hätte. Jetzt lässt es mich ziemlich kalt. Was klar und deutlich zeigt, dass Andreas und ich nicht nur meilenweit voneinander entfernt sind, uns trennen mittlerweile Kontinente. Der Alltagstrott, der Mangel an Zeit, die Diskussion eben, das sind nur Symptome. Das Übel steckt ganz woanders. Das, was sich heute im Café abgespielt hat, wäre niemals passiert, wenn meine Gefühle Andreas gegenüber noch dieselben wären wie früher.

Diese Gedanken waren erschreckend. Hätte sie jemand vor einer Stunde gefragt: »Sagen Sie mal, lieben Sie Ihren Mann auch nach all den Jahren noch genauso wie früher?«, hätte sie ohne zu zögern geantwortet: »Ja! Natürlich! Andreas war meine große Liebe und er ist es immer noch. Ich liebe ihn genauso heiß und innig wie an unserem

Hochzeitstag!« Jetzt würde die Antwort lauten: »Ehrlich gesagt: Nein, von heiß und innig kann nicht die Rede sein.«

Was für eine Erleichterung, sich endlich einzugestehen, was sie unterschwellig gewusst hatte, seit Jens Krüger in die Geschenkeboutique Schnickschnack hereingeschneit war.

»Gehen wir zu mir oder zu dir?«

Gott, dachte Ines durch den Rotweinnebel in ihrem Hirn. Wie oft habe ich diesen Satz schon gehört. So oft, dass ich dagegen abgestumpft bin. Er törnt mich nicht einmal mehr ab. Und er hat ja auch seine Berechtigung. Es muss vorher geklärt werden, in wessen Bett man nun landet. Aus irgendeinem Grund fand sie ihren Gedanken so lustig, dass sie anfing zu kichern. »Lass uns zu dir gehen«, sagte sie und rutschte vom Barhocker.

Der Typ, Mario hieß er, grinste und legte einen Arm um ihre Taille. »Okay. Schön, dass du so gut drauf bist.«

Auf dem Weg zum Ausgang erspähte sie Dennis. Er saß mit einem Mann an einem Tisch, der Ines verdammt bekannt vorkam. Dunkle Haare, eine widerspenstige Strähne fiel ihm in die Stirn. Über den breiten Schultern spannte sich ein kariertes Hemd. Trotz der schummrigen Beleuchtung und der Tatsache, dass sie über einen Liter Merlot intus hatte, war der Typ schnell identifiziert. Es handelte sich um Kommissar Dorner, der in letzter Zeit allgegenwärtig war. Es verging kein Tag, an dem er ihr nicht irgendwo über den Weg lief. Im Treppenhaus, im Stadtpark, im Supermarkt. Und jetzt im *Paco*. Was seltsam war, denn bevor Einstein sie auf der Treppe beinah über den Haufen gerannt hatte, waren sie sich fast nie begegnet. Sie stolperte über eine leere Zigarettenschachtel, die jemand auf den Boden geworfen hatte. Mario verstärkte seinen Griff um ihre Taille. »Hoppla. Obacht. Dass ihr Mädels auch immer Stöckelschuhe anziehen müsst«, brummte er.

»Wie wär es, wenn du dich um deine Schuhe kümmerst, und ich mich um meine?«

»Okay«, meinte Mario friedlich.

Dorner hatte sie gesehen und winkte ihr lächelnd zu. Sie grüßte zurück. Dennis kam zu ihr herüber. »Ciao, Baby, ich sehe, du bist auf dem Abflug. Ich würde gern etwas mit dir besprechen. Etwas sehr Wichtiges. Ich ruf dich morgen an, okay?« Das selige Lächeln, das über sein Gesicht huschte, verriet ihr, um was es gehen würde – beziehungsweise um wen.

Sie umarmte ihn. »Gern. So am späten Nachmittag, okay? Tschüss, du. Gute Nacht.«

Dennis drückte sie fest an sich und küsste sie auf beide Wangen.

Mario warf ihm einen empörten Blick zu, räusperte sich und holte tief Luft.

Dennis warf ihm einen Blick zu, der einer sensiblen Natur das Blut in den Adern hätte gefrieren lassen. »Was immer du sagen willst, mein Junge, verkneife es dir. Und sei lieb zu meiner Ines, sonst bekommst du es mit mir zu tun.«

Er hatte sehr ruhig gesprochen, aber Mario, einsneunzig groß und gebaut wie ein Kleiderschrank, schrumpfte in sich zusammen. Der Typ schien komisch drauf zu sein, und er, Mario, würde den Teufel tun, ihn zu reizen. Der Mann machte den Eindruck, als könnte er verdammt unangenehm werden, und keine Frau der Welt war es wert, dass man sich mit so jemandem anlegte. Auch wenn Mario der Meinung war, dass männliche Wesen gefälligst die Pfoten von Frauen zu lassen hatten, die er als sein Eigentum betrachtete, und sei es auch nur für eine Nacht. Die einzige Berührung, die in seinen Augen erlaubt war, war ein Händedruck. Er war halt eher der eifersüchtige Typ, wie seine Ex-Freundin Susi mit Stolz in der Stimme jedem zu erzählen pflegte, der es hören wollte – oder auch nicht.

»Klar doch. Nur kein Stress«, sagte Mario. »Wer mich kennt, weiß, dass ich super lieb bin.« Er setzte ein gewinnendes Lächeln auf.

Dennis' Gesichtsausdruck ließ darauf schließen, dass eine nähere Bekanntschaft mit Mario nicht zu seinen Prioritäten zählte.

»Lass uns gehen«, sagte Ines.

Aus dem Augenwinkel sah sie, dass Dorners Blicke ihr folgten, als sie mit Mario zum Ausgang stöckelte.

Als Ines aufwachte, wusste sie im ersten Moment nicht, wo sie war. Sie hatte hämmernde Kopfschmerzen, ihr Mund war ausgetrocknet und ihre Augen schmerzten im hellen Sonnenlicht, das in ein eigenwillig eingerichtetes Schlafzimmer fiel. Sie registrierte eine braune Textiltapete und eine Menge Spiegel in vergoldeten Rahmen an den Wänden. Als nächstes einen breiten, nackten Rücken neben sich und einen dunkel behaarten Hinterkopf. Bei dem Bett handelte es sich um ein Polsterbett im Tiger-Design. Oh Gott. Dass sie in der Nacht nicht auf der Stelle geflüchtet war beim Anblick dieses Gemachs zeigte, wie blau sie gewesen sein musste. Plötzlich war ihr speiübel. Sie krabbelte aus dem Bett, presste eine Hand auf den Mund und betete, dass sie es bis ins Bad schaffen würde, wo immer es sich befinden mochte in dieser Wohnung.

Eine halbe Stunde später saß sie in einem Taxi und war auf dem Weg nach Hause. Sie fühlte sich hundsmiserabel, daran hatten eine Wechseldusche und zwei Kopfschmerztabletten aus dem Badezimmerschrank nichts ändern können. Es war ein Uhr. Sie hatte Mario geweckt, um zu fragen, wohin sie das Taxi bestellen sollte, denn sie hatte keine Ahnung, in welcher Ecke Herfeldens sie sich befand.

Er streckte sich, gähnte und blinzelte sie verschlafen an. Dann wälzte er sich ächzend auf den Rücken. »Wieso willst du denn schon heim? Lass uns gemütlich zusammen frühstücken, und danach schauen wir mal. Ich habe ja Urlaub.« Sein Blick wanderte über ihre Figur und blieb an ihrem Ausschnitt hängen. »Allerdings müsste jemand einkaufen gehen, außer Nescafé habe ich nämlich nix im Haus.« Er grinste. »Am besten übernimmst du das, du bist angezogen. Also, der Lebensmittelladen ist gleich links um die Ecke. Schräg gegenüber findest du die Bäckerei. Die Croissants sind genial und die Vollkornbrötchen auch.«

Sie legte einen besonders sanften Schmelz in die Stimme, als sie zurück gab: »So, so. Sind sie das. Das ist ja fein. Na, dann, träum schön weiter.«

»Wird gemacht, ich döse noch eine Runde«, sagte Mario gähnend. »Weck mich, wenn du wieder da bist. Und dass du dich nicht verirrst auf dem Rückweg, Kleines. Häberleinstraße Nr. 5.«

Er drehte sich mit sichtlichem Wohlbehagen wieder auf den Bauch. War es zu fassen? Der Typ erwartete allen Ernstes, dass sie jetzt die Zutaten für ein Frühstück mit allen Schikanen einkaufte und ihn dann an den gedeckten Frühstückstisch bat. Sicher würde es ihm auch gefallen, wenn sie sein Croissant mit Butter bekleisterte und ihn mit einem perfekten 4-Minuten-Ei fütterte.

Sie schloss leise die Schlafzimmertür hinter sich und ging in die Küche, wo sie den Inhalt des Nescaféglases (außer einer Flasche Wodka das einzige in diesem Haushalt, das zu der Kategorie Nahrungsmittel gezählt werden konnte) in einem kreisförmigen Muster auf den Fliesenboden streute. Zufrieden mit ihrem Werk begab sie sich dann auf die Suche nach dem Telefon. Im Wohnzimmer (schwarze, wuchtige Ledergarnitur, weiße Schrankwand, Zebrafelle auf dem Boden) wurde sie fündig und bestellte ein Taxi. Als sie die Wohnungstür hinter sich zuzog, dachte sie: Das tue ich mir nicht mehr an. Ich habe keine Lust mehr auf sowas, Schluss, aus. Und zwar endgültig. Ich fühle mich zum Kotzen. Und das liegt nicht nur daran, dass ich zuviel getrunken habe gestern.

Draußen war es trotz des strahlenden Sonnenscheins kalt. Ines stellte sich in den Hauseingang und zog ihren Mantel enger um sich. Die Kopfschmerzen hatten dank der Tabletten nachgelassen, wenigstens etwas. Das war das letzte Mal, dass ich verkatert neben irgendeinem wildfremden Idioten aufwache, dachte sie. Was bringt mir das außer Kopfschmerzen? Nichts, absolut nichts. Also kann ich es genau so gut lassen. Falls per Zufall mal ein super sexy Typ an meiner Wohnungstür klingeln sollte, der mich so richtig anmacht, okay, ich werde ihn bestimmt nicht von der Bettkante stoßen. Aber ansonsten? Männer, nein danke. Ich habe die Nase gestrichen voll.

Zuhause angekommen, zog sie sich aus und fiel ins Bett. Der Tag war als Arbeitstag verloren. Ihre Augenlider waren wie aus Blei, sie würde in diesem Zustand nicht einen einzigen Satz zustande bringen.

Schlafen, nur schlafen, das war alles, was sie sich wünschte. Sie rollte sich zusammen und kuschelte sich in ihre Daunendecke. Ihr letzter Gedanke, bevor sie einschlief, war: Dass ich mal so einen Entschluss fassen könnte, hätte ich nicht gedacht. Ich glaube, ich werde alt.

Nachdem Nina Richtung Schule aufgebrochen war, schenkte sich Lydia noch eine Tasse Kaffee ein und las in Ruhe den »Herfeldener Boten«. Madame Zodiacs Horoskop, das sie sich sonst als erstes zu Gemüte führte, ließ sie aus. Sie hatte absolut keine Lust darauf, zu erfahren, was der heutige Tag angeblich für sie bereit hielt. Sie beschloss, die Rubrik in Zukunft zu ignorieren. Das ganze war Humbug, total albern, sie hatte wirklich Besseres und Wichtigeres zu tun, als ihre Zeit mit solcher Lektüre zu verschwenden. Sie wollte gerade anfangen, den Frühstückstisch abzuräumen, als das Telefon klingelte. Elfi war am Apparat und sprudelte gleich munter drauflos. So lange nicht gesehen, ja, genau, seit dem Geburtstagsfrühstück nicht mehr. So viel zu tun, die Zeit läuft einem davon. Ehe man es sich versieht, sind die Wochen vergangen, und so weiter und so fort. Lydia bestätigte dies und erkundigte sich, was es denn Neues gäbe. Ach, nicht viel, bis auf die Tatsache, dass Carolin sich aus Rom bei Martina gemeldet hatte und alle schön grüßen ließ. Es ginge ihr phantastisch, sie sei unsterblich verliebt in einen Conte. Ihr Leben in Herfelden und die Jahre mit Gerd seien wie weggewischt; sie fühle sich im wahrsten Sinne des Wortes neu geboren und spreche schon ganz nett italienisch.

»Wir müssen uns *unbedingt* mal treffen«, fuhr Elfi fort. »Zum Kaffee. Oder wir könnten zusammen mittag essen gehen, letzte Woche habe ich mich mit Martina im Bären-Bistro auf einen Salat getroffen. Ich bin auf Bikini-Diät zur Zeit. Drei Kilo fehlen noch bis zum Idealgewicht. Salat bestelle ich im Lokal grundsätzlich ohne Dressing, nur mit Pfeffer und Zitronensaft zur Entschlackung. Das ist ein ganz neues Essgefühl, glaub mir.«

Lydia glaubte es unbesehen und verkniff sich die Frage, wo Elfi, die Konfektionsgröße 36 trug, denn abnehmen wollte.

»Ach, es gibt noch etwas Neues, fällt mir gerade ein«, sagte Elfi. »Bei Susanne und Norbert kriselt es. Susanne hat mir neulich ihr Herz ausgeschüttet. Norbert hängt in jeder freien Minute vor dem

PC und surft im Internet herum. Ganze Nächte verbringt er vor dem Monitor. Morgens, wenn er zur Arbeit geht, ist er natürlich total kaputt. So etwas wie ein Familienleben gibt es nicht mehr. Wenn Susanne ihn darauf anspricht, wird er regelrecht aggressiv. Sie will sich jetzt an eine Beratungsstelle wenden. Martina hat letztens für einen Artikel recherchiert, anscheinend ist Internetsucht mittlerweile ein weit verbreitetes Problem.«

Susannes und Norberts Probleme erschienen Lydia sehr weit weg, aber Elfi wartete auf eine Antwort. Also gab sie zurück, dass es sicher eine gute Idee sei, sich an eine Beratungsstelle zu wenden.

»Das finde ich auch. Dafür sind Beratungsstellen schließlich da. Du, ich muss leider los, ich habe einen Termin bei der Kosmetikerin.« Sie vereinbarten, nächste Woche noch einmal miteinander zu telefonieren und ein Treffen auszumachen. Wenn es irgendwie ginge, zusammen mit Susanne und Martina. »Viel Hoffnung habe ich allerdings nicht«, meinte Elfi. »Martina schuftet in letzter Zeit quasi rund um die Uhr, und Susanne lenkt sich von ihrem Kummer ab, indem sie Programm macht. Sie ist dauernd unterwegs. Frag mich bitte nicht, wo sie überall rumschwirrt, ich habe den Überblick verloren.«

Als das Gespräch zu Ende war, legte Lydia das Telefon zurück auf die Station. Die Station stand auf einem antiken Nussbaum-Sekretär, den

Andreas von seiner Großmutter geerbt hatte. Einem plötzlichen Impuls folgend, zog sie die Schublade auf, holte das Telefonbuch heraus und fing an zu blättern. Es gab nur einen Jens Krüger in Herfelden. Der Eintrag lautete: *Krüger, Jens und Brigitte. Maigartenstraße 25*. Wenn der Jens Krüger in der Maigartenstraße identisch mit dem Krüger war, der Lydia Wolf gestern im Café Zanitz geküsst hatte, ergab sich folgendes Bild: Erstens, der Mann war verheiratet. Zweitens, er war geübt im Seitensprung und tat es mit allem Komfort in einem Apartment in der Schillerstraße, von dessen Existenz seine Frau bestimmt keinen blassen Schimmer hatte.

Ohne nachzudenken griff sie zum Telefon und wählte die Nummer. Ich bin verrückt, schoss es ihr durch den Kopf. Warum rufe ich jetzt da an? Na ja, warum nicht. Es kann ja schließlich nichts passieren. Wenn jemand ans Telefon geht, lege ich einfach auf.

Nach dem fünften Klingeln wurde abgehoben und eine Männerstimme sagte: »Krüger.«

Die Stimme traf sie wie ein elektrischer Schlag. Sie war wie gelähmt, auflegen war unmöglich. Ohne es zu merken, sog sie scharf die Luft ein.

»Wer ist denn da?«, fragte die Stimme.

Pause. Sie stand da, den Apparat ans Ohr gepresst, unfähig, aufzulegen, unfähig, ein Wort herauszubringen. Ihr Herz hämmerte so heftig gegen ihre Rippen, dass es beinahe weh tat. Sie presste eine Hand auf ihren Brustkorb.

»Lydia«, sagte die Stimme weich. Es war eine Feststellung, keine Frage.

Das riss sie aus ihrer Erstarrung. »Woher weißt du, dass ich es bin?«, hörte sie sich zu ihrem eigenen Entsetzen sagen. »Und woher weißt du, wie ich heiße?«

»Man braucht nicht viel detektivischen Spürsinn, wenn man herausfinden möchte, wer die Frau ist, in die man sich auf den ersten Blick verliebt hat. Aber das ist nicht das Thema.«

»Hör auf. Hören *Sie* auf, meine ich natürlich. Ich bin verheiratet.«

»Ich auch.«

Sie hatte weiche Knie und war so atemlos, als hätte sie einen Hundertmeterlauf hinter sich.

»Hör auf zu denken«, sagte er. »Verlass dich auf dein Gefühl. Setz dich ins Auto und fahr in die Schillerstraße. Ich bin in einer halben Stunde da.«

Klick. Aufgelegt.

In Lydias Kopf überschlugen sich die Gedanken. Nein! schrie alles in ihr. Ich fahre nicht hin! Ich bin verrückt, aber so verrückt nun doch nicht. Ich dusche jetzt und ziehe mich an, und dann …

Oh Gott. Ich fahre doch hin. Ich kann nicht anders. Ich muss ihn sehen.

Die Nummer zwanzig in der Schillerstraße war eines von zwei großen Apartmenthäusern. Von einer Bekannten, die Stationsärztin war, wusste Lydia, dass dort überwiegend Krankenhausmitarbeiter wohnten. Sie parkte in der nächsten Querstraße und blieb einen Moment ruhig im Auto sitzen. Sie wunderte sich über sich selbst, denn sie war absolut ruhig und ihr Verstand funktionierte glasklar. Keine zittrigen Hände, keine weichen Knie, noch nicht mal Herzklopfen. Und auch kein schlechtes Gewissen, sondern das Gefühl, zu tun, was sie tun musste. Irgendwann würde sie das vermutlich bereuen, aber jetzt war jetzt, und dass sie dabei war, sich kopfüber in ein Spiel mit dem Feuer zu stürzen, war in Ordnung. Wie ferngesteuert war sie eben nach oben ins Bad gegangen, hatte ihre übliche morgendliche Routine hinter sich gebracht, die aus Duschen, Haare Waschen und Schminken bestand. Dann zog sie schwarze Hosen und einen roten Pulli mit V-Ausschnitt an, schwarze Stiefeletten dazu und eine schwarze Lederjacke, schnappte sich einen farblich passenden Schal und ihren City-Rucksack und verließ das Haus. Während sie sich mit dem Wagen durch die Innenstadt schlängelte, fragte eine Stimme in ihrem Hinterkopf leise an, ob ihr klar sei, dass sie komplett durchgeknallt war und ihre Ehe aufs Spiel setzte. Es war ein Leichtes, diese Stimme zum Schweigen zu bringen, ehe sie eindringlicher werden konnte.

Sie stieg aus und ging zum Haus. Das Schild neben dem Klingelknopf von Apartment Eins E im 5. Stock war nicht beschriftet. Sie zögerte nicht eine Sekunde, bevor sie läutete.

Während der Lift nach oben glitt, überfiel sie plötzlich die Angst vor der eigenen Courage. Sie wollte am liebsten nur noch im nächsten Stockwerk anhalten, wieder zurück ins Erdgeschoss fahren und aus dem Haus laufen. Doch der Aufzug war schnell, er hielt bereits im fünften Stock, als Lydia noch fieberhaft überlegte, auf welchen Knopf sie nun drücken sollte. Die Tür öffnete sich. Da stand er, in Jeans und einem blauen Pulli mit rundem Halsausschnitt, aus dem der Kragen eines blau-weiß-gestreiften Hemds ragte. »Ich habe mir gedacht, ich hole dich lieber ab. Ehe du es dir anders überlegst und flüchtest.«

Sie trat aus dem Lift. Die Tür schloss sich hinter ihr. »Ich war drauf und dran«, gab sie zu.

»Ich weiß. Du brauchst aber keine Angst zu haben. Ich beiße nicht, versprochen. Und jetzt komm. Der Kaffee wartet.«

Ein Kaffeestündchen, wie nett, dachte sie, während sie ihm in die Wohnung folgte. Der kleine Flur war weiß gestrichen, an einer Wand hing ein blau gerahmter Druck: Le rêve von Franz Marc. Die Zeit schien stillzustehen, während sie sich ansahen. Ich versinke, dachte sie, ich versinke in seinen

Augen, und das ist ein wunderbares Gefühl. Dann lag sie in seinen Armen, und sie dachte an gar nichts mehr. Da waren nur noch seine Lippen, seine Hände, die ihr die Jacke abstreiften, unter ihren Pulli glitten, den Reißverschluss ihrer Hose öffneten. Ihre Hände, die sich fieberhaft an seiner Kleidung zu schaffen machten. Alles war gut, alles war genau richtig. Es gab keine Fremdheit, kein Zögern. Da waren nur Wildheit, Leidenschaft und Zärtlichkeit.

Später strich er ihr das Haar aus der schweißnassen Stirn. »Ich habe gewusst, dass es so sein wird. Und dass wir es beim ersten Mal nicht bis ins Bett schaffen würden.«

»Gewusst habe ich es nicht, aber befürchtet.«

»Tut es dir Leid?«

Sie zögerte einen Moment, dann schüttelte sie den Kopf. »Nein. Ich habe das Gefühl, dass es so gekommen ist, wie es kommen musste.«

Er grinste. »Venus und Mars ziehen sich heute unwiderstehlich an. Und wenn sie aufeinander treffen, gibt es ein Erdbeben. Das stand jedenfalls in meinem Horoskop heute Morgen.«

»Meinst du das Horoskop in der Tageszeitung? Von Madame Zodiac?«

»Genau das.«

»Welches Sternzeichen bist du?«

»Zwilling.«

»Ich bin Skorpion. Das passt absolut nicht

zusammen. Besonders nicht in sexueller Hinsicht.«

Er fing an zu lachen. »Na sowas. Das ist mir eben gar nicht aufgefallen. Danke, dass du mich darauf aufmerksam gemacht hast. Du hast eine echte Bildungslücke geschlossen.« Er wurde ernst. »Ich sage dir noch etwas. Ich habe mir heute einen Tag frei genommen, um ein paar Dinge zu erledigen, die liegen geblieben sind; ich war nämlich längere Zeit im Ausland. Und ausgerechnet heute rufst du an. Ist das nicht seltsam?«

Lydia starrte ihn an. »Das ist mehr als seltsam. Es ist unheimlich.«

»Aber nein. Es ist einfach nur wunderbar, im wahrsten Sinne des Wortes wunder-bar.« Er zog sie an sich und küsste sie.

Den Kaffee tranken sie im Bett, nachdem sie sich ein zweites Mal geliebt hatten.

»Erzähl mir von dir«, sagte Lydia und lehnte sich in die Kissen zurück. Das Schlafzimmer war karg möbliert, was den Parkettboden besonders gut zur Geltung brachte. Das riesige Bett hatte einen Rahmen aus gebürstetem Metall, und wurde rechts und links von einem Glastischchen flankiert. Die Wände waren weiß gestrichen. Es gab nur ein einziges Bild: ein großformatiges Ölgemälde in kräftigen Grün-und-Gelbtönen. Riesige, stilisierte Schmetterlinge tanzten über einer Wiese.

Jens stützte sich auf einen Ellbogen und sah sie aufmerksam an.

»Was willst du wissen?«

»Was du mir erzählen möchtest.«

Er war achtunddreißig, Ingenieur von Beruf, stammte aus Hannover und lebte seit zwei Jahren in Herfelden. Die Stadt selbst fand er öde, aber der Job bei der Firma Schnell war spannend. Er hatte sehr viel im Ausland zu tun, besonders in Australien und den USA.

»Und deine Frau?«

»Brigitte ist Arzthelferin. Es steht seit Jahren nicht gut mit uns. Jeder geht seine eigenen Wege. Ich bin oft Monate lang aus beruflichen Gründen weg von zu Hause. Ehe kann man das eigentlich nicht nennen.«

Sein verschlossenes Gesicht und der Unterton in seiner Stimme warnten sie davor, weiter zu fragen.

Er strich mit einem Finger über ihre Wange. »Ich möchte nicht weiter darüber sprechen. Kannst du das akzeptieren?«

Sie überlegte einen Moment. Konnte sie? Ja. Denn ihr ging es genau so. Sie wollte nicht mehr über Andreas sagen als unbedingt nötig.

Sie hatte ihren Mann betrogen, zum ersten Mal in all den Jahren. Ich müsste ein schlechtes Gewissen haben, dachte sie, aber das habe ich nicht. Ich habe jede Sekunde in vollen Zügen genossen. Nie hätte ich gedacht, dass ich zu so etwas fähig bin.

Sie hatte Nina angerufen und ihr gesagt, dass sie später käme. Sie sei Elfi über den Weg gelaufen, und man habe sich spontan entschlossen, zusammen mittag essen zu gehen. Die Lüge kam ihr glatt von den Lippen. Ein paar gestohlene Stunden haben mich bis zur Unkenntlichkeit verändert, dachte sie. Ich schäme mich nicht. Kein bisschen.

Um vier Uhr war sie wieder zu Hause. Nina hatte es sich vor dem Fernseher gemütlich gemacht und verspeiste ein Sandwich, das mit Nutella und Käse belegt war. »Na, wo ward ihr essen?« erkundigte sie sich, nachdem sie Lydias Begrüßungskuss erwidert hatte.

»Im Gondola«, improvisierte Lydia.

Nina zog eine Schnute. »Ich bin neidisch. Die Spaghetti Diavolo sind einsame Spitze da. Dagegen sind die Rühreier mit Schinken, die ich mir zu Mittag gemacht habe, gar nichts. Und jetzt nage ich auch fast am Hungertuch. Das ist gemein.«

Der Märtyrerblick, den sie aufgesetzt hatte, während sie genüsslich in ihr Brot biss, hätte einen Stein zum Erweichen bringen können. Aber nicht Lydia, die abgehärtet war. »Du armes Kind.«

Nina nickte heftig. Sprechen konnte sie nicht, denn sie hatte den Mund voll. Lydia ging in die Küche und schenkte sich ein Glas Mineralwasser ein. Ein Gesicht tauchte vor ihrem geistigen Auge auf. Sie spürte wieder Jens' Hände und Lippen auf ihrem Körper, seine Haut unter ihren Fingerspitzen. Sie bekam Gänsehaut. Morgen Abend, dachte sie. Morgen Abend sehen wir uns. Ich kann es kaum erwarten.

Nina kam mit dem leeren Teller in der Hand in die Küche geschlendert. Lydia war so weit weg mit ihren Gedanken, dass sie ihre Tochter erst wahrnahm, als sie sagte: »Hey Ma, träumst du von Brad Pitt?«

Das brachte Lydia mit einem Ruck in die Wirklichkeit zurück. »Wie kommst du denn darauf?«

Nina grinste verschmitzt. »Du hast Löcher in die Wand gestarrt und vor dich hin gelächelt. Wenn Nathalie das macht, wissen alle, dass sie an Pitt denkt. Sie steht total auf ihn.« Sie verdrehte die Augen und flötete in Nathalies Tonfall: »Hach, Bradilein, ich liebe dich.« Mit ihrer normalen Stimme fügte sie hinzu: »Du kannst dir überhaupt nicht vorstellen wie ätzend das ewige Gesülze ist.«

»Oh je. Doch, ich kann es mir vorstellen. Also, mich lässt Bradilein völlig kalt, da kannst du ganz beruhigt sein, mein Schatz.« Sie sagte es leichthin, aber innerlich läuteten sämtliche Alarmglocken. Vorsicht, dachte sie, Vorsicht. Teenager haben feine Antennen. Nina darf auf gar keinen Fall etwas mit bekommen.

Nina lachte. »Das weiß ich, Ma. War doch bloß Spaß. Du hast doch schließlich Papa.«

Lydia hatte auf einmal einen Kloß im Hals und musste schlucken. Eine Welle von Schuldgefühlen stieg plötzlich in ihr auf. Auf was hatte sie sich da eingelassen? Ich weiß es nicht, dachte sie. Ich weiß nur eins: ich kann nicht mehr zurück.

Nina ging in ihr Zimmer, um Hausaufgaben zu machen. Lydia erledigte die dringendsten Hausarbeiten, dann richtete sie sich ein Käse-Schinken-Sandwich und schenkte sich ein Glas Apfelsaft ein. Sie hatte keinen Appetit, obwohl sie seit dem Frühstück nichts mehr gegessen hatte. Die Vernunft sagte ihr, dass sie etwas essen sollte, auch wenn ein ganzer Schwarm Schmetterlinge Tango in ihrem Bauch tanzten.

Das Brot schmeckte wie Pappe. Nach ein paar Bissen warf sie es in den Mülleimer und schnappte sich das Telefon. Sie musste mit Ines über alles reden, und zwar sofort. Hoffentlich war sie zu Hause!

Sie war es nicht. Nach dem fünften Klingeln meldete sich der Anrufbeantworter. Lydia legte auf. Sie hatte keinen Nerv, eine Nachricht zu hinterlassen. Sie würde es später noch einmal versuchen. Bis dahin musste sie sich in Geduld üben. Auch wenn sie so kribbelig war, dass sie am liebsten aus der Haut gefahren wäre.

Dennis hatte Ines angerufen und gefragt, ob sie sich mit ihm in der Stadt treffen würde. Ihr war nicht danach, sich heute noch einmal aus dem Haus zu bewegen, aber da sie keinen Krümel mehr im Hause hatte und unbedingt noch einkaufen musste, sagte sie zu. Sie hatte den ganzen Tag noch nichts gegessen. Jetzt, am späten Nachmittag, knurrte ihr Magen erbärmlich. Bevor sie das Haus verließ, warf sie einen Blick in den Flurspiegel. Sie hatte sich sorgfältig geschminkt, um ihre Blässe und die dunklen Schatten unter den Augen zu kaschieren, aber sie sah trotzdem so aus, wie sie sich fühlte: mies. Eine bleierne Müdigkeit saß ihr in den Knochen. Die Müdigkeit und Abgeschlagenheit, auch wenn sie ausreichend geschlafen hatte, waren chronisch seit ein paar Wochen. Außerdem waren ihre Haare spröde und glanzlos, die Haut fahl und trocken. Während sie Richtung Innenstadt ging, überlegte sie, ob nicht doch einmal ein Arztbesuch angebracht war. Sie hatte seit Jahren keine Praxis von innen gesehen, denn sie hatte sich, von ein paar Erkältungen abgesehen, immer gesund gefühlt. Aber jetzt stimmte etwas nicht. Es musste die hormonelle Umstellung durch die Wechseljahre sein, eine andere Erklärung gab es nicht, denn ihre Periode hatte ausgesetzt. Ihr Zyklus war nie regelmäßig gewesen, deshalb hatte sie nicht darauf geachtet. Aber wenn sie jetzt nachdachte – seit Ende Dezember, oder war es Anfang Januar gewesen? – hatte sich nichts getan. Und jetzt war es Anfang März.

Sie bog in die Fußgängerzone ein. Heute abend würde sie Lydia anrufen und sich nach einem guten Frauenarzt erkundigen. Es gab Präparate auf pflanzlicher Basis, die den Wechsel erleichterten, das wusste sie von einer Bekannten, die ihn bereits hinter sich hatte. Nachdem sie Brot, Butter, Schinken, Käse, Eier und Obst besorgt hatte, steuerte sie den Marktplatz an. Dennis stand wie verabredet am Brunnen und winkte ihr schon von weitem zu.

Sie umarmten sich zur Begrüßung. »Lieb von dir, dass du gekommen bist. Ich brauche nämlich deine Hilfe. Theoretisch eilt es nicht – aber *ich* habe es eilig.« Er strahlte sie an.

»Du sprichst in Rätseln.«

Er hakte sie unter. »Du musst mich in einer wichtigen Angelegenheit beraten. Bitte folge mir unaufällig. Und danach lade ich dich zum Essen ein.«

»Das ist ein Wort!«

Ein rumpelndes Geräusch ließ Dennis aufhorchen. »Was war das?«

»Mein Magen. Er hat sich für die Einladung bedankt. Er ist heute nämlich noch nicht gefüttert worden.«

Dennis sah sie an. »Aber warum in aller Welt denn nicht?«

»Ich hatte einen ziemlichen Kater. Und absolut nichts zu essen im Haus.«

Dennis sah sie scharf an. »Du musst besser auf dich achten, Ines. Das sag ich dir als Freund. Wie das blühende Leben siehst du in letzter Zeit nicht aus, um es vorsichtig zu formulieren. Das liegt nicht am Merlot.«

Ines verstand den zarten Wink. »Ich werde bestimmt besser auf mich achten. Und zum Onkel Doc marschieren.«

»Braves Mädchen.«

Sie bogen in die Kreuzgasse ein. Zwischen einer griechischen Änderungsschneiderei und einem Zeitschriftenlädchen befand sich der beste Juwelier der Stadt. Dennis steuerte zielstrebig darauf zu. »Ich will einen Verlobungsring für Marie kaufen. Einen, der ihre wunderschönen Augen zum Leuchten bringt. Und jetzt kommst du ins Spiel. Du bist eine Frau und du hast Geschmack. Und außerdem könnte ich schwören, dass ihr die gleiche Ringgröße habt.«

Ines starrte ihn an. »Ihr wollt euch verloben? Ihr seid aber sehr schnell sehr weit gekommen. Da kann ich nur staunen.«

Er grinste wie ein kleiner Junge. »Oh, Marie weiß noch nichts davon. Morgen werde ich sie bitten, meine Frau zu werden und ihr den Verlobungsring an den Finger stecken. Du bist die Erste, der ich es erzähle.«

Ines stiegen die Tränen in die Augen. Sie drängte sie ärgerlich zurück. Das war auch so etwas, was die Wechseljahre mit sich brachten: diese verdammte Rührseligkeit in letzter Zeit.

»Ich freue mich von Herzen für euch und wünsche euch alles Glück der Welt.«

»Danke«, sagte Dennis und strich ihr mit einem Finger zart über die Wange.

Im Laden trug Dennis seine Wünsche vor. »Also, es muss ein Ring mit einem Stein sein. Was alles andere angeht, bin ich flexibel.«

Die nächste Stunde forderte die Verkäuferin und Ines bis zum Äußersten, denn Dennis war zwar flexibel, wollte aber alles sehen, was das Geschäft an Ringen vorrätig hatte, und bestand auf einer ausführlichen Diskussion. »Du findest, Gold passt besser zu Marie als Platin oder Weißgold? Warum? Und wieso meinst du, ein Brillant ist zu kühl?«

Und so weiter und so fort.

Kurz vor Ladenschluss war die Entscheidung gefallen. Die Verkäuferin verpackte einen schlichten, mit drei kleinen Saphiren besetzten Goldring. »Die Steine haben genau die Farbe ihrer Augen«, sagte Dennis glücklich.

»Falls der Ring Ihrer Braut nicht gefallen sollte, können Sie ihn natürlich umtauschen«, sagte die Verkäuferin.

»Ich bin sicher, er gefällt ihr«, meinte Dennis und steckte die hübsch verpackte kleine Schachtel in die Tasche seiner Lederjacke. »Das habe ich einfach im Gefühl.«

Draußen auf der Straße sagte Ines: »Wenn ich nicht bald etwas zu essen bekomme, falle ich um. Wohin führst du mich aus?«

»Wie wär es mit der Zehntscheune? Ich war letztens mit Marie da. Das Essen ist sehr gut.«

Die Zehntscheune war ein sehr teures Restaurant, das in einem Fachwerkhaus in der oberen Fußgängerzone untergebracht war. Ines hatte sich im Vorbeigehen schon öfter mit Interesse die Speisekarte angeschaut.

»Ach nein. Ich bin nicht dafür angezogen und feine Küche ist mir eh heute zu anstrengend. Lass uns ins Bären-Bistro gehen, ja? Ich habe Lust auf eine Riesenpizza und einen gigantischen Salat nach Art des Hauses.«

6

Im Bistro entschuldigte sich Dennis und ging kurz hinaus. Ines bestellte einen Apfelsaft und sah sich um. Das Bistro war gut besucht. Es duftete nach Pizza und anderen kulinarischen Herrlichkeiten. Ihr lief das Wasser im Mund zusammen. Wenn sie nicht bald etwas zwischen die Zähne bekam, würde sie die Teller des Nachbartisches plündern. Dort verspeiste man soeben Geschnetzeltes in Rahmsoße.

Dennis kam zurück und setzte sich. »Bleibt es bei der Pizza und dem Salat nach Art des Hauses?« fragte er.

Ines nickte. »Von mir aus können wir bestellen.«

Sie bestellten. Ines sah der Bedienung nach, die majestätisch zur Theke schritt. Es war wieder die ältere Frau mit dem strengen Haarknoten und dem weißen Schürzchen, die dem Grand Hotel entlaufen zu sein schien.

»Da ist ja Cai«, sagte Dennis und winkte.

Ines drehte sich um. Kommissar Dorner trug heute einen grauen Anzug, dazu ein Hemd in einem etwas dunkleren Grau und eine graugemusterte Krawatte, wirkte aber keinesfalls wie eine graue Maus, sondern ausgesprochen elegant und ein bisschen fremd. Ines bemerkte, dass zwei Frauen, die allein an einem Tisch saßen, ihn anerkennend von oben bis unten musterten und dann die Köpfe zusammensteckten und sich etwas zuflüsterten. Es konnte keinen Zweifel daran geben, dass sie Dorner attraktiv fanden.

»Hättest du was dagegen, wenn Cai sich zu uns setzt?«, fragte Dennis.

Sie zögerte nur den Bruchteil einer Sekunde. »Aber nein. Natürlich nicht. Warum sollte ich?«

»Das hört sich nicht wirklich überzeugend an. Du magst ihn nicht, hm?«

»Quatsch. Ich habe absolut nichts gegen ihn. Wieso sollte ich auch? Ich kenne ihn doch kaum.«

»Na, dann ist es ja gut. Es lohnt sich übrigens, ihn näher kennen zu lernen. Er hat Hirn, Herz und Humor«, meinte Dennis milde und stand auf, um Dorner an den Tisch zu bitten. Ines seufzte innerlich. Seit Dennis der Blitz aus heiterem Himmel in Gestalt von Marie getroffen hatte, musste man sich manchmal wirklich über ihn wundern. Herz, Hirn und Humor, wie sich das anhörte. Wenn sie es nicht besser wüsste, könnte sie glatt auf die Idee kommen, dass Dennis heimlich Partnerschaftsanzeigen las.

Zwei Minuten später saß Dorner neben Ines. Der Hauch eines feinen Rasierwassers traf Ines' empfindliche Nase, *Monsieur Rochas,* einer ihrer

Lieblingsdüfte. Fünf Minuten später hatte Dorner bestellt. Eine große Pizza mit Schinken, Ananas und Mozzarella und einen gemischten Salat. Eine Stunde später ging es Ines durch den Kopf, dass der Mann tatsächlich über Herz, Hirn und Humor verfügte. Es machte richtig Spaß, sich mit ihm zu unterhalten.

»Sagt mal, ihr zwei, wollt ihr nicht endlich du zueinander sagen?« meinte Dennis.

Ines lächelte Dorner an und streckte ihre Hand aus. »Von mir aus gern. Also nochmal ganz offiziell, ich heiße Ines.«

Dorner lächelte zurück, ergriff ihre Hand und schüttelte sie. »Und ich Cai.« Sein Händedruck war fest.

»Na, fein«, sagte Dennis und hob sein Glas. »Wenn ich eins hasse, ist es diese steife Siezerei. Prost. Auf gute Freundschaft.«

Auf gute Freundschaft?

Na ja.

Es lag ihr auf der Zunge zu sagen, dass eine gute Freundschaft mit Cai Dorner nicht zu ihren persönlichen Zielen gehörte, egal wie nett er sein mochte. Aber sie bremste sich rechtzeitig. Es wäre mehr als albern, eine Diskussion über einen Trinkspruch anzufangen.

Um zehn brachen sie auf. Dennis wurde im *Paco* gebraucht. Anita, die gerade Dienst hatte, hatte per Handy Bescheid gegeben, dass viel Betrieb war. Er verabschiedete sich eilig, aber herzlich, sprang in sein Auto und brauste davon. Ines knöpfte ihren Mantel zu, denn der Abend war kalt. Sie war so müde, dass sie auf der Straße im Stehen hätte einschlafen können. Außerdem schien ihr Magen mit Wackersteinen gefüllt zu sein, kein gutes Gefühl. Sie war so ausgehungert gewesen, dass sie viel zu viel und viel zu schnell gegessen hatte.

»Bist du mit dem Auto da oder kann ich dich mitnehmen?« fragte Cai.

»Du kannst mich gerne mitnehmen, ich bin todmüde. Falls ich im Auto einschlafen sollte, bitte weck mich.«

Er lachte. »Versprochen.«

Sein Wagen, ein schwarzer BMW Combi, parkte um die Ecke. Sie ließ sich in die Polster sinken. Im Wageninneren roch es leicht, aber unverkennbar nach Hund. Cai fuhr zügig und versuchte gottseidank nicht, ein Gespräch anzufangen. Ines spürte, wie Übelkeit in ihr aufstieg. Oh Gott, dachte sie. Hätte ich doch bloß nicht so viel gegessen. Sie atmete tief ein und aus.

»Was hast du? Geht es dir nicht gut?« fragte Cai.

Unter normalen Umständen hätte sie sich gefragt, wie er das mitbekommen hatte, jetzt war es ihr egal.

»Mir ist schlecht.«

Er fuhr sofort rechts ran und half ihr aus dem

Wagen. Die frische, kalte Luft tat gut. Sie stand eine Weile da und atmete langsam ein und aus. Die Übelkeit ließ nach.

»Es geht schon wieder«, sagte sie und setzte sich wieder in das Auto.

»Gut. In ein paar Minuten sind wir da.«

Sie lehnte sich zurück und schloss die Augen. Was ein Fehler war, denn die Übelkeit kehrte zurück. Sie fühlte sich so elend, dass sie hätte heulen können.

Mit Cais Hilfe schaffte sie es schließlich bis vor ihre Wohnungstür. Cai nahm ihr den Schlüssel aus den zitternden Fingern und schloss auf. Und dann kam, was kommen musste. Ines presste eine Hand vor den Mund und stürzte ins Bad. Kurz darauf war sie nicht mehr allein. Jemand hielt ihren Kopf, während sie sich übergab. Half ihr auf, stützte sie, denn sie hatte weiche Knie. »Geh weg«, krächzte sie. »Das ist so peinlich.«

»Was soll daran peinlich sein«, kam es ungerührt zurück. Kräftige Arme hielten sie fest.

»Ich will mir die Zähne putzen.«

Er führte sie zum Waschbecken. »Geht es dir besser?«

Sie nickte. »Ja. Viel besser. Danke für die Hilfe. Aber jetzt geh bitte.«

»Bist du wirklich okay?«

»Ja. Wirklich.«

»Gute Nacht dann. Wenn noch irgendwas sein

sollte, ruf mich bitte an, ich bin in drei Minuten unten. Ich schreib dir meine Telefonnummer auf.«

Natürlich würde sie nicht anrufen, auf gar keinem Fall. Sie war immer allein klar gekommen, wenn es ihr mal nicht gut ging. Aber um ihn los zu werden, sagte sie: »Ja. Danke. Gute Nacht.«

»Gute Nacht. Schlaf gut.«

»Cai?«

»Ja?«

»Ich bin dir wirklich dankbar für deine Hilfe.«

»Spar dir die Arien. Das war doch wohl selbstverständlich.« Die Tür schloss sich.

Sie putzte sich die Zähne, wusch sich das Gesicht und ließ kaltes Wasser über ihre Handgelenke laufen. Dann zog sie sich aus und stieg unter die Dusche. Sie war so erschöpft, als hätte sie zentnerweise Steine einen Berg hinaufgeschleppt. In ein Badetuch gewickelt tappte sie ins Schlafzimmer. Das Licht brannte, die Bettdecke war zurückgeschlagen. Auf dem Nachttisch lag ein Blatt Papier, aber sie war zu müde, es sich näher anzuschauen. Sie ließ das Badetuch zu Boden gleiten und kroch ins Bett.

Am nächsten Morgen wurde sie vom Klingeln des Telefons geweckt. Der Anrufbeantworter schaltete sich ein, kurz darauf hörte sie Lydias Stimme. »Hallo, guten Morgen, hier ist Lydia. Ich habe schon gestern versucht, dich zu erreichen, aber du warst nicht da. Ich muss dringend mit dir reden. Rufst du mich bitte zurück?«

Ines war so müde, dass sie sich am liebsten umgedreht und weiter geschlafen hätte, aber dringend war dringend. Sie stand auf und griff zum Telefon. »Guten Morgen. Wo brennt es denn?«

»Oh, du hörst dich noch ganz verschlafen an. Ich habe dich wohl geweckt«, sagte Lydia. »Das tut mir Leid.«

»Macht nichts«, sagte Ines gähnend. »Schieß los. Ist was passiert?«

»Es ist etwas, das man schlecht am Telefon bereden kann. Wann können wir uns treffen?«

»Wie wär es mit jetzt gleich? Komm doch zum Frühstück.«

»Ja, gern! Ich bringe Brötchen mit.«

Ines hatte kaum aufgelegt, als das Telefon wieder klingelte. Am Apparat war Cai, der sich erkundigte, wie es ihr ginge.

»Gut, danke.«

»Schön«, meinte er. Und fügte hinzu, dass er leider auflegen müsse, um zum Dienst zu gehen.

»Nimmst du Einstein eigentlich mit?« fragte Ines und ärgerte sich sofort über sich selbst. Was für eine dämliche Frage. Dass er seinen Hund mit zur Arbeit nehmen konnte, war sehr unwahrscheinlich.

»Nein. Ich bringe ihn zu meiner Mutter. Die beiden sind ein Herz und eine Seele.«

Lydia brachte nicht nur Brötchen mit, sondern auch selbst gekochte Erdbeermarmelade und Orangen zum Auspressen. Sie umarmte Ines, dann trug sie den Korb in die Küche. Ines war trotz ihrer bleiernen Müdigkeit in der halben Stunde, die seit dem Anruf vergangen war, nicht untätig gewesen. Sie hatte geduscht, ihre Blässe kunstvoll überschminkt den Frühstückstisch gedeckt und Kaffee gekocht, Sie hatte sich auch den Zettel angeschaut, den Cai auf ihren Nachttisch gelegt hatte. Er hatte ein Telefon gezeichnet und ein Strichmännchen, das eine Rose in der Hand hielt. Dem Mund des Männchens entstieg eine Sprechblase mit einer Telefonnummmer. Darunter stand in einer großen, festen Schrift: *Alles Liebe, Cai.* Ohne nachzudenken faltete Ines den Zettel ordentlich zusammen und legte ihn in ihr Telefonbuch. Die Nummer speicherte sie ein.

Jetzt spähte sie in den Kühlschrank, der nicht besonders üppig bestückt war. »Möchtest du ein Ei?«

»Gern. Fünf Minuten bitte.« Lydia, die damit beschäftigt war, die Orangen auszupressen, musterte die Freundin. »Sag mal, geht es dir nicht gut? Du siehst mitgenommen aus.«

Ines zog eine Grimasse. »Mir machen die Wechseljahre zu schaffen. Ich bin zwar noch keine vierzig, aber sie haben mich trotzdem kalt erwischt. Kannst du mir eine Frauenärztin empfehlen?«

»Einen Frauenarzt. Ich gehe seit Jahren zu Dr. Korn und bin sehr zufrieden.«

Sie setzten sich an den Frühstückstisch. Lydia schenkte Orangensaft ein und pries Dr. Korns medizinisches Können. Dass etwas völlig anderes sie beschäftigte, war sonnenklar. Und auch, dass sie noch Stunden um den heißen Brei herum reden würde. Ines unterbrach sie: »Also, über Dr. Korn weiß ich jetzt genug. Jetzt sag endlich, was du auf dem Herzen hast. Sonst platze ich vor Neugier.«

Lydia errötete leicht, und ihr Gesicht war plötzlich wie verwandelt. Ines sah ihre glänzenden Augen, das Lächeln und wusste, was die Stunde geschlagen hatte.

»Du hast dich mit IHM getroffen. Und es war traumhaft, und du bist hin und weg.«

»Ja. Genau. Woher weißt du das?«

Ines lächelte sie an. »Man müsste blind sein, um das nicht zu merken. Du solltest mal dein Gesicht sehen.«

Lydia errötete noch ein bisschen mehr. »Er ist verheiratet. Na ja. Das bin ich auch. Ich war immer fest davon überzeugt, ein Seitensprung sei etwas, das mir nie passieren könnte. Es ist aber passiert, und Jens und ich werden uns wieder sehen und ich habe nicht einmal ein schlechtes Gewissen. Ich will über nichts und niemanden nachdenken, sondern einfach nur leben, das Hier und Jetzt genießen. Kannst du das verstehen?«

Ines nickte. »Ja, das verstehe ich sehr gut.« Sie fragte sich, ob Lydia dem Versteckspiel, das eine Affäre mit sich brachte, gewachsen war. Sie selbst war mit mehreren verheirateten Männern liiert und froh gewesen, dass nicht sie es war, die lügen musste.

Lydia räusperte sich. »Ich wollte dich um deine Hilfe bitten. Ich weiß, es ist ziemlich viel verlangt, aber darf ich dich ab und zu als Alibi angeben, wenn ich mich mit Jens treffe?«

»Ja, sicher. Wir sprechen uns dann kurz ab, gar kein Problem.«

»Danke!«, sagte Lydia und umarmte sie. »Wir sind für heute Abend verabredet, ist es okay, wenn ich zu Hause erzähle, dass du mich zum Abendessen eingeladen hast und dass es spät wird, weil wir ausgiebig tratschen wollen?«

»Ja, sicher ist das okay.«

»Es wird ganz sicher niemand einen Kontrollanruf bei dir starten«, versicherte Lydia. »Ich werde Nina sagen, sie soll ihren Vater anrufen, falls irgendwas sein sollte. Und Andreas kommt bestimmt nicht auf die Idee, mir hinterher zu telefonieren. Er ist sowieso keinen Abend vor elf daheim.«

Ein Schatten huschte über Lydias Gesicht. Oh-oh, dachte Ines. Das schlechte Gewissen, die Schuldgefühle, die nagende Frage, wie es weitergehen soll, all das klebt ihr an den Fersen, auch wenn sie es in der ersten Euphorie geschafft hat, alles weit von sich weg zu schieben. Sie ist genau der Typ, der mit dem Feuer spielt und sich dabei dann Verbrennungen dritten Grades zuzieht.

»Jens hat ein kleines Apartment in der Schillerstraße«, fuhr Lydia fort. »Dort treffen wir uns. Seine Ehe ist nicht glücklich, seine Frau und er leben wohl schon seit Jahren nebeneinander her. Die Wohnung ist sein Refugium, dorthin zieht er sich zurück, wenn er allein sein will.«

Oder ein Techtelmechtel mit einer anderen Frau ausleben will, ergänzte Ines im Stillen. Ob Jens Krüger Versteck mit seiner Frau spielte? Oder lebten die beiden eine offene Ehe, in der jeder ungezwungen seiner Wege ging? Es war ihr herzlich gleichgültig. Krüger wirkte wie ein Mann, der sein Leben voll im Griff hatte. Aber Lydia war ihre Freundin, die schon allein deshalb verletzlich war, weil ihr Leben plötzlich auf dem Kopf stand. Ines hoffte inständig, dass sie keine tiefen Gefühle investierte und dadurch noch mehr Angriffsfläche bot. Gefühle waren das gefährlichste überhaupt.

Nachdem Lydia gegangen war, rief Ines in der Praxis von Dr. Korn an und schilderte kurz ihre Beschwerden. Es wurde ihr gesagt, dass sie ungeheures Glück habe und gleich am Nachmittag kommen könne. Eine Patientin habe abgesagt, nur deshalb könne man ihr so kurzfristig einen Termin anbieten. Um Punkt drei nahm Ines also im Wartezimmer Platz. Außer ihr warteten noch vier Frauen, alle offensichtlich in unterschiedlichen Stadien der Schwangerschaft. Drei Kleinkinder beschäftigten sich in einer Spielecke friedlich mit Malheften und Buntstiften. Die Frauen betrachteten Ines mit freundlichem Interesse, besonders ihre Bauchregion, was Ines leicht irritierte. Das war so typisch für diese angehenden Mütter. Sie hatten nichts anderes im Kopf als Babys und ihre Schwangerschaft und suchten ständig nach neuen Mitgliedern im Club. Ein Austausch über morgendliche Übelkeit, Umstands-BHs und Stützstrumpfhosen war in diesen Kreisen ein Highlight der Konversation. Ines schnappte sich eilig den *Stern*. Der zarte Wink, dass ihr der Sinn nicht nach einer Unterhaltung stand, würde hoffentlich verstanden werden. Sie hatte kaum die Zeitschrift aufgeschlagen, als eine junge Frau mit langen, blonden Haaren, die aussah, als würde sie jeden Moment niederkommen, fragte: »In der wievielten Woche sind Sie denn? Maximal in der zwölften, schätze ich. Man sieht ja noch nichts.« Sie lächelte Ines freundlich an und legte eine Hand auf ihren gigantischen Bauch. »Ich habe nächste Woche Termin. Ich hoffe, die Kleine, es ist nämlich ein Mädchen, kommt schon ein klitzekleines bisschen früher, die letzten Wochen sind doch ziemlich beschwerlich. Mein Mann und ich freuen uns nämlich wahnsinnig. Es hat zwei Jahre gedauert, bis wir endlich schwanger geworden sind.«

Sie strahlte so, dass Ines gerührt war. »Ich wünsche Ihnen, dem Baby und Ihrem Mann alles, alles Gute. Wie schön, dass Sie Ihr Kind bald im Arm halten können. Was mich betrifft, so ist es kein Wunder, dass man mir nichts ansieht, ich bin nämlich gar nicht schwanger. Ich bin aus anderen Gründen hier zur Untersuchung.«

Die Frauen tauschten einen Blick. »Oh. Ach so«, meinte die Blonde. »Na dann, entschuldigen Sie. Ich habe bloß gedacht, na ja, weil das doch die Schwangeren-Sprechstunde ist. Zwei Nachmittage die Woche sind ausschließlich für uns reserviert.« Sie sagte das so, als sei dies eine besondere Auszeichnung.

»Dr. Korn hat schon viele Entbindungen betreut«, steuerte eine Frau mit kurzen, dunklen Haaren bei. »Er ist der Beste überhaupt. Ich weiß, wovon ich rede, denn das hier ist mein viertes. Ein absolutes Wunschkind, genau wie die anderen.«

Die Frau war um die vierzig, schätzte Ines. Kaum zu fassen, dass sie in diesem Alter und mit drei Kindern am Rocksaum den Wunsch verspürt hatte, noch eine Schwangerschaft und rund zwanzig Jahre Erziehungsarbeit auf sich zu nehmen.

»Das ist ja schön«, murmelte Ines und vertiefte sich wieder demonstrativ in ihre Zeitschrift. Diesmal wurde der Wink verstanden. Die Frauen unterhielten sich, ohne noch einmal das Wort an Ines zu richten.

Im »Stern« stand eine Reportage über ehemalige Swinger, die ihr Leben komplett auf den Kopf gestellt hatten. Unglaublich, wohin die Lebenswege so führen konnten. Ein Partylöwe aus München war in ein Zisterzienser-Kloster eingetreten. Eine Frau, der Religion nie etwas bedeutet hatte, hatte zum Glauben gefunden und sich in den neuen Pfarrer ihrer Gemeinde verliebt. Das Paar würde im nächsten Monat heiraten. Eine andere Frau lebte seit fünf Jahren im selbst gewählten Zölibat und fühlte sich so wohl wie nie zuvor. »Es geht nichts über platonische Freundschaften«, wurde sie zitiert. »Ich ziehe gern den Vergleich zu veganischer Ernährung. Es dauert eine Weile, bis man sich umgestellt hat, aber dann kann man sich ein anderes Leben gar nicht mehr vorstellen.«

Ines war so fasziniert von dieser Lektüre, dass sie regelrecht erschrak, als sie aufgerufen wurde. Sie folgte der Helferin ins Sprechzimmer und wurde gebeten, Platz zu nehmen. Kurz darauf kam Dr. Korn herein, ein rundlicher Mann um die fünfzig mit klugen Augen hinter einer Metallbrille. Er hörte aufmerksam zu, als Ines ihm ihre Beschwerden schilderte.

»Es sind die Wechseljahre, ganz klar«, schloss Ines. »Ich würde ja gern ohne Östrogene auskommen. Es gibt doch sicher ein geeignetes pflanzliches Präparat, das mir weiterhilft, oder?«

Dr. Korn räusperte sich und erkundigte sich, ob die Möglichkeit einer Schwangerschaft bestünde?

»Eine Schwangerschaft? Wie kommen Sie denn um Himmels Willen darauf?«, fragte Ines voller Empörung.

Dr. Korn entgegnete, dass dies sein erster Gedanke sei, wenn die Periode bei einer neununddreißigjährigen Patientin über einen längeren Zeitraum ausgeblieben sei.

Ines funkelte ihn an. »Theoretisch ist eine Schwangerschaft möglich, da ich in der Vergangenheit sexuell aktiv war. Aber die Betonung liegt auf theoretisch. Praktisch gesehen bin ich in den Wechseljahren.«

Dr. Korn bemerkte milde, dass er trotz der schon fest stehenden Diagnose gern einige Untersuchungen durchführen würde. »Gerade bei frühem Einsetzen der Wechseljahre ist ein gründlicher Rundum-Check unerläßlich«, erklärte er und schob die Brille auf der Nase zurecht.

Dagegen gab es leider nichts einzuwenden.

Nachdem Ines den gründlichen Rundum-Check hinter sich gebracht hatte, wurde sie gebeten, wieder im Sprechzimmer Platz zu nehmen. Diesmal ließ Dr. Korn eine Weile auf sich warten. Ines hatte Muße, die vielen gerahmten Babyfotos an den zartgelb gestrichenen Wänden zu betrachten. Endlich kam er herein und nahm ihr gegenüber hinter seinem Schreibtisch Platz.

»Sie sind schwanger, Frau Jensen«, sagte er ohne Umschweife. »Ungefähr in der zehnten Woche. Da Sie das Datum Ihrer letzten Periode nicht ganz genau angeben können, ist die Berechnung nicht hundertprozentig exakt.

Ines starrte ihn voller Entsetzen an. »Aber das kann nicht sein! Ich WILL kein Kind. Ich habe nie Kinder gewollt.«

Dr. Korn seufzte. »Ich würde Ihnen so gern gratulieren, denn Sie haben Grund zur Freude, auch wenn Sie das im Moment nicht sehen können. Ein Baby ist ein wunderbares Geschenk des Himmels. Und ich bin sicher, dass Sie eine gute Mutter wären.«

»Ich? Eine gute Mutter? Woher wollen Sie das denn wissen, bitteschön, Sie kennen mich doch gar nicht. Sie reden doch nur so daher. Ich wäre BESTIMMT keine gute Mutter, glauben Sie mir. Ich weiß nicht einmal, wer der Vater dieses Kindes ist«, sagte Ines bitter.

»Das ist doch jetzt nicht wichtig. Es ist in allererster Linie IHR Kind. Es wächst in Ihrem Körper heran. Und Sie sind diejenige, die es lieben und aufwachsen sehen wird.«

Ines stand auf. Sie musste raus hier, sie ertrug das alles nicht mehr. Wenn sie erst die Praxis verlassen hatte, war alles gut. Sie war nicht schwanger. Es gab keinen rundlichen, bebrillten Menschen, der ihr mit seinen Worten das Herz brechen konnte, wenn sie nicht aufpasste. Sie wollte zur Tür laufen, aber sie konnte sich nicht rühren. Tränen liefen ihr plötzlich über die Wangen. Sie weinte, wie sie noch nie in ihrem Leben geweint hatte. Vage registrierte sie, dass Dr. Korn seine Hand sanft auf ihren Arm legte. Sein weißer Kittel roch nach demselben Weichspülmittel, das ihre Mutter immer verwendet hatte. Ines hatte den Duft geliebt als Kind.

Irgendwann kamen keine Tränen mehr. Sie putzte sich die Nase mit den Papiertaschentüchern, die Dr. Korn ihr reichte und sagte: »Entschuldigung.« Und fügte ohne nachzudenken hinzu: »Wissen Sie eigentlich, wie belastend Weichspüler für die Umwelt sind? Sie sollten keinen verwenden.«

»Ich werde es meiner Frau sagen. Setzen Sie sich doch wieder. Wir sollten noch ein bisschen miteinander reden.«

Gehorsam setzte sie sich wieder hin und wischte sich mit dem Handrücken über die Augen. Mit dem verweinten Gesicht sah sie aus wie ungefähr fünfzehn. »Ich kann das Kind nicht bekommen. Allein bei dem Gedanken, Verantwortung für einen anderen Menschen zu übernehmen, möchte ich davonlaufen. Herrgott, ich habe noch nicht mal Topfpflanzen, weil es mir zuviel ist, mich darum zu kümmern.«

»Es hat noch niemanden weiter gebracht, wenn er jammert und sich selbst schlecht macht. Ein Mensch wächst an seinen Aufgaben. Hören Sie auf Ihre innere Stimme, sie wird Ihnen genau sagen, was richtig ist für Sie und für Ihr Kind. Rufen Sie mich morgen früh an und sagen Sie mir, wie Sie sich entschieden haben.«

Ines öffnete den Mund. Dr. Korn fiel ihr ins Wort: »Sagen Sie jetzt nichts. Bitte. Rufen Sie mich an morgen früh. Ich verspreche Ihnen, dass ich alles in meiner Macht stehende tun werde, um Sie zu unterstützen.« Er stand auf und streckte ihr die Hand entgegen. »Abgemacht?«

Sie war ebenfalls aufgestanden und wollte sagen: »Nein! Meine Entscheidung steht fest. Wie käme ich dazu, irgend etwas mit Ihnen abzusprechen?«

Aber sie tat es nicht. Da waren soviel Wärme und Verständnis in seinen Augen, dass sie es nicht fertig brachte. Sie nickte und schüttelte seine Hand. Dann drehte sie sich um und verließ das Sprechzimmer ohne Abschiedsgruß.

Draußen auf der Straße zog sie ihr Handy aus der Tasche und rief Lydia an.

»Wie geht es dir?« fragte sie.

»Mir geht es gut«, kam es erstaunt zurück. »Und dir?«

»Oh, mir geht es auch gut.«

Lydia räusperte sich. »Sicher? Du hörst dich irgendwie merkwürdig an. Ist was passiert?«

Ines war plötzlich nach Lachen zu Mute oder nach Weinen? ALLES war passiert, nur konnte und wollte sie jetzt nicht darüber sprechen.

»Ich wollte dir einen schönen Abend wünschen«, gab sie zurück.

»Danke.« Aus Lydias Stimme klang Besorgnis. »Wollen wir uns morgen treffen? Hast du Zeit?«

»Ich weiß es noch nicht. Ich melde mich bei dir, ja? Tschüss dann.«

Klick, aufgelegt.

Ein Gespräch so abrupt zu beenden, war absolut nicht Ines' Art. Es war auch nicht ihre Art, Konversation über das allgemeine Befinden zu machen. Nachdenklich starrte Lydia das Telefon an. Irgendetwas stimmte nicht, soviel war klar. Klar war auch, dass Ines nicht darüber reden wollte oder konnte, jedenfalls nicht jetzt.

Vielleicht interpretierte sie auch einfach zuviel in dieses Telefonat hinein?

»Hoffentlich bilde ich mir nur ein, dass etwas nicht in Ordnung ist«, sagte Lydia laut vor sich hin. Und schüttelte über sich selbst den Kopf. Es war nicht ihre Art, laute Selbstgespräche zu führen.

Um halb acht verabschiedete sie sich mit einem Wangenkuss von Nina, die sich eine Musiksendung im Fernsehen ansah. Nina schnupperte. »Neues Parfüm?

»Ja. Gefällt es dir?«

»Hm. Nicht übel.«

Sie musterte ihre Mutter von oben bis unten. »Ui, du hast dich aber schick gemacht. Die Bluse ist neu, oder?«

Lydia bestätigte dies. Neu waren auch der spitzenbesetzte BH und der passende String-Tanga, die ihrer Tochter jedoch gottlob verborgen blieben.

»Was kocht Ines denn?«, fragte Nina.

Die Unschuld dieser Frage traf Lydia mitten ins Herz. Sie sah sich selbst, gepflegt und gestylt von den Haarspitzen bis zu den frisch lackierten Zehennägeln, wie sie ein Netz aus Lügen spann, um sich heimlich mit ihrem Lover treffen zu können, es war ein erbärmliches Bild, das sie da abgab.

Nina schaute sie an. »Mama? Was ist denn? Du guckst auf einmal so komisch.«

Lydia zwang sich zu einem Lächeln. »Mir ist gerade eingefallen, dass ich noch rasch eine Flasche Wein aus dem Keller holen muss.«

Lügnerin, Lügnerin, Lügnerin.

»Das kann ich ja machen«, meinte Nina. »Rotwein oder Weißwein?«

»Rotwein, bitte ...«

Noch ein Stich ins Herz. Sie ist so lieb, dachte Lydia. So lieb, sie hat es nicht verdient, angelogen zu werden.

Zusammen gingen sie in den Flur. Nina lief die Kellertreppe hinunter. Lydia hatte gerade ihren blauen Lederblazer angezogen, als die Haustür aufging und Andreas hereinkam. In der Hand hielt er einen in Folie verpackten Blumenstrauß. Lydias Herz setzte einen Schlag aus. Tulpen, Iris, Freesien, Narzissen, wie schön, schoss es ihr durch den Kopf. Andreas hatte ihr schon seit Ewigkeiten keine Blumen mehr mitgebracht. Dass er heute so früh heimkommen würde, hatte sie nicht gewusst, er hatte es am Telefon nicht erwähnt. Plötzlich war ihr nach Heulen zumute.

Er lächelte sie an und hielt ihr die Blumen hin. »Heute ist ein Festtag. Zwei Klienten haben Termine abgesagt, und alles andere lief heute wie geschmiert in Rekordzeit, und zum Blumenladen habe ich es auch noch geschafft.«

Es war ihr nicht anzumerken, wie ihr zumute war. Sie zauberte die gelungene Imitation eines strahlenden Lächelns auf ihr Gesicht, küsste Andreas auf beide Wangen, bedankte sich und nahm die Blumen entgegen. Nina tauchte mit einer Flasche Wein aus dem Keller auf und begrüßte ihren Vater mit einem Jubelschrei. »Hey super, dass du da bist. Wir können zusammen was kochen. Ich habe an Spaghetti mit Thunfischsoße gedacht, was hältst du davon?«

»Tolle Idee«, gab Andreas zurück. Er schaute Lydia an, schaute noch einmal hin und pfiff dann anerkennend durch die Zähne.

»Du siehst toll aus, Schatz. Schade, dass du ausgerechnet heute bei Ines eingeladen bist. Es wäre schön gewesen, wenn wir endlich mal wieder einen Abend für uns gehabt hätten.«

Jedes seiner Worte, jeder seiner Blicke fuhr ihr wie ein Messerstich ins Herz. Keine Minute hielt sie das länger aus. Ihre unbekümmerte Fassade bröckelte gefährlich.

»Ich muss leider los, so Leid es mir tut. Ich bin spät dran, Ines wartet sicher schon mit dem Essen.«

Lügnerin. Lügnerin. Lügnerin.

Küsse zum Abschied, eine Umarmung. »Du riechst gut«, sagte Andreas schnuppernd. »Das Parfüm kenne ich noch gar nicht.«

»Ich habe es auch erst heute gekauft.«

»Grüß Ines von mir. Ich wünsche euch einen wunderschönen Abend.«

»Von mir auch viele Grüße«, kam es von Nina. »Und viel Spaß!«

»Danke. Ich wünsche euch beiden auch einen schönen Abend«, sagte Lydia mit letzter Kraft.

Sie spürte ihre Blicke im Rücken, als sie über den Plattenweg zur Garage ging. Nina und Andreas standen in der offenen Haustür. »Tschühüss!« rief Nina und winkte. Etwas in Andreas Blick wirkte verschlossen oder misstrauisch? Oder bildete sich Lydia das ein? Sie hatte plötzlich das Gefühl, als sei sie so durchsichtig wie Glas; als könne er sehen, dass sie unterwegs zu ihrem Lover war. Verrückt. Absolut verrückt. Und trotzdem: Als sie in der Garage verschwand, stieß sie einen Seufzer der Erleichterung aus. Und dann einen zweiten, als sie auf die Straße fuhr und sah, dass sich die Haustür hinter Nina und Andreas geschlossen hatte.

Sie bog in die nächste Querstraße ein, fuhr rechts ran und stellte den Motor ab. Sie brauchte eine Atempause, um nachdenken zu können. Noch konnte man das, was zwischen Jens und ihr geschehen war, als einmaligen »Ausrutscher« bezeichnen. Sie konnte Jens klipp und klar sagen, dass es vorbei war. Dann heimfahren mit der Behauptung, Ines hätte urplötzlich eine schwere Migräne bekommen und habe sie nach Hause geschickt. Dann würde in ihrem Leben alles so sein, wie es einmal gewesen war, beinahe jedenfalls. Was geschehen war, konnte sie nicht ungeschehen machen, aber es würde wenigstens nichts mehr dazukommen. Sie könnte einen neuen Anfang machen, müsste nicht mehr lügen. Auf einmal hatte sie das Bedürfnis, Ines' Stimme zu hören. Sie kramte ihr Handy aus der Handtasche und rief an.

»Ich wollte nur mal kurz hallo sagen. Wie geht's?«

Es gab eine kleine Pause, dann sagte Ines: »Sag mal, bist du nicht ziemlich spät dran für deine Verabredung? Oh, es riecht komisch aus der Küche, ich glaube, meine Spiegeleier brennen an. Mach's gut und tschüss, ich ruf dich morgen an.«

Weg war sie.

Was tun? Sie hätte gern mit Ines über alles gesprochen, wusste aber, dass das Gespräch ihr letztlich nicht weiterhelfen würde. Es war ihre ureigene Entscheidung, und niemand konnte sie ihr abnehmen.

Sowieso war die Entscheidung längst gefallen. Sie lehnte den Kopf an die Kopfstütze und schloss die Augen. Die nackte Wahrheit war, dass alles, aber auch alles sie zu Jens hinzog. Sie wusste nicht, worauf sie sich eingelassen hatte mit ihm, aber eingelassen hatte sie sich. Sie würde weiter lügen, denn sie konnte und wollte die Affäre jetzt nicht beenden.

Sie hatte sich in ihrem ganzen Leben noch nie so schuldig gefühlt wie in diesem Augenblick der Wahrheit.

Sie startete den Motor, legte den ersten Gang ein und fuhr los.

Um eins war sie wieder zu Hause. Sehr müde und sehr glücklich. Ich kann einfach nicht anders, dachte sie, während sie sich im Bad abschminkte. Ich genieße jede Sekunde, die ich mit ihm zusammen bin. Und er genießt jede Sekunde mit mir. Ich wünschte, ich könnte am Morgen in seinen Armen aufwachen. Er hatte ihr einen Schlüssel zu der

Wohnung gegeben. »Du sollst dich zu Hause fühlen. Ich will nicht, dass du klingeln musst«, hatte er gesagt und sie zärtlich geküsst.

Um Andreas nicht aufzuwecken, tappte Lydia im Dunkeln zum Bett und krabbelte hinein. Sie lag mit offenen Augen da und war plötzlich hellwach. Neben ihr atmete Andreas tief und gleichmäßig. Einmal seufzte er, murmelte etwas Unverständliches und drehte sich auf die andere Seite. Plötzlich hielt sie es nicht mehr aus. Sie konnte nicht mehr in demselben Bett mit dem Mann schlafen, den sie betrog. Mit Bettdecke und Kopfkissen in der Hand schlich sie aus dem Zimmer.

Am nächsten Morgen wurde sie davon geweckt, dass sich jemand auf ihre Bettkante gesetzt hatte. Sie öffnete die Augen und sah in Andreas' Gesicht. Er war bereits für das Büro angezogen. »Wieso schläfst du denn im Gästezimmer? Habe ich etwa geschnarcht? Guten Morgen übrigens.«

»Guten Morgen. Du hast tatsächlich geschnarcht, Schatz, und wie. Ich habe kein Auge zu bekommen, und da bin ich umgezogen.«

Erschreckend, wie glatt ihr die Lüge von den Lippen gegangen war, ganz automatisch. Sie hatte nicht einmal nachdenken müssen.

Andreas sagte: »Tut mir Leid, wenn ich dir den Schlaf geraubt habe. Ich wusste gar nicht, dass ich schnarche, du hast nie etwas gesagt.«

Sie konnte nicht mehr zurück. Tatsache war, dass sie nicht mehr mit ihm in einem Bett schlafen konnte, es ging einfach nicht. Also spann sie den Lügenfaden weiter: ja, Andreas schnarche sehr stark und das schon seit Wochen. Sie habe aber nichts sagen wollen, denn sie habe gelesen, dass das in Zeiten großer beruflicher Belastung vorkäme und sich von selbst geben werde, sobald der Stress nachlasse. Aber der Schlafmangel gehe ihr doch sehr an die Substanz, deshalb der Umzug.

»Du bist doch nicht böse, wenn ich erstmal weiter hier nächtige?«

»Na ja, begeistert bin ich nicht, du wirst mir fehlen ... aber ich will auch nicht daran Schuld sein, dass du zu wenig Schlaf bekommst.« Ich habe ihn verletzt, dachte sie. Ich sehe es in seinen Augen. Es tut mir Leid, es tut mir Leid, aber ich kann nicht anders. Ich ertrage es nicht, neben ihm zu liegen und an einen anderen Mann zu denken.

Gottseidank verlor Andreas kein Wort über den gestrigen Abend. Er warf einen Blick auf seine Armbanduhr, seufzte und sagte: »Die Kanzlei ruft, ich muss los.«

Als sich die Tür hinter Andreas geschlossen hatte, drehte sich Lydia auf den Bauch und schloss die Augen. Sie schämte sich so, dass es fast körperlich weh tat. Sie sah eine endlose Kette von Lügen vor sich liegen. Welche erbärmlichen Ausreden würde sie erfinden, wenn Andreas mit ihr schlafen wollte? Migräne, Periodenschmerzen, Kreuzweh? Keine Lust? Wie lange war das durchzuhalten, bis er misstrauisch wurde? Er ihr auf den Kopf zusagte, dass sie eine Affäre hatte? Wie lang konnte sie diese Kette aus Lügen knüpfen, ehe sie sich ihr um den Hals wickelte und sie erdrosselte?

Ines fand, dass Lydia sich am Telefon nicht so happy angehört hatte, wie man es von einer frisch verknallten Frau, die auf dem Weg zu einem Rendezvous mit ihrem Lover war, erwartete. Ihre Stimme hatte angespannt geklungen. Ob es eine Auseinandersetzung zu Hause gegeben hatte? Oder hatten die Schuldgefühle, vor denen sie bisher erfolgreich davongelaufen war, sie bereits eingeholt? Instinktiv tippte Ines auf letzteres. Sie würde keine Fragen stellen. Wenn Lydia nach Reden zumute war in den nächsten Tagen, würde sie es tun. Ines selbst hätte sich Lydia einerseits gern anvertraut, andererseits wollte sie nicht einmal mit ihr über eine Schwangerschaft reden, die sehr bald nicht mehr bestehen würde. Viel Zeit hatte sie nicht mehr; sie war in der zehnten Woche und musste zusehen, dass alles schnell über die Bühne ging. Irgendwie musste sie diesen Abend, diese Nacht hinter sich bringen, dann Dr. Korn anrufen. Der Morgen kam ihr vor wie ein Rettungsanker. Jetzt kam es darauf an, sich zu beschäftigen, so dass man nicht zum Nachdenken kam. Zum Lesen war sie zu unruhig; arbeiten kam erst recht nicht in Frage. Fernsehen war okay, man konnte sich dabei in eine hirnlose Trance versetzen, allerdings nicht über zwölf Stunden lang. Sie beschloss, die Wohnung auf Vordermann zu bringen, und zwar gründlich. Drei Stunden gingen dabei locker drauf. Sie staubsaugte also, putzte und wienerte und mistete ihren Schreibtisch aus. Danach war sie fix und fertig. Aber sie zwang sich, noch die Flurtreppe in Angriff zu nehmen, da sie nun schon einmal in Bewegung war. Die Reinigung gehörte zu ihren Pflichten, und was sie jetzt erledigte, musste sie nicht am Wochenende machen.

Sie füllte also den Eimer mit Wasser, schnappte sich den Wischmop und begab sich ins Treppenhaus. Auf der obersten Stufe wurde ihr schwindlig. Sie klammerte sich ans Geländer und atmete tief ein und aus. Sie fing an zu schwitzen, ihre Knie gaben nach. Vorsichtig, sehr vorsichtig setzte sie sich auf die Stufe und legte den Kopf auf die Knie. So fand sie Cai vor, der gerade von einem Abendspaziergang mit Einstein zurückkam. Drei Minuten später lag Ines auf ihrem Sofa. Cai hatte sie ohne viel Federlesens in ihre Wohnung getragen.

»Nein, du bist mir nicht zu schwer«, sagte er, sobald er sie hoch gehoben hatte.

»Ich habe nichts gesagt«, wehrte Ines ab.

»Aber du wolltest es sagen. Es ist der Standardspruch aller Frauen.«

Das hörte sich an, als sei es seine Gewohnheit, Frauen aller Gewichtsklassen umherzutragen.

»Meiner nicht«, murmelte Ines und schloss erschöpft die Augen.

Das Schwindelgefühl verging, nachdem sie eine Weile ruhig gelegen hatte. Cai, der im Sessel gegenüber saß und sie schweigend beobachtete, sagte: »Es geht dir besser. Dein Gesicht hat wieder ein bisschen Farbe bekommen. Aber bleib bloß liegen! Ich putze jetzt die Treppe, und dann sehen wir weiter. Du solltest übrigens mal zum Arzt gehen und dich untersuchen lassen.«

Einstein, der vor dem Sofa hockte und Ines aus seinen hellbraunen Augen nachdenklich betrachtete, klopfte beim Klang seiner Stimme mit dem Schwanz auf den Boden.

»Ich war heute beim Arzt. Mein Blutdruck ist ein bisschen niedrig, daher wird mir manchmal übel oder schwindelig. Ansonsten bin ich kerngesund.«

Ich bin vor allem ein bisschen schwanger, dachte sie. Aber nicht mehr lange. Unwillkürlich legte sie eine Hand auf den Bauch. Die Geste war instinktiv und wohl so alt wie die Menschheit. Cai hatte diese Bewegung schon so oft gesehen, dass er sofort zwei und zwei zusammen zählte.

»Du erwartest ein Baby.« Es war eine Feststellung, keine Frage.

Wenn Blicke töten könnten, wäre Kommissar Dorner in diesem Moment leblos vom Fauteuil gerutscht. Was dachte der Kerl sich eigentlich? Ines lag Einiges auf der Zunge, das sie ihm gern an den Kopf geworfen hätte, aber sie wagte es nicht. Aus irgendeinem idiotischen Grund saßen bei ihr plötzlich die Tränen locker. Nie im Leben würde sie vor ihm losheulen! Also biss sie die Zähne zusammen und schüttelte nur den Kopf. Und schloss sicherheitshalber auch noch die Augen, damit er bloß nicht auf die Idee kam, auch nur ein weiteres Wort über das Thema zu verlieren.

»Ich gehe dann mal putzen«, sagte Cai freundlich. »Einstein lasse ich hier, wenn es dir recht ist. Bis gleich.«

Verschwinde auf Nimmerwiedersehen und nimm deinen Köter mit, hätte sie gern gesagt. Aber sie schwieg und kniff die Augen noch fester zusammen.

»Platz und bleib, Einstein«, hörte sie ihn sagen.

Einstein ließ sich mit einem Grunzen vor dem Sofa nieder.

»Ein feines Herrchen hast du, das muss ich schon sagen«, zischte Ines dem Hund zu, sobald sich die Tür hinter Cais breitem Rücken geschlossen hatte. Einstein gähnte sie an und ließ den Kopf auf die Vorderpfoten sinken. Ines war auf einmal sehr müde. Es dauerte keine zwei Minuten, und sie war eingenickt.

Sie wachte davon auf, dass ihr der Duft von Tomatensuppe in die Nase stieg. Sie schnupperte mit geschlossenen Augen. Ich halluziniere, dachte sie. Unmöglich, dass es in meinem Wohnzimmer nach Tomatensuppe riecht. Sie öffnete die Augen und sah Cai, der ihr gegenüber saß, friedlich Suppe löffelte und dazu in Scheiben geschnittenes Baguette aß.

»Das ist mein Brotkörbchen. Und mein Geschirr«, sagte sie anklagend.

Er war nicht beeindruckt. »Ich weiß. Möchtest du auch Tomatensuppe mit frischem Basilikum? Selbst gekocht.«

»Ja, bitte. Ich bin halb verhungert.«

Er stand auf, verschwand in der Küche und kam mit einem gefüllten Teller zurück.

Die Suppe war heiß und gut. »Aus meinen kargen Vorräten kannst du unmöglich so etwas Köstliches gezaubert haben«, sagte Ines.

Er grinste. »Habe ich auch nicht. Ich habe den Suppentopf, der bei mir auf dem Herd stand, zu dir herunter geschleppt.« Er tat so, als würde er sich den Schweiß von der Stirn wischen. »Uff, war das anstrengend.« Er lächelte sie an. In seiner rechten Wange zeigte sich ein Grübchen.

Er ist wirklich lieb, dachte Ines. Er hat es nicht verdient, dass ich so kratzbürstig zu ihm bin.

»Danke. Danke für die Hilfe und für die Suppe. Ich –«

Er unterbrach sie mitten im Satz. »Keine Arien, bitte.«

Nach dem Essen räumte er noch ab und verabschiedete sich sofort. Die Wohnung schien auf einmal leer ohne ihn und seinen Hund. Ines kuschelte sich unter einer Wolldecke auf dem Sofa zusammen und schaltete den Fernseher ein. Wie war er nur darauf gekommen, dass sie schwanger war? Das ließ ihr keine Ruhe.

Schließlich stand sie auf, kramte den Zettel mit Cais Telefonnummer aus der Schublade und rief ihn an.

Dem Klang seiner Stimme nach zu urteilen, freute er sich, dass sie anrief. Aber überrascht schien er nicht zu sein oder er war ein begnadeter Schauspieler.

»Ich wollte dich was fragen, deshalb rufe ich an.«

»Nur zu«, sagte er.

»Wie bist du eigentlich auf die Idee gekommen, ich könnte schwanger sein?«

»Du hast schützend deine Hand auf den Bauch gelegt. Meine Schwester ist im achten Monat, diese Geste ist mir sehr vertraut.«

Sie spürte einen Kloß im Hals. »Ach so. Verstehe. Auf Wiederhören.«

Ihre Stimme klang so kläglich, dass es ihm ins Herz schnitt.

»Ines?«

»Hm?«

»Ich will nicht aufdringlich sein, aber wenn du

mal jemanden zum Reden brauchst, ich höre dir gern zu.«

»Danke.« Ohne ein weiteres Wort legte sie auf.

Sie wusste nicht, wie lange sie auf dem Sofa gelegen und auf den flimmernden Bildschirm gestarrt hatte, ohne wahrzunehmen, was sich dort abspielte. In ihrem Kopf echote Cais Stimme: »Du erwartest ein Baby.« Die Worte drehten sich in ihrem Kopf. Irgendwann stand sie auf und schleppte sich ins Bad, um sich bettfertig zu machen. Sie zog sich aus und betrachtete sich nackt im Spiegel. Ihre Brüste waren größer als sonst, die Brustwarzen bräunlich statt rosa. Vorsichtig legte sie eine Hand auf ihren Bauch unterhalb des Nabels. Und brach in Tränen aus.

Später, im Bett, weinte sie sich in den Schlaf. Sie weinte um das Kind, das nie geboren werden würde, und sie weinte um sich selbst, weil sie dieses Kind nie in den Armen halten würde. Als sie dann endlich einschlief, versank sie sofort in einer wirren Traumlandschaft. Eine einzige Szene prägte sich ihr unauslöschlich ein: Sie ging einen endlosen Korridor entlang, von dem rechts und links Türen abgingen. Sie wusste, dass es ein Krankenhausflur war und dass sie etwas suchte, aber sie wusste nicht, worum es sich handelte. Es war sehr warm. So warm, dass sie stehenblieb und sich auszog, es schien das selbstverständlichste der Welt zu sein, die Hüllen fallen zu lassen. Zuerst den Mantel, dann ein schwarzes Kleid, Strumpfhosen, Unterwäsche, Schuhe. Sie legte alles säuberlich zusammen auf einen Stapel. Obenauf deponierte sie ihre Handtasche. Nackt ging sie weiter, mit einem Gefühl der Erleichterung, aber auch der Dringlichkeit. Das, was sie suchte, war sehr nah, das spürte sie, aber es war nichts zu sehen außer dem Korridor, der sich endlos vor ihr erstreckte, und den geschlossenen Türen rechts und links von ihr. Die Türen sahen alle gleich aus, und sie hätte nicht sagen können, wieso sie ausgerechnet vor der einen stehenblieb, die Klinke herunterdrückte und eintrat. Sie fand sich in einem kleinen, hellen Zimmer wieder, dessen einziges Mobiliar aus einer Babywiege und einer Wickelkommode bestand. Eine ganz in hellblau gekleidete Frau, vielleicht eine Krankenschwester, stand neben der Wiege und hielt einen nackten Säugling im Arm.

»Da sind Sie ja endlich«, sagte sie in vorwurfsvollem Ton zu Ines. »Das hat aber gedauert. Wir warten schon Ewigkeiten.«

»Sie warten? Auf mich?«, stotterte Ines.

Die Frau schnaubte. »Auf wen denn sonst. Sie sind schließlich die Mutter.«

Sie ging auf Ines zu und drückte ihr das Kind in die Arme. »So. Jetzt hat alles seine Ordnung. Ihr beide habt ein ganzes Leben aufeinander gewartet.«

Instinktiv drückte Ines den kleinen Körper an ihre Brust. Ein so tiefes Glücksgefühl durchströmte sie, dass es ihr fast das Herz zerriss.

Und das war der Moment, in dem sie aufwachte und wusste, dass sie ihr Kind bekommen würde.

Dr. Korn hörte sich nicht überrascht an, als sie ihn am nächsten Morgen anrief. »Ich freue mich sehr.«

»Sie sind so gar nicht überrascht.«

»Sagen wir mal, ich bin nicht wirklich überrascht. Das war reine Gefühlssache. Genauso wie meine Überzeugung, dass Sie Ihre Sache als Mutter ganz ausgezeichnet machen werden.«

Ines wurde es warm ums Herz. »Ich freue mich auf mein Baby. Ich habe gar nicht gewusst, wie sehr ich mich nach einem Menschen gesehnt habe, der zu mir gehört. Ich glaube, Sie haben das gespürt.«

Tatsache war, dass sie sich nicht daran erinnern konnte, wann sie überhaupt das letzte Mal solch ein Glücksgefühl empfunden hatte wie in eben diesem Moment.

7

Am liebsten hätte Ines ihr Glück mit der ganzen Welt geteilt. Ihr war danach, sich mit einem Megafon auf den Marktplatz zu stellen und zu verkünden: »Ich, die nie im Leben ein Kind wollte, bin schwanger! Und ich bin überglücklich! Ich kann es gar nicht erwarten, mein Baby in den Armen zu halten! Ist das nicht ein Wahnsinn, ein wunderbarer Wahnsinn??? Ach, übrigens, ich habe keine Ahnung, wer der Vater ist, aber das macht überhaupt nichts. Alle, die sich mit mir freuen, dürfen mir gratulieren, auch wenn sie mich gar nicht kennen.«

Ines hatte die Szene deutlich vor Augen und musste lachen. Sie sah, wie die Passanten stehen blieben und – je nach Temperament und Laune – die Verrückte, die da ins Megafon jubelte, offenen Mundes beäugten, auslachten oder den Kopf schüttelten. Möglicherweise käme auch jemand auf die Idee, den Notarzt zu bestellen. Ines sah schon die Schlagzeile im Lokalblatt am nächsten Tag vor sich: *Schwangere Drehbuchautorin komplett durchgeknallt – in Zwangsjacke in die Psychiatrie eingeliefert.*

Sicher würde es aber auch Menschen geben, die sich mit ihr freuen und ihr gratulieren würden.

Sie schaute auf die Uhr. Es war halb neun. Ob Cai zu Hause war? Sie hatte keine Ahnung, aber es war ja ein Leichtes, es herauszufinden. Ohne nachzudenken schnappte sie sich ihren Schlüsselbund und lief die Treppe hinauf in den zweiten Stock. Erst als sie geklingelt hatte (worauf Einstein in lautes Gebell ausbrach), fiel ihr auf, wie verrückt es war, dass sie ausgerechnet Kommissar Dorner als erstem (und das auch noch persönlich) mitteilen wollte, dass sie ein Baby erwartete und wie glücklich sie darüber war. Aber hier stand sie, in einem alten Sweatshirt und Leggings und dicken Wollsocken, mit verstrubbelten Haaren, zwar geduscht und mit geputzten Zähnen, aber noch ungeschminkt, und strahlte ihn an, als er die Tür öffnete.

Freude und Überraschung traten auf sein Gesicht. »Ines! Das ist aber eine schöne Überraschung. Guten Morgen! Willst du nicht hereinkommen und mit mir frühstücken? Es gibt frische Brötchen. Einstein und ich waren heute schon früh unterwegs, und das, obwohl ich heute dienstfrei habe.«

Einstein drängte sich an Cai vorbei in den Flur und begrüßte Ines freudig. Sie streichelte ihm über den Kopf und sagte: »Ich wollte nicht stören, ich wollte dir nur ganz schnell etwas erzählen, dann gehe ich wieder.«

Sie lächelte ihn an. Er hatte sie noch nie so gesehen, mit leuchtenden Augen, entspannt und glücklich.

»Du strahlst so.« Seine Stimme klang belegt. Er räusperte sich.

»Ich habe dir nicht die Wahrheit gesagt gestern«, platzte sie heraus. Ehe sie es sich versah, hatte er sie am Ärmel in seine Wohnung gezogen und die Tür geschlossen.

»So. Was immer du mir erzählen willst, es ist bestimmt nichts, was man zwischen Tür und Angel abhandeln sollte. Und das ganze Haus muss es wahrscheinlich auch nicht erfahren.«

»Ach, warum nicht«, sagte Ines übermütig. »Von mir aus kann es die ganze Welt wissen.«

Sie war kaum wieder zu erkennen. Glücklich, ja sogar euphorisch. Und wunderschön.

»Ich bin schwanger – das hast du ganz richtig vermutet. Und ich freue mich auf mein Kind, ich bin rundherum glücklich.«

Was für eine Verwandlung über Nacht. Er konnte nicht anders, er musste sie in die Arme nehmen in diesem Augenblick. Nur nichts fragen, insbesondere nicht nach dem Kindsvater. Sie erwiderte die Umarmung, schmiegte sich hinein, und sah lachend zu ihm auf. Er küsste sie auf den Mund. Es war ein kurzer, freundschaftlicher Kuss, auch wenn alles ihn ihm danach schrie, sie ganz anders zu küssen. Jetzt war definitiv nicht die Zeit für die Art von Kuss, nach der er sich sehnte.

»Ich freue mich so für dich. Herzlichen Glückwunsch!«

Wie sehr sie sich nach diesen simplen Worten gesehnt hatte, merkte sie erst, als er sie ausgesprochen hatte. Sie löste sich aus seinen Armen. »Wie sehr ich mir dieses Kind wünsche, ist mir erst heute Nacht klar geworden. In einem Traum. Hört sich das jetzt sehr verrückt an?«

»Aber nein. Ganz und gar nicht.«

»Außer dir weiß es noch niemand.«

»Ich fühle mich geehrt, dass du es mir zuerst erzählt hast, das meine ich ernst. Und ich würde mich sehr freuen, wenn du mich weiterhin als guten Freund betrachtest, der immer für dich da ist.«

Ines stutzte bei seinem letzten Satz. Weiterhin als guten Freund betrachten? Sie betrachtete ihn doch gar nicht als Freund, geschweige denn, als einen guten Freund. Nein. Das stimmte nicht. Es war gemein, so etwas zu denken. So, wie sie gerade mit Cai Dorner gesprochen hatte, redete man nur mit einem guten Freund. Es war kein Zufall, dass sie das Bedürfnis gehabt hatte, es ihm als Erstem zu sagen.

Sie holte Luft. Er hob abwehrend die Hand. »Bitte sag jetzt nicht danke. Tu mir lieber den Gefallen und frühstücke mit mir, ja?«

Er zog so ein komisch-verzweifeltes Gesicht, dass sie lachen musste und ihm durch das Wohnzimmer hindurch in die Küche folgte. Das Wohnzimmer mit seinem Wollteppich in warmen Farben, den vielen Topfpflanzen und hellen Korbmöbeln wirkte gemütlich. Die Küche war groß genug, dass ein runder Tisch mit vier Stühlen Platz hatte. Sie bemerkte die reichhaltige Käse- und Wurstplatte, das Brotkörbchen, das mit einer Stoffserviette ausgelegt war, die Karaffe mit Orangensaft, den Tulpenstrauß in einer Glasvase. Der »Herfeldener Bote« lag aufgeschlagen auf einem Stuhl. Cai war offensichtlich ein Mann, der ein üppiges Frühstück und einen liebevoll gedeckten Tisch schätzte. Und er war ein verdammt guter Zuhörer, der Menschen aus der Reserve locken konnte. Ehe Ines es sich versah, hatte sie ihm ihre halbe Lebensgeschichte erzählt.

»Ich finde es sehr schön, dass es dich ausgerechnet zurück nach Herfelden gezogen hat«, sagte er und lächelte sie an.

»Ich finde es auch schön«, hörte sie sich antworten. »Ich habe hier mehr Freunde in kurzer Zeit gefunden, als irgendwo anders.«

Sie erzählte auch von Lydia. »Wir sind völlig verschieden, aber sie ist die beste Freundin, die ich jemals hatte.«

»Dennis ist mir ein guter Freund geworden. Mit ihm kann ich reden wie mit niemandem sonst. Ich freu mich für ihn, dass er und Marie so glücklich miteinander sind.«

»Und du – bist du eigentlich liiert?« fragte Ines. Und hätte sich gleich darauf ohrfeigen können. Aber Cai schien die indiskrete Frage nicht übel zu nehmen.

»Nein. Es gibt da jemanden, für den ich sehr viel empfinde. Aber sie weiß es nicht.«

Ines traute ihren Ohren nicht, ließ es sich aber nicht anmerken. War es denn die Möglichkeit, dass Cai – genau wie Dennis – eine Frau aus der Ferne anschmachtete?!

»Im letzten Sommer ist eine langjährige Beziehung auseinander gegangen. Wir haben uns freundschaftlich getrennt, Uschi ist mittlerweile verheiratet; sehr glücklich übrigens. Wir telefonieren ab und zu. Eine Zeitlang habe ich geglaubt, sie sei meine große Liebe. So kann man sich täuschen. Heute weiß ich, wie sich die große Liebe wirklich anfühlt und ich weiß auch, dass es tatsächlich Liebe auf den ersten Blick gibt.«

Ines sagte nichts dazu. Was konnte sie auch sagen? Sie hatte weder Liebe auf den ersten, noch auf den tausendsten Blick erlebt, konnte also nicht mitreden. Sie wunderte sich nur über Cai, genau so, wie sie sich über Dennis gewundert hatte. »Wenn diese Frau deine große Liebe ist, warum sagst du ihr das nicht?«

Er strich sich eine Haarsträhne aus der Stirn. »Weil sie noch Zeit braucht, um sich über ihre

Gefühle klar zu werden. Das macht überhaupt nichts. Ich habe alle Zeit der Welt, weil ich weiß, dass sich das Warten lohnt.«

»Wenn du meinst.« Ines hatte die Augenbrauen so weit hochgezogen, dass sie beinahe den Haaransatz berührten.

Er sah ihr geradewegs in die Augen. »Ich bin ganz sicher, dass alles genau so wird, wie ich es mir erträume.«

Was für ein Gottvertrauen. Darum war er glatt zu beneiden.

»Ich wünsche es dir von Herzen«, sagte Ines und meinte es auch so. Sie hoffte, dass er nicht enttäuscht und verletzt wurde. In der Brust des Kommissars, der sicher hart durchgreifen konnte, wenn es die Situation erforderte, schlug offensichtlich das Herz eines hoffnungslosen Romantikers. Kein Wunder, dass er sich so gut mit Dennis verstand, der sich zwar spät im Leben, dafür um so massiver, als solcher entpuppt hatte.

Irgendwann fiel Ines auf, dass sie schon ziemlich lange mit Cai zusammen saß. Über zwei Stunden, wie sie feststellte, nachdem sie ihn nach der Uhrzeit gefragt hatte.

Sie grinste. »Und da wollte ich dir doch nur ganz kurz was erzählen und gleich wieder gehen. Wie man sich doch täuschen kann.«

Er kniff ein Auge zu. »Wie sagt man so schön? Die Zeit ist wie im Flug vergangen.«

Sie stand auf. »Das stimmt wirklich. Vielen Dank für das tolle Frühstück. Ich revanchiere mich gern einmal, wenn du Lust hast.«

Er brachte sie zur Tür und sie vereinbarten, miteinander zu telefonieren, um einen Termin für ein gemeinsames Frühstück auszumachen. »Ein Brunch wäre auch nett, fällt mir gerade ein. Ich könnte noch Lydia, Dennis und Marie dazu einladen.«

»Gute Idee. Aber was ist mit Lydias Mann? Du sagtest doch, sie ist verheiratet. Magst du ihn nicht?«

»Ich bin ihm nur einmal kurz begegnet, als ich bei Lydia zum Kaffee war. Ich habe kaum etwas mit ihm zu tun.«

Als sie die Treppe hinunterging, überlegte sie, dass Andreas ihr tatsächlich nicht besonders sympathisch gewesen war. Sie war an einem Sonntagnachmittag zu Kaffee und Kuchen gekommen und hatte sich darauf gefreut, Lydias Familie kennen zu lernen. Mit Nina verstand sie sich auf Anhieb. Andreas war ein attraktiver und sehr charmanter Mann, aber er redete in der Stunde, die er am Kaffeetisch verbrachte, fast nur über seine Arbeit. Was Ines nicht nur zum Gähnen langweilig, sondern unhöflich fand, da es von Desinteresse an seinen Mitmenschen zeugte. Nach der Kaffeestunde zog er sich in sein Arbeitszimmer zurück und zeigte sich erst wieder, als Lydia an die Tür klopfte und ihm mitteilte, dass Ines sich jetzt auf den Heimweg machte. Er brachte sie mit zur Haustür, versicherte, wie schön er es fände, sie kennen gelernt zu haben und wie sehr er sich freue, dass sie und Lydia in so kurzer Zeit so enge Freundinnen geworden seien. Ines hätte wetten können, dass ihn das völlig kalt ließ, da sein Gehirnkasten anscheinend ein Aktenschrank war.

Sie zog Jeans an und eine weiße Stretchbluse. Die Jeans, die ihr immer etwas zu weit gewesen war an der Taille, saß jetzt hauteng und die Bluse spannte über dem Busen. Sie würde sich bald ein paar neue, weiter geschnittene Klamotten kaufen müssen. Sie schnappte sich das Telefon und rief Lydia an.

»Ein Baby! Wie schön!« sagte Lydia entzückt.

»Ich habe gewusst, dass du dich mit mir freust.«

»Ja, warum soll ich mich denn nicht freuen?«

»Na ja. Einen Vater gibt es nicht, ich habe keinen sicheren Job, ich wollte nie Kinder haben und bin nicht sicher, ob ich eine gute Mutter sein kann.«

»Papperlapapp«, unterbrach Lydia. »Warum sollst du keine gute Mutter sein? So ein Unsinn. Was andere können, kannst du auch.«

Ines brach in schallendes Gelächter aus. »Das hast du wirklich schön gesagt!«

»Du weißt schon, wie es gemeint ist.«

Lydia stellte keine Fragen zu dem nicht vorhandenen Kindsvater, worüber Ines zutiefst dankbar war.

»Wie geht es denn so bei dir?« erkundigte sie sich vorsichtig.

Ein Seufzer. »Einerseits schwebe ich auf Wolke sieben; Jens und ich sind wahnsinnig glücklich miteinander. Es läuft so gut mit uns, ich möchte es am liebsten in alle Welt hinaus posaunen. Die Situation zu Hause ist eine andere Sache. Ich schlafe im Gästezimmer. Ich lüge, was das Zeug hält. Es ist nicht gerade einfach.« Lydia schluckte krampfhaft.

»Ja. Das kann ich mir gut vorstellen.«

»Jammern ist nicht angebracht.« Sie lachte, es war ein nervöses kleines Lachen. »Ich tue, was ich tun will. Es zwingt mich ja nun niemand, meinen Mann zu betrügen.«

»Lass es dir nicht unter die Haut gehen. Und pass auf dich auf.«

Wieder das nervöse Lachen. »Ich werde mein Möglichstes tun.«

In Ines' Kopf klingelten die Alarmglocken. Wenn sich jemand vornahm, sein Möglichstes zu tun, hatte er meistens schon verloren.

Der März verging im Handumdrehen, dann der April, der stürmisch und verregnet war. Es war, als rase dieser Frühling im Zeitraffertempo dahin. Die ersten Maitage brachten Wärme und Sonne; die Natur explodierte in einem Rausch von Blüten und jungem Grün. Lydia hatte das Gefühl, als existiere sie in zwei verschiedenen Realitäten. Die Brücke zwischen beiden war ein Netz aus Lügen. Die Wirklichkeit, die zählte, waren die Stunden mit Jens in der Schillerstraße. Das waren Leidenschaft, Zärtlichkeit, lange Gespräche über Gott und die Welt – aber niemals über ihre Ehen, ihre Partner, die Zukunft. Lydia wusste von Jens' Frau nach wie vor nicht mehr als Namen und Beruf. Er hatte keine Kinder, das wusste sie auch. Dass er hin und weg war von ihr, sagte er ihr wieder und wieder und bewies es mit jedem Blick, jeder Berührung. Sie kämpfte gegen ihre Sehnsucht an, mehr mit Jens zu teilen als diese Stunden, und verlor den Kampf jeden Tag ein Stückchen mehr. Wie schön musste es sein, nicht auf die Uhr schauen, organisieren und lügen zu müssen. Sich frei in der Öffentlichkeit mit ihm bewegen zu können, zu zeigen, dass man zusammengehörte. Sie hatte ihm vorgeschlagen, einmal gemeinsam über ein Wochenende weg zu fahren, irgendwohin, wo man sie nicht kannte. Das hätte sie ohne weiteres managen können, sie hatte schon oft davon gesprochen, dass sie gern einmal ganz allein ein Wochenende auf einer Wellness-Farm verbringen würde. Sie wünschte sich so sehr, unbeschwert mit ihm essen zu gehen, in ein Konzert, ins Theater, shoppen. Es gab so unendlich viel, das man gemeinsam unternehmen konnte in einer fremden Stadt.

Er lächelte sie an, mit diesem Lächeln, bei dem sie dahinschmolz. »Später, Süße. Lass mir noch ein bisschen Zeit. Ich möchte dich noch eine Weile ganz allein genießen, hier in unserem Nest. So egoistisch bin ich. Magst du mich trotzdem noch ein bisschen leiden?«

Er streichelte ihren nackten Rücken, küsste ihren Nacken, ihren Mund und alles war gut. Sie lebte nur im Augenblick, wunschlos glücklich mit ihm. Aber das Glück hielt nur so lange vor, wie sie mit ihm zusammen war.

Jens war ständig in ihren Gedanken. Wenn sie allein war, gestattete sie sich manchmal ihren Lieblingstagtraum, der gefährlich war für ihren Seelenfrieden, da er noch mehr Sehnsüchte weckte: Sie und Jens lebten zusammen in dem kleinen Apartment. Jeder Tag und jede Nacht mit ihm waren ein wunderbares Geschenk, das sie aus tiefstem Herzen genoss. Was aus Brigitte und Andreas geworden war, blieb im Dunkeln, auch Nina kam in diesem Traum nicht vor. Es gab nur Jens und Lydia, die glücklich miteinander waren, so glücklich, wie man es im Märchen eben ist: *Und sie lebten glücklich bis an ihr Lebensende.*

Die andere Wirklichkeit war eine Symphonie in Grau und Schwarz. Zwischen ihr und Andreas gähnte ein Abgrund. Er hatte vor Wochen einmal versucht, zärtlich zu werden. Sie hatte ihn abgewiesen mit dem ebenso althergebrachten wie erlogenen Satz: »Ach, Schatz, ich habe so entsetzliche Kopfschmerzen!« Er hatte sie verletzt und auch ungläubig angeschaut. Dann wurden sein Gesicht und seine Augen ausdruckslos. Sie schämte sich so, dass sie den Blick abwenden musste. Seitdem hatte er nicht mehr versucht, mit ihr zu schlafen. Sie war dankbar dafür, dass er so wenig zu Hause war, es gab ihr die Chance, ihn so weit wie möglich auszublenden. Sie hoffte, dass sich in der Kanzlei noch sehr lange nichts ändern würde und hasste sich für ihre Gedanken.

Einmal sagte Nina zu ihr: »Ist irgendwas mit dir und Papa?«

Sie erschrak, ließ sich aber nichts anmerken. »Was soll denn sein? Wie meinst du das?«

Nina zuckte die Schultern. »Ich weiß nicht. Ich finde es bloß komisch, dass ihr gar nichts mehr zusammen unternehmt. Früher seid ihr mal allein essen gegangen oder ins Kino oder zu einer Party. Papa hat kaum Zeit, schon klar, aber trotzdem. Habt ihr Streit und wollt nicht, dass ich das weiß? Ihr könnt mir ruhig sagen, wenn was nicht in Ordnung ist zwischen euch, ich bin kein kleines Kind mehr.«

Sie sah sehr jung und verletzlich aus, als sie das sagte.

Lydia legte einen Arm um ihre Schultern. »Es ist alles in bester Ordnung, du brauchst dir wirklich keine Gedanken zu machen. Papa hat nur eine Menge Stress, das ist alles.«

»Hm«, machte Nina.

»Was heißt ›hm‹?«

»Annikas Eltern lassen sich scheiden«, platzte Nina heraus. »Sie sind sich seit Monaten total aus dem Weg gegangen. Annikas Mutter ist jetzt in eine eigene Wohnung gezogen. Sie hat einen Freund. Annika bleibt bei ihrem Vater.«

Deshalb also waren Ninas Antennen so sensibilisiert. Lydia war geradezu schockiert, denn nie im Leben hätte sie dieser hausbacken wirkenden Frau, die ihre Freizeit mit dem Nähen von Quilts und Gartenarbeit verbrachte, einen Lover zugetraut, geschweige denn eine Scheidung. Sie erinnerte sich noch gut an das, was Annika einmal erzählt hatte: »Wenn ich einmal heirate, dann ist es der Mann fürs Leben. Meine Mutter sagt, als sie Papa zum ersten Mal geküsst hat, wusste sie, dass sie ihn heiraten und für immer und ewig bei ihm bleiben wird.«

Lydia spürte einen schmerzhaften Stich in der Herzgegend bei dem Echo, dass diese Worte in ihr wachriefen: *»Du bist der einzige für mich. Für immer und ewig.* Das hatte sie Andreas in der Hochzeitsnacht zugeflüstert. Sie wollte jetzt nicht daran denken.

»Das ist sicher eine schwierige Zeit für Annika.«

Nina nickte. »Sie weint viel. Auch in der Schule.«

Es gelang Lydia, ihrer Tochter die Angst zu nehmen, sich womöglich bald in der gleichen

Situation wie Annika zu befinden. Nina entspannte sich zusehends im Gespräch, war bald wieder fröhlich. Lydia wünschte, sie könnte dasselbe von sich behaupten. Eine innere Unruhe verfolgte sie noch Stunden später. Die Unterhaltung hatte sie mehr erschüttert, als sie sich anfangs eingestehen wollte.

Was TUE ich eigentlich, fragte sie sich in der Nacht, als sie in ihrem Bett im Gästezimmer lag. So kann es doch nicht weiter gehen. Ich kann nicht auf Dauer mit einer Lüge leben. Andreas. Energisch schob sie den Gedanken an Andreas beiseite. Sie konnte nicht über ihn nachdenken, schon gar nicht über ihre Gefühle für ihn. Denn wenn sie über ihre Gefühle nachdachte, musste sie womöglich Konsequenzen ziehen, und dazu war sie nicht bereit. Sie konnte es nicht ändern. Jetzt war nicht die Zeit, um nachzudenken, Entscheidungen zu treffen, Konsequenzen zu ziehen. Es ging darum, einen zerbrechlichen Status quo mit allen Mitteln aufrecht zu erhalten.

Was ihr Familienleben betraf (so man es denn überhaupt noch als solches bezeichnen konnte), so hatte sie den Kontakt zu ihrem Bekanntenkreis und zu den Eltern und Schwiegereltern sehr eingeschränkt. Sie war innerlich so mit Jens und sich selbst beschäftigt, dass sie kein Bedürfnis nach leichter Konversation hatte. Von sich aus rief sie nie an; wenn jemand sich meldete, brachte sie das

Gespräch so rasch wie möglich zu Ende. Bei ihren Eltern, die seit Januar auf Mallorca waren, machte das kaum einen Unterschied, der Kontakt war sowieso sporadisch.

Bei Elisabeth sah die Sache anders aus. »Ich muss sagen, ich bin ein bisschen beleidigt«, hatte ihre Schwiegermutter letztens gesagt. Es war das erste Mal, seit Lydia sie kannte, dass ihre sanfte Stimme nicht ganz so sanft klang. »Wir haben schon ewig nichts mehr zusammen unternommen, und am Telefon bist du immer so hektisch. Habe ich dir irgend etwas getan, von dem ich nichts weiß?«

Lydia plagte das schlechte Gewissen so sehr, dass es fast körperlich weh tat. Sie betrog Elisabeths einzigen Sohn mit einem anderen Mann und bestrafte die arme Frau auch noch dafür, indem sie den Kontakt mit ihr mied, weil sie ein schlechtes Gewissen hatte. Wie gemein konnte man sein? Das hatte Elisabeth nicht verdient. Regelmäßige Telefonate, ab und an ein gemeinsames Mittagessen oder einen Kaffeeplausch, das musste einfach sein. Sie entschuldigte sich und erklärte, dass sie sehr eingespannt sei in letzter Zeit, der Job, die Hausarbeit, und im Garten sei so viel zu tun jetzt im Frühling. Andreas habe ja leider gar keine Zeit, sich darum zu kümmern. Die Ausrede hörte sich lahm an, fand sie. Aber Elisabeth, gutmütig, wie sie nun einmal war, meinte, sie habe volles Verständnis dafür, schließlich habe sie selbst auch viel um die Ohren, denn sie sei dabei, einen Gartenteich anzulegen und besuche einen Computerkurs für Senioren. Das Üben zu Hause am PC nähme viel Zeit in Anspruch. Lydia möge ihr doch bitte SAGEN, wenn sie viel um die Ohren habe, dann wisse sie Bescheid und müsse sich keine Gedanken machen, ob irgendetwas nicht in Ordnung sei. Bei Andreas sei Zeitmangel ja leider an der Tagesordnung, leider sei keine Änderung in Sicht. Langsam mache sie sich Sorgen um seine Gesundheit, es sei ja bekannt, dass Stress der Auslöser für Bluthochdruck und Herzprobleme sein könne.

»Gestern sind wir uns in der Stadt zufällig über den Weg gelaufen«, berichtete Elisabeth. »Der Junge sieht schlecht aus, finde ich. Blass und müde, und ich bin ganz sicher, dass er abgenommen hat.«

Lydia, der nichts aufgefallen war, weil sie es nicht ertrug, Andreas genauer anzuschauen, murmelte, dass er kürzlich seinen alljährlichen Check beim Hausarzt absolviert habe – es sei alles in Ordnung, Gottseidank.

»Da bin ich erleichtert, ich war in Sorge«, sagte Elisabeth. »Ich wünschte, der Junge würde sich mehr Ruhe gönnen. Aber was rede ich, es liegt ja in der Familie. Sein Vater war auch nicht anders, er hat gearbeitet bis zum Umfallen. Das war manchmal nicht leicht für mich. Um ehrlich zu sein: es ist mir ein Stein vom Herzen gefallen, als er pensioniert wurde.«

Alles in Lydia drängte danach, dieses Gespräch so schnell wie möglich zu beenden, aber wie konnte sie dies tun, ohne Elisabeth bis ins Mark zu kränken? Also hörte sie zu, während ihre Schwiegermutter von den kleinen Dingen des Alltags erzählte, die ihr so wichtig waren, und von ihrem Mann, der der Mittelpunkt ihres Lebens war. Lydia fühlte sich so weit entfernt von ihr, als lebe sie auf dem Mars. Sie atmete erleichtert auf, als Elisabeth, nachdem sie ein Rezept für gefüllte Paprikaschoten auf chinesische Art mit Tofu und Ingwer (Lydia gruselte sich allein beim Zuhören) aus der »Perfekten Frau« vorgelesen hatte, sagte: »Ach Gott, Kind, ich muss ja zum Friseur! Das hätte ich jetzt beinahe verschwitzt, weil wir uns endlich mal wieder schön miteinander unterhalten haben. Sag, wollen wir morgen im Bären-Bistro zusammen zu Mittag essen? Meine Einladung. Meinst du, du kannst es einrichten?«

Sie hatte sich mit Jens treffen wollen, da Nina morgen bei einer Freundin zum Mittagessen eingeladen war. Aber sie konnte Elisabeth jetzt unmöglich vor den Kopf stoßen. Sie versicherte ihr also, dass sie es einrichten könne und dass sie sich sehr freue.

»Ich will aber nicht, dass du meinetwegen mit deiner Zeit jonglieren musst«, sagte Elisabeth.

Lydia beruhigte sie, und Elisabeth verabschiedete sich fröhlich von ihr, um zum Friseur zu eilen. Lydia rief Jens an und sie verabredeten sich für den Abend. Sie konnte es kaum erwarten, ihn zu sehen.

Andreas kam gegen sechs nach Hause und verkündete, dass er im Fitnessstudio *Lady and Man* einen Termin zu einem Probetraining vereinbart hatte und gleich wieder losfahre, nachdem er seine Sporttasche gepackt hatte.

»Fitnesstudio? Voll cool, Papa, da wirst du Muskeln kriegen wie Schwarzenegger«, meinte Nina.

Andreas grinste ein bisschen verlegen, wie Lydia fand. »Ach, darum geht es mir nun wirklich nicht. Ich brauche ein gezieltes Training, besonders für meinen Rücken. Die Bürohockerei tut mir nicht gut.«

Das waren völlig neue Töne. Andreas joggte, im Urlaub spielte er gern Squash. Muckibuden hatte er bis jetzt überflüssig gefunden. »Eine albernere Beschäftigung, als stöhnend und ächzend Gewichte zu stemmen, kann ich mir kaum vorstellen«, hatte er mehr als einmal gesagt.

Jetzt bemerkte er Lydias erstaunten Blick. »Ich weiß, was du jetzt denkst. Aber man kann seine Meinung ja wohl ändern, indem man sich von hieb- und stichfesten Argumenten überzeugen lässt, oder?« Es klang geradezu barsch.

Es lag Lydia auf der Zunge zu sagen, dass er nun wirklich nicht verpflichtet war, Erklärungen abzugeben. Sie verkniff es sich gerade noch rechtzeitig. Ein Streit war das letzte, wonach ihr der Sinn stand. Andreas musterte sie kurz, registrierte ihr sorgfältiges Make-up, die Armani-Jeans, das enge, ausgeschnittene Seidenshirt und die hochhackigen Schuhe.

»Du gehst noch aus.« Es war eine Feststellung, keine Frage. Sie war oft genug unterwegs. Ihr fiel ein, dass sie ihn in letzter Zeit nicht mehr angerufen hatte, um Bescheid zu sagen, wenn sie unterwegs war. Das überließ sie Nina. Andreas hatte zu dieser neuen Gepflogenheit keinen Kommentar abgegeben.

»Ich fahre zu Ines und leiste ihr ein bisschen Gesellschaft. Es geht ihr nicht gut, sie ist über die Übelkeit immer noch nicht heraus.«

Er warf ihr einen seltsamen Blick zu. »Grüß sie schön von mir. Es wird sicher wieder spät werden, ihr habt euch ja immer eine Menge zu erzählen.«

Es durchfuhr sie eiskalt. Dieser Blick. War das, was er gesagt hatte, ehrlich gemeint oder wollte er ihr durch die Blume zu verstehen geben, dass er Bescheid wusste, aber nicht daran interessiert war, sie zur Rede zu stellen? Nein, das konnte nicht sein. Ein Psychologe würde vermutlich diagnostizieren, dass ihr schlechtes Gewissen ihr so zu schaffen machte, dass sie Anzeichen von Verfolgungswahn aufwies. Sie schaffte es, ihn strahlend anzulächeln. »Das mache ich gerne, sie wird sich freuen. Viel Spaß im Fitnesstudio.«

»Danke. Dir natürlich auch viel Spaß.«

War da ein merkwürdiger Unterton in seiner Stimme oder bildete sie sich das ein?

Als sie um elf Uhr nach Hause kam, stand Andreas' Auto noch nicht in der Garage.

Ines war jetzt in der 19. Schwangerschaftswoche. Oder der 18. oder der 20. – ganz genau war es ja nicht festzustellen. Das Baby entwickelte sich laut Ultraschallergebnis gut. Ines fühlte sich phantastisch. Die Übelkeit, die Schwindelgefühle, die bleierne Müdigkeit gehörten der Vergangenheit an. Oft betrachtete sie sich im Spiegel, so aufmerksam, als sei sie eine Fremde, und fotografierte sich selbst mit der Digitalkamera, um jede körperliche Veränderung festzuhalten. Sie gefiel sich so gut wie nie zuvor. Ihr Gesicht war voller und weicher geworden, ihre Haare glänzten, die Haut war prall und rosig. Sie war stolz auf ihr Mini-Bäuchlein, so stolz, dass sie es heimlich vorschob und enge Oberteile trug, die ihre üppigere Oberweite betonten.

Dennis war total aus dem Häuschen gewesen, als sie ihm von ihrer Schwangerschaft erzählte. Er sprang von seinem Stuhl im Café Schubert, wo sie sich auf einen Kaffee verabredet hatten, und umarmte sie. Ines fühlte die Blicke sämtlicher Gäste auf sich ruhen, aber das machte ihr genauso wenig aus wie Dennis.

»Ein Baby!«, sagte er so laut, dass sämtliche Anwesenden es mitbekamen. »Ach, wie schön! Herzlichen Glückwunsch! Wie ich dich beneide!« Er setzte sich wieder hin und dämpfte seine Stimme. »Marie und ich wollen natürlich auch Kinder haben, mindestens drei. Wir haben bereits alles durchdiskutiert und sind uns einig. Ich kann es kaum erwarten.« Er strahlte sie an. »Wir heiraten übrigens im Oktober, an Maries Geburtstag. Ich hätte dich gern als Trauzeugin, magst du?« Er sah plötzlich beinahe verlegen aus. »Oder stehst du nicht auf sowas? Du hältst ja nicht so superviel vom Heiraten.«

Verliebt, verlobt, verheiratet. So schnell konnte es gehen, nachdem Dennis es nach längerem Anlauf geschafft hatte, Marie sein Herz zu offenbaren.

»Das hat doch damit nichts zu tun. Natürlich will ich, du Dummer, ich freue mich wahnsinnig für euch! Was für eine Frage. Ich wäre todbeleidigt gewesen, wenn du mich nicht gefragt hättest. Ich werde mir euch zu Ehren ein traumhaftes Umstandskleid zulegen. Trauzeugin war ich noch nie.«

»Dann wird es allerhöchste Zeit. Also abgemacht«, meinte Dennis zufrieden. Dann setzte er eine strenge Miene auf und räusperte sich.

»Ich habe übrigens noch ein Hühnchen mit dir zu rupfen.«

Ines, die sich keiner Schuld bewusst war, riss erstaunt die Augen auf. »Mit mir? Wieso denn das, um alles in der Welt?«

Dennis' Gesicht verfinsterte sich noch mehr.

»Du hast eine Mineralwasserkiste in deine Wohnung geschleppt«, kam es vorwurfsvoll.

»Ach Gott. Das waren doch bloß sechs PET-Flaschen, die sind nicht schwer.«

»Schwer genug – also spar dir die Ausreden. Und du bist auf eine Leiter geklettert und hast Gardinen aufgehängt, es ist also sicher, dass du sie vorher abgehängt hast: ein doppeltes Vergehen. Versuch nicht, es abzustreiten. Du bist GESEHEN worden.«

»Und Cai hat bei dir gepetzt, postwendend. Als ob er mir nicht schon höchstselbst den Kopf gewaschen hätte.«

»Doppelt geschimpft hält länger vor, hoffe ich jedenfalls. Jetzt ganz im Ernst, Ines: du musst besser auf dich achten, auf dich und dein Baby.«

»Aber es geht uns beiden wunderbar. Ich habe mich nie besser gefühlt. Also werde ich doch wohl noch –«

Dennis hob die Hand. »O nein, das wirst du nicht. Versprich mir, dass du nicht auf Leitern herum kraxelst, nichts Schweres hebst. Sonst …« Er zwinkerte ihr zu.

»… hetzt du Cai auf mich«, ergänzte Ines.

»Genau. Und du weißt, was dir dann blüht.«

»O ja. Eine Gardinenpredigt, die sich gewaschen hat. Und wer weiß, vielleicht lädt er mich auch nie mehr zum Essen ein. Und das wäre eine Schande, er kocht verdammt gut. Ich dagegen bin ein hoffnungsloser Fall.«

»Och, es kann jedem mal passieren, dass er das Salz mit dem Zucker verwechselt …«

»… und dass der Braten innen noch roh ist, und aus verkochten Kartoffeln kann man immer noch Püree fabrizieren.«

»Genau. Das ist alles kein Drama. Cai hat es trotzdem geschmeckt.«

Ines seufzte. »Das hat er mir auch erzählt. Ich kann es aber nach wie vor nicht glauben.«

»Cai ist eine ehrliche Haut, er würde nie lügen«, behauptete Dennis, ohne mit der Wimper zu zucken. »Ich muss leider los, die Pflicht ruft. Also sei brav, Schätzchen, und pass gut auf dich und den Zwerg auf.« Er beugte sich zu ihr hinüber und küsste sie auf beide Wangen. »Und ganz liebe Grüße soll ich dir von Marie ausrichten.«

Auf dem Heimweg – sie war zu Fuß unterwegs, denn Dr. Korn war der Meinung, dass werdende Mütter gar nicht genug Sauerstoff tanken konnten – ging es Ines durch den Kopf, dass sie wohl noch nie so glücklich gewesen war wie jetzt. Ihr Leben war bereichert worden, seit sie in Herfelden lebte. Sie erwartete ein Baby, sie hatte Freunde gefunden, auf die sie sich verlassen konnte: Lydia und Cai, Dennis und Marie. Die Freundschaft mit Marie steckte noch in den Kinderschuhen, aber sie hatten sich beim Kennenlernen auf Anhieb gut verstanden.

Cai war eine Konstante in ihrem Leben geworden. Wenn es irgendwie ging, sahen sie sich jeden Tag, auch wenn es nur ganz kurz war, oder sagten zumindest am Telefon hallo. Wenn sie es sich recht überlegte, stand er ihr noch näher als Lydia, mit der sie wenig Kontakt hatte zur Zeit. Lydia war total verknallt, und ein Großteil ihrer Zeit und Aufmerksamkeit kreiste um Jens und ihre Gefühle für ihn.

»Ich vernachlässige dich schändlich«, hatte Lydia letztens am Telefon gesagt.

»Ach wo«, gab Ines vergnügt zurück. »Genieß die Zeit mit deinem Jens.«

Wie lange die Sache gut gehen mochte, wussten die Götter. Was Lydia da errichtete, kam Ines vor wie ein Kartenhaus, das jeden Moment über dem Kopf der Freundin einstürzen konnte. Andreas war kein Idiot. Irgendwann musste es ihm doch auffallen, dass seine Frau mit kleinen roten Herzchen in den Augen herumlief, selbst wenn er nicht hinterfragte, weshalb sie Abends ständig bei ihrer Freundin hockte.

»Es ist der Himmel auf Erden, wenn wir zusammen sind.« Lydia seufzte. »Mehr brauche ich dir gar nicht zu sagen. Du weißt auch so, was in mir vorgeht. Es ist nicht nur der Sex, falls du das glaubst. Wir harmonieren so gut, dass es schon beinahe unheimlich ist. Dabei ist er Zwilling, das passt gar nicht gut zu Skorpion.«

»Liest du noch Madame Zodiacs Horoskope?«

»Nein. Schon lange nicht mehr. Aus einem Grund, über den ich nicht weiter nachdenken will, scheue ich davor zurück. Manchmal kann ausgemachter Humbug auch ins Schwarze treffen.«

»Hm«, sagte Ines nachdenklich. »So sehe ich das auch. Ich ignoriere die Rubrik ebenfalls seit Wochen.«

Lydia seufzte. Es klang sehnsüchtig. »Außerdem beschäftigen mich ganz andere Dinge.«

»Du bist himmelhochjauchzend verliebt und willst mehr als eine Affäre?«, dolmetschte Ines.

»Ja. Nein. Ach, ich weiß nicht. Was zwischen uns ist, wie es weitergeht, darüber reden wir nicht, Jens und ich.«

ER will nicht darüber reden, übersetzte Ines im Geiste. Du schon. Aber du traust dich nicht. Und weißt wahrscheinlich auch noch gar nicht, was du wirklich willst.

»Aber dich beschäftigt es mehr und mehr, das merke ich.«

Lydia seufzte wieder. »Ja. Ja, das stimmt. Mir geht so vieles im Kopf herum, wenn Jens und ich nicht zusammen sind. Ich dränge es immer wieder in den Hintergrund, aber das tut mir nicht gut. Und da ist Andreas. Er hat es nicht verdient, so behandelt zu werden. Und da ist Nina. Ich muss einmal in Ruhe über alles nachdenken.«

Das klang wie eine Beschwörung. Ines dachte bei sich, dass sie um alles in der Welt nicht in Lydias Haut stecken wollte. Kein Mann konnte so attraktiv, sexy und toll sein, dass er diesen Stress wert war.

»Das ist eine gute Idee. Warum fährst du nicht über das Wochenende allein weg und nimmst dir eine Auszeit? In einer fremden Umgebung sieht man klarer.«

»Ja, vielleicht. Ich überlege mir das mit der Auszeit. Sag mal, was ist eigentlich mit dir und diesem Cai? Ihr steckt ja ziemlich oft zusammen, nach allem, was ich so am Rande mitkriege.«

»Na ja, so oft auch wieder nicht. Das heißt, wir telefonieren öfter und sehen uns auch, aber meistens nur kurz. Cai ist ein netter Kerl. Ein Freund halt.«

Das war a) keine neue und b) eine äußerst magere Information.

»Hm. Wie sieht er denn aus?«, bohrte Lydia weiter, entschlossen, diesmal mehr aus Ines herauszukitzeln.

»Ach Gott, ganz normal halt. Braune Haare, grüne Augen, ziemlich groß, Frau Oberinspektor.

Wieso ist es denn plötzlich so wichtig, wie jemand aussieht? Bloß, weil er ein Mann ist? Oder würde es dich bei einem weiblichen Wesen auch so brennend interessieren?«

»Schon gut, schon gut, ich frage nichts mehr.«

»Oh, du kannst ruhig fragen. Aber es gibt absolut keine interessanten Antworten. Es läuft nichts zwischen uns. Falls du in diese Richtung gedacht haben solltest.«

»Nein, nein hab ich nicht«, beeilte sich Lydia zu versichern. »Hm, wie alt ist er denn eigentlich?«

Ines seufzte. »Darüber haben wir nicht gesprochen. Ich schätze ihn auf Mitte dreißig.«

Damit musste sich Lydia wohl oder übel zufrieden geben. Schade, schade, dass nichts lief. Warum zum Teufel konnten sich die beiden nicht ineinander verlieben? Eine wunderbare Romanze mit einem Mann, der Ines verdient hatte, einen Vater für Ines' Baby – das wünschte sich Lydia von Herzen für ihre Freundin. Aber sie würde sich hüten, es auszusprechen. Es könnte ihr nämlich passieren, dass Ines ihr den Hals herumdrehte, wenn sie dieses Thema aufs Tapet brachte.

Ines hatte genau gewusst, was in Lydias Kopf vorging, und musste grinsen. Lydia würde sie so gern unter die Haube bringen, und wer lag dabei näher als Cai, mit dem sie sich so gut verstand und der noch dazu nur ein Stockwerk höher wohnte? Die Sache hatte nur einen Haken. Ines hatte bis auf weiteres das Zölibat gewählt, was Lydia allerdings nicht wissen konnte, da sie nicht mit ihr darüber gesprochen hatte. Und ganz abgesehen davon, selbst wenn sie auf Männerfang wäre, würde sie nie im Leben etwas mit Cai anfangen. Sie mochte ihn, mochte ihn sehr, er war ihr vertraut und sie konnten über alles miteinander reden, aber als Mann nahm sie ihn gar nicht wahr. Es stimmte nicht, dass es keine platonischen Freundschaften zwischen Mann und Frau gibt, dachte sie. Cai und ich sind das beste Beispiel dafür. Er ist weder verknallt noch scharf auf mich, und mir geht es bei ihm genauso. Und so können wir ganz entspannt und locker miteinander umgehen. Das ist etwas, was ich früher nicht für möglich gehalten hätte. Lydia muss Cai unbedingt kennen lernen in nächster Zeit, damit sie sieht, wie es zwischen uns steht und sich diese albernen Romantikgedanken aus dem Kopf schlägt.

Jens war besonders zärtlich und liebevoll an diesem Abend, so dass Lydia sich kaum von ihm trennen konnte. Im Schutz der Dunkelheit standen sie eng aneinander geschmiegt auf dem Parkplatz hinter seinem Haus. »Ich mag dir heute gar nicht auf Wiedersehen sagen. Ich möchte für immer hier stehen bleiben, ganz nah bei dir.«

Er zog sie noch fester an sich. »Ich auch, meine Süße, ich auch. Aber leider müssen wir uns verabschieden, ob wir wollen oder nicht. Für heute und die nächste Woche. Ich fliege übermorgen geschäftlich nach London.«

»Hm. Wie soll ich das aushalten ohne dich? Sehen wir uns morgen denn noch einmal?« Sie war selbst überrascht, wie sehnsüchtig das geklungen hatte.

Er küsste sie auf die Nasenspitze. »Ich werde Entzugserscheinungen bekommen ohne dich, das weiß ich genau. Aber morgen klappt es leider nicht, Häschen. Tut mir Leid.«

»Schade.«

»Ja. Sehr schade. Ich werde dich ganz schrecklich vermissen.« Er streichelte ihren Rücken unter dem T-Shirt. Sie schob eine Hand unter sein Hemd und erwiderte die Liebkosung. Sie liebte es, ihn anzufassen. Sein Körper war durchtrainiert und muskulös; seine Haut so weich wie die einer Frau.

»Was wir hier tun, ist absolut leichtsinnig. Was, wenn jemand vorbeikommt und uns sieht?«

Er lachte leise. »Jetzt? Um ein Uhr nachts ist nur noch Cinderella in dieser Gegend unterwegs.« Er küsste sie zärtlich auf die Lippen. »Mit ihrem Prinzen. Cinderella hat sich um eine Stunde verspätet, aber der Zauber hält, es ist immer noch wunderschön. Aber jetzt muss sie sich zu ihrer mit Schimmeln bespannten Karosse begeben, ehe diese sich wieder in einen Kürbis verwandelt und die Prinzessin zu Fuß gehen muss.«

Es war ihr noch nie so schwer gefallen, sich ins Auto zu setzen und nach Hause zu fahren wie in dieser Nacht.

Als sie am nächsten Tag um Viertel nach zwölf ins Bären-Bistro kam, saß Elisabeth schon an ihrem Lieblingstisch am Fenster. Lydia küsste ihre Schwiegermutter auf die Wange und sagte: »Tut mir Leid, ich bin ein bisschen spät. Meine Freundin Ines hat angerufen, ich bin für heute Abend auf ein Glas Wein und ein Stück Käse eingeladen – so hat sie sich ausgedrückt.« Der Anlass der Einladung war, dass sie endlich Cai kennen lernen sollte. Sie musste zugeben, dass sie vor Neugier beinahe platzte.

»Ach, macht doch nichts, Kind«, sagte Elisabeth. »Ich hab mir schon mal was zu trinken bestellt und mich ein bisschen umgeschaut. Wir haben doch Zeit.«

Sie bestellten beide das Tagesmenü: Kartoffel-Gemüseauflauf und Obstsalat mit Vanilleeis zum Dessert.

»Es gibt nichts Erfrischenderes an einem sonnigen Maitag«, sagte Elisabeth und zwinkerte ihrer Schwiegertochter zu. Sie sah besonders hübsch aus heute, fand Lydia. Sie trug ein blassblaues Kostüm und eine weiße Bluse, dazu den Perlenschmuck, den ihr Mann ihr zur silbernen Hochzeit geschenkt hatte: Kette, Armband, Ohrringe und den passenden Ring.

»Schick siehst du aus. Ist das Kostüm neu?«

Elisabeth errötete vor Freude über das Kompliment. »Ja. Bei Breitmoser erstanden. Ist es nicht zu jugendlich für mich?«

»Aber überhaupt nicht. Es steht dir wunderbar. Und du warst beim Friseur, die kürzeren Haare sehen total super aus.«

Elisabeth lächelte. »Die Komplimente kann ich zurückgeben. Man sieht dir gar nicht an, wie sehr du im Stress bist. Du strahlst so richtig von innen heraus.«

»Oh. Danke. Das ist mir gar nicht aufgefallen.« Was für einen Unsinn rede ich daher, dachte Lydia. Und erstarrte. Jens hatte soeben das Lokal betreten und sah sich nach einem freien Tisch um. In seiner Begleitung war eine gutaussehende Frau um die dreißig mit kurzen, dunklen Haaren. Jetzt hatte er Lydia entdeckt. Er grüßte mit einem Lächeln und einem Kopfnicken, als ob sie eine flüchtige Bekannte sei. Lydia ignorierte den plötzlichen Schmerz in der Herzgegend und grüßte zurück. In diesem Moment hätte sie gern mit seiner Begleiterin getauscht. Wer sie wohl sein mochte? Eine Kollegin? Eine Bekannte? Oder etwa seine Frau?

»Wer ist denn der Herr, der dich eben gegrüßt hat?« fragte Elisabeth, die immer alles wissen wollte.

»Ein Kunde. Er kauft öfter bei Schnickschnack ein. Keine Ahnung, wie er heißt.«

»Ein gutaussehender Mann. Seine Frau ist auch sehr attraktiv. Ein schönes Paar, finde ich. Sicher sind sie glücklich miteinander.«

Jens und die Dunkelhaarige waren nun außerhalb Lydias Sichtweite, aber in Elisabeths Blickfeld. Sie schaute interessiert hinüber. Lydia hätte sie am liebsten geschüttelt. Oder sie angefaucht, sie solle gefälligst jemand anderen ins Visier nehmen, wenn sie schon die schlechte Angewohnheit, ständig andere Leute beobachten und einen Kommentar abgeben zu müssen, nicht ablegen konnte.

»Woher willst du wissen, dass sie seine Frau ist?« fragte sie gereizt.

»So etwas sehe ich auf den ersten Blick. Das weißt du doch.«

Elisabeth erkannte immer alles auf den ersten Blick und stellte ihre phantasievollen Vermutungen als Tatsachen dar. Normalerweise störte sich Lydia nicht an dieser Marotte. Es gab Schlimmeres. Aber jetzt kochte sie innerlich und wäre am liebsten gegangen. Was natürlich nicht möglich war.

»Lass uns doch von etwas anderem reden. Die beiden interessieren mich ehrlich gesagt nicht besonders«, sagte sie.

Elisabeth sah sie erstaunt an. Lydia lächelte, um der Bemerkung den Stachel zu nehmen. Zum Glück gab es genug Ablenkung. Ehe Elisabeth, die sichtlich schwankte, ob sie nun beleidigt sein sollte oder nicht, etwas sagen konnte, brachte die

Kellnerin das Essen und fragte nach, ob die Damen noch etwas zu trinken bestellen wollten. Elisabeth orderte eine Apfelsaftschorle, Lydia einen sauer gespritzten Apfelwein. Ein älterer Herr in Begleitung eines jungen Mädchens kam herein und lenkte Elisabeths Aufmerksamkeit völlig ab.

»Die meisten Leute würden vermuten, dass sie seine Geliebte ist«, zischelte sie ihrer Schwiegertochter zu. »Aber das ist sie nicht. Sie ist nicht der Typ, der sich einen älteren Kavalier anlachen würde, dazu sieht sie viel zu frisch und natürlich aus. Kaum geschminkt ist sie, und ihr Kleid endet eine Handbreit über dem Knie. Bei den meisten jungen Dingern ist heutzutage ja kaum mehr der Po bedeckt. Diese junge Dame ist ein nettes, gut erzogenes Mädel, das mit seinem Opa zum Mittagessen ausgeht.« Elisabeth nahm ihr Besteck auf und lächelte Lydia an. Der Stolz über ihre scharfe Beobachtungsgabe stand ihr ins Gesicht geschrieben. »Guten Appetit! Lass es dir schmecken.«

Lydia wünschte ebenfalls guten Appetit. Der ältere Herr und das junge Mädchen wandten sich zum Gehen, da alle Tische besetzt waren. Er legte einen Arm auf ihre Hüfte. Die Geste war alles andere als großväterlich. Elisabeth hatte nichts bemerkt, denn der Kartoffel-Gemüseauflauf forderte ihre volle Konzentration. »Karotten, Sellerie, Zucchini, ein wenig Fenchel«, diagnostizierte sie. »Sehr pikant gewürzt.«

»Ja, das finde ich auch«, sagte Lydia. Nie hatte Pappe pikanter geschmeckt. Sie spürte Jens' Anwesenheit körperlich in ihrem Rücken. Er schaute zu ihr herüber, da war sie ganz sicher. Ob das wirklich seine Frau war? Nur nicht darüber nachdenken. Nur nicht umdrehen und hin schauen. Ein Teil von ihr konzentrierte sich auf Elisabeth, der andere sagte sich: es ist völlig egal, ob sie seine Frau ist und damit die Lizenz besitzt, mit ihm im Bären-Bistro zu Mittag zu essen. Er liebt mich, nicht sie, und ich liebe ihn und alles wird gut, es ist nur eine Frage der Zeit. Bei dem Gedanken, dass sie ihn eine Woche nicht sehen würde, hätte sie glatt losheulen können.

8

Es war ein paradiesisches Gefühl, einmal die Wahrheit sagen zu können: »Ich bin auf ein Glas Wein und ein Stück Käse bei Ines eingeladen.«

»Hm«, machte Nina und warf ihrer Mutter einen schrägen Blick zu. »Wenigstens kommt ein guter Film mit Cameron Diaz im Fernsehen. Sonst könnte ich mich glatt vernachlässigt fühlen.«

Das schlechte Gewissen meldete sich sofort. Nina fühlte sich einsam, was kein Wunder war, da sie fast jeden Abend allein zu Hause verbrachte. Lydia legte einen Arm um Ninas Schultern. »Wollen wir morgen essen gehen und anschließend ins Kino? Nur wir zwei? Wir machen uns einen gemütlichen Frauenabend.«

Ninas Gesicht leuchtete auf. »Au ja. Cool! Aber vielleicht hat Papa ja auch Lust, mitzugehen. Morgen ist Samstag, das müsste doch klappen.«

Bei der Aussicht, einen Abend mit Andreas zu verbringen und eitel Glück und Sonnenschein vorgeben zu müssen, sank Lydias Herz. Aber sie riss sich zusammen und lächelte ihre Tochter an. »Das ist eine super Idee. Fragst du Papa, wenn er nach Hause kommt?«

»Ja, klar«, sagte Nina. »Können wir ins ›Steakhouse‹ essen gehen? Da waren wir ewig lange nicht mehr.«

»Das ist eine tolle Idee, Papa ist bestimmt auch begeistert. Ich werde mir eine Riesenportion Chili gönnen. Und einen Salat von der Salatbar mit Croutons.«

»Ich nehme gegrillte Spareribs, Pommes und Maiskolben und Bohnen mit Speck, Salat und gegrillte Tomaten – lecker. Oder vielleicht auch was anderes, ich bin da flexibel. Papa vertilgt natürlich ein Riesensteak mit Pfeffersoße. Und zum Nachtisch ein Bananensplit. Wie immer.« Sie lachte. »Jedes Mal nimmt er sich vor, mal etwas anderes zu bestellen, aber er schafft es nie. Wetten, dass es diesmal auch nicht anders ist?«

Lydia gab ihr einen Kuss auf die Wange. »Ich wette nicht dagegen. Also mach's gut, Schätzchen. Spätestens um zehn bin ich zurück. Wenn du magst, können wir dann noch ein paar Partien Mühle spielen. Oder Mau-Mau.«

Nina grinste und rollte mit den Augen. »Oh Mann. Du brauchst kein schlechtes Gewissen zu haben, weil ich abends oft allein bin. Ich bin doch kein kleines Kind mehr. Das macht mir rein gar nix aus, ehrlich. Ich verstehe total, dass du oft zu Ines gehst. Sie ist doch deine Freundin und es geht ihr nicht gut.«

Lydia schämte sich so, dass sie am liebsten im

Boden versunken wäre. »Lieb, dass du soviel Verständnis hast«, murmelte sie, warf Nina eine Kusshand zu und eilte davon.

»Vergiss die Blumen nicht!«, rief Nina ihr nach.

Also Kommando zurück in die Küche, wo der Maiglöckchenstrauß, den sie nach dem Mittagessen mit Elisabeth besorgt hatte, in einer Vase stand. Der zarte Duft erfüllte den ganzen Raum. Sofort waren ihre Gedanken bei Jens. Sie hatte ihm vor ein paar Tagen genau so ein Sträußchen mitgebracht, weil er ihr erzählt hatte, dass Maiglöckchen seine Lieblingsblumen waren. Die Sehnsucht nach ihm meldete sich so übermächtig, dass sie am liebsten auf der Stelle nach London geflogen wäre.

Als Ines ihr die Tür öffnete, fiel Lydia sofort auf, wie gut die Freundin aussah. Sie war im ganzen etwas fülliger geworden, was ihr sehr gut stand. Ihr Gesicht war weich und gelöst, die Haare glänzten. Sie trug weiße Caprihosen, dazu ein weinrotes, ziemlich eng anliegendes T-Shirt mit V-Ausschnitt. Ein kleines Babybäuchlein zeichnete sich darunter ab.

»Du siehst super aus«, sagte sie.

Ines strahlte. »Mir geht es auch super! Und das Kompliment gebe ich dir zurück. ›Wow‹ – ist das Wort der Wahl, wenn ich dich so anschaue.«

Lydia hatte tatsächlich nie besser ausgesehen. Sie wirkte jünger und da war ein Glanz in ihren

Augen, der vorher gefehlt hatte. Sie hatte eine neue Frisur, die ihr gut stand und auch in Sachen Mode hatte sich einiges verändert. Der Sabine Christiansen-Look – Twinsets, Perlenkette, Blazer, gestreifte Hemdblusen, Schuhe von Todds – war, seit Jens in ihr Leben getreten war, modischen Tops und Jeans, Highheels und figurbetonten, dekolletierten Kleidern gewichen. Andreas musste Gurkenscheiben auf den Augen haben, dass ihm das nicht auffiel, dachte Ines, als sie Lydia jetzt ins Wohnzimmer führte. Ganz abgesehen davon, dass die Klamotten ja nur ein Symptom von vielen waren. Selbst Nina hatte keinen Verdacht geschöpft. Dass ihre Mutter sich modisch gemausert hatte, führte sie auf Ines' guten Einfluss zurück. Jeder, der Augen im Kopf hatte, fand Ines, konnte aus zwanzig Metern Entfernung erkennen, dass Lydia total verknallt im siebten Himmel schwebte. Was sie fühlte, strahlte sie mit Leib und Seele aus. Aber ihre Familie war, was das betraf, anscheinend mit Blindheit geschlagen. Gottseidank konnte man nur sagen.

Cai stand vom Sofa auf und reichte dem Gast lächelnd die Hand. »Hi. Ich bin Cai. Schön, dass wir uns kennen lernen.«

»Hallo. Ja, das finde ich auch«, sagte Lydia. Sie schüttelten sich die Hände.

Nett ist sie, dachte Cai. Nett und sympathisch, eine Frau zum Pferde stehlen. Attraktiv dazu und sexy. Wusste ihr Mann noch zu schätzen, was er an ihr hatte? Ines hatte angedeutet, dass Lydias Ehe momentan in einer Krise steckte. An einer Krise waren natürlich immer beide Partner beteiligt. Lydia war völlig verliebt und ihr inneres Strahlen war nicht zu übersehen.

Lydia hatte sich aufgrund von Ines' lustloser Beschreibung Cai Dorner als einen mausgrauen Typen mit altmodischer Brille und null Ausstrahlung vorgestellt. Aber hier stand ein attraktiver Mann mit einem umwerfend sympathischen Lächeln und einer Riesenportion Sexappeal. Ines musste Gurkenscheiben auf den Augen haben, dass sie das nicht sah. Oder sie hatte einen völlig anderen Geschmack, was Männer betraf. Von Cai ließ sich umgekehrt das gleiche behaupten. Erstaunlich, dass Ines ihn so völlig kalt ließ. Vielleicht war sie ja nicht sein Typ. Wenn er beispielsweise auf üppige Blondinen stand, war er bei Ines an der falschen Adresse. So wie sie Cai auf den ersten Blick einschätzte, war er aber nicht der Typ, der seine Gefühle aufgrund von Äußerlichkeiten verschenkte. Er hatte Herz, der Herr Kommissar. Man brauchte ihm nur in die Augen zu schauen, um das zu merken.

Ines verschwand in der Küche, um die Blumen mit Wasser zu versorgen. Cai schenkte Ines ein Glas Rotwein ein. Sie redeten gleich ungezwungen miteinander, über dies und jenes. Es kam ihr vor, als würde sie ihn schon lange kennen. Ines ließ sich Zeit. Als sie schließlich ins Wohnzimmer schlenderte, lachten Cai und Lydia gerade über eine Anekdote von Lydias Arbeit bei Schnickschnack.

Ines setzte sich neben Lydia auf das Sofa. »Ich wusste doch, dass ihr euch super verstehen würdet«, sagte sie zufrieden.

Cai lachte sie an. »Na klar, verstehen wir uns super. Du, ich komme um vor Hunger. Wann gibt es was zu futtern?«

»Sofort. Auf in die Küche, ihr Lieben.«

Cai stand auf. Seine Augen folgten Ines, die auf die Tür zusteuerte. In diesem Blick lag die Antwort auf alle Fragen, die Lydia sich im Hinblick auf seine Gefühle gestellt hatte: Cai liebte Ines. Nicht nur das – er war verrückt nach ihr. Aber er hatte sich gut in der Hand. Der Ausdruck in seinen Augen verschwand fast so schnell, wie er sich gezeigt hatte. Nach außen war es der Freund und Kumpel, der Ines jetzt in die Küche folgte, nicht der verliebte Mann, der sich danach sehnte, die Frau seiner Träume in die Arme zu nehmen. Lydia folgte den beiden. Sie war nachdenklich und ein bisschen traurig. Schade, schade, dass Ines Cais Gefühle nicht erwiderte. Warum nur musste es so oft im Leben schief laufen? Da liebte Mr. A Lady B – aber Lady B nahm ihn als Mann überhaupt nicht wahr. Lydia seufzte. Es juckte sie in den Fingern, der Freundin die Augen zu öffnen, aber das würde leider auch nichts helfen. Gefühle konnte man nun einmal nicht erzwingen.

Ines hatte den Tisch mit buntem, provenzalischem Steingutgeschirr gedeckt. In der Mitte prangte der Maiglöckchenstrauß. Sie servierte eine üppige Käseplatte, dazu Roggenbaguette, gesalzene französische Butter und zum Nachtisch Erdbeeren mit Schlagsahne. Die Stimmung war heiter und gelöst. Je länger sich Lydia mit Cai unterhielt, desto besser gefiel er ihr. Und sie ärgerte sich heimlich grün und blau. Die Harmonie zwischen ihm und Ines war so deutlich, die beiden passten so gut zusammen, dass es beinahe unheimlich war. Warum in drei Teufels Namen hatte sich Ines nicht in diesen Mann verliebt? Und spürte sie nicht, was mit ihm los war? Sie verbrachte so viel Zeit mit ihm, dass es ihr doch auffallen MUSSTE, dass er hin und weg war von ihr. Bei aller Beherrschung gab es eben doch Momente, in denen er sich verriet, und das konnte nicht anders sein, wenn er mit ihr allein war. Allein schon, wie er sie anschaute. Der Klang seiner Stimme, wenn er mit ihr redete, all das sprach Bände. Einmal berührte seine Hand versehentlich die ihre und er zuckte leicht zusammen. Ines wirkte völlig unbefangen, sie schien tatsächlich keinen blassen Schimmer von dem zu haben, was in Cai vorging, und es sah nicht aus, als hege sie andere als freundschaftliche Gefühle für ihn. Amor müsste man sein, dachte Lydia. Dann ginge die Sache klar. Ich würde mit Wonne einen Köcher voll Pfeile abschießen, die sich mit Widerhaken in Ines' Herz bohren.

Kurz vor zehn verabschiedete sich Cai mit dem Hinweis, dass er noch ein paar Akten durcharbeiten musste. Ines und Lydia machten es sich mit einem Glas Mineralwasser im Wohnzimmer bequem.

»Cai ist total nett«, sagte Lydia.

Ines lächelte. »Ja, das ist er wirklich. Ich hab ihn richtig ins Herz geschlossen.«

Lydia beobachtete sie wie ein Habicht. War da nicht ein weicher Unterton in Ines' Stimme? Ein Glanz in ihren Augen? Und dieses Lächeln, man konnte es nur als zärtlich bezeichnen. Lydia fragte sich, ob sie plötzlich unter Halluzintionen litt oder war es unter Umständen möglich, dass Ines mehr für Cai empfand, als sie zugeben wollte? Vor sich und anderen, sprich, der Person, die es am meisten anging, nämlich Cai? Lydia beschloss, sich behutsam vorzutasten, um mehr in Erfahrung zu bringen. Das Thema hatte sich kürzlich als heikel erwiesen, daher waren jetzt Raffinesse und Subtilität gefragt.

»Er ist nicht nur nett, er sieht auch verdammt gut aus. Finde ich jedenfalls.«

Ines gähnte. »Er sieht nicht übel aus. Aber wieso erwähnst du sein Aussehen? Ich finde es absolut unwichtig, wie es um die Optik eines Freundes bestellt ist. Auf die inneren Werte kommt es an, auf sonst gar nichts.«

Lydia räusperte sich. »Du hast natürlich vollkommen Recht. Allerdings ist diese Optik schwer zu übersehen.«

»Also, ich habe damit kein Problem«, warf Ines ein. »Ich achte gar nicht auf so etwas. Er könnte aussehen wie Frankenstein, das würde mir nicht auffallen.«

»Hm. Die Ähnlichkeit mit diesem Herrn ist verschwindend gering, muss ich sagen. Ich wette, Cai kommt gut an bei Frauen. Er hat doch sicher eine Freundin?«

Ines schaute sie belustigt über den Rand ihres Mineralwasserglases an. »Nein, er hat keine Freundin. Sag mal, wieso fragst du mich nach Cai aus? Hegst du etwa Absichten ihm gegenüber?«

Lydia grinste. »Hm, was würdest du sagen, wenn die Antwort ja wäre?«

Ines fing an zu lachen. »Ich würde dir kein Wort glauben. Du hast doch nur deinen Jens im Kopf.«

Was tun? Noch raffinierter und subtiler vorgehen, oder die Holzhammermethode als Wachrüttler einsetzen? Lydia hatte den Gedankengang noch nicht zu Ende verfolgt, als sie sich schon sagen hörte: »Ich hätte sowieso keine Chance. Cai hat nur Augen für dich. Er steht total auf dich.«

Stille. Ines starrte Lydia wie vom Donner gerührt an, dann verengten sich ihre Augen und ihr Gesicht verschloss sich. Lydia kämpfte das Bedürfnis nieder, unbehaglich in ihrem Sessel hin und her zu rutschen. So musste sich ein Kaninchen fühlen, das von einer Schlange fixiert wurde.

»Was willst du damit sagen?« Ines hatte sehr leise und sehr langsam gesprochen. »Sprich dich nur aus. Ich höre.«

Lydia setzte sich bolzengerade hin und holte tief Luft. Es stand zu befürchten, dass Ines die Neuigkeit nicht positiv aufnehmen würde, aber darauf konnte sie keine Rücksicht nehmen. Die Stunde der Wahrheit war gekommen. »Er ist verliebt in dich. Bis über beide Ohren. Das will ich damit sagen.«

Ines riss die Augen auf und tippte sich mit dem Finger an die Stirn. »Du spinnst ja. Nur weil DU total verknallt bist, interpretierst du deinen Gemütszustand in andere Leute hinein.«

Jetzt war der Rückzug angesagt. Ines sah aus, als hätte sie nicht übel Lust, die Mineralwasserflasche über Lydias Kopf auszuleeren.

»Hm. Vielleicht hast du Recht. Sehr gut möglich, dass ich mir da was eingebildet habe.«

»Das hast du dir hundertprozentig eingebildet.« Ines griff nach ihrem Glas. Ihre Hand zitterte leicht. »Wenn Cai verknallt in mich wäre, hätte mir das ja wohl auffallen müssen. Mit Männern kenne ich mich aus, da kannst du sicher sein. Wenn einer was von mir will, peile ich das sofort.

Wie du auf so einen Schwachsinn kommst, ist mir ein Rätsel.«

»Mir mittlerweile auch«, gab Lydia milde zurück. »Da muss die Phantasie mit mir durchgegangen sein. Ihr harmoniert sehr gut miteinander, und da hab ich aus zwei mal zwei gleich acht errechnet. So ein Unsinn. Wie man die Dinge doch fehlinterpretieren kann. Natürlich müsstest du es merken, wenn er in dich verliebt wäre. Ganz abgesehen davon, dass er es dir bestimmt längst gestanden hätte.«

Ines warf ihr einen scharfen Blick zu. War da etwa Ironie im Spiel? Aber nein. Lydia war nun mal so: ein naives Unschuldslamm, unbeleckt von jeglicher Raffinesse, das unbefangen drauflos redete und dem man daher nichts übel nehmen konnte.

Sie entspannte sich. »Unter uns gesagt, mit dem Gestehen ist das so eine Sache bei ihm. Man sollte es nicht für möglich halten, aber er stellt sich genau so merkwürdig an wie Dennis. Du erinnerst dich, ich hab dir die Story erzählt.«

Lydia nickte und stellte sämtliche Antennen auf Empfang. Jetzt wurde es interessant.

»Ich liefere dir jetzt den ultimativen Beweis, warum Cai unmöglich in mich verschossen sein kann«, fuhr Ines fort. »Und diese Information stammt von ihm selbst, wohlgemerkt. Er hat seine große Liebe gefunden, nur leider beruhen die Gefühle nicht auf Gegenseitigkeit. Jetzt wartet er darauf, dass seine Herzdame ihre Liebe für ihn entdeckt, hast du schon mal einen solchen Schwachsinn gehört? Da kann er unter Umständen so lange warten, bis er mit Krückstock und Gebiss durch die Straßen wandelt. Der Gedanke, dass es bei ihr gar keine Gefühle zu entdecken geben könnte, ist ihm noch nicht gekommen. Na ja. Ich habe nichts dazu gesagt, denn ich wollte nicht diejenige sein, die ihm seine Illusionen raubt.« Sie stieß einen tiefen Seufzer aus. »Das muss man sich mal auf der Zunge zergehen lassen. Da betet ein gestandener, attraktiver Mann, der ganz bestimmt eine Menge Erfahrung mit Frauen hat, irgendeine Tussi aus der Ferne an, die ihn wahrscheinlich gar nicht verdient hat.« Ines schüttelte missbilligend den Kopf und schenkte sich Mineralwasser nach. »Was ist bloß los mit den Männern in Herfelden? Das ist nun schon der zweite Depp in meinem Bekanntenkreis, der so drauf ist.«

Lydia hatte diesem Vortrag mit wachsender Faszination gelauscht. War sich Ines bewusst, was sie da gerade preisgegeben hatte? Nein, ganz sicher nicht. Lydia hätte am liebsten schallend losgelacht, aber sie beherrschte sich. Einen kleinen Hieb musste sie allerdings anbringen, sonst würde sie platzen.

»Wow. Wenn ich es nicht besser wüsste, könnte ich glatt vermuten, dass du eifersüchtig bist auf diese Unbekannte.«

Ines funkelte sie an. »So ein Quark. Du bist heute wirklich höchst merkwürdig drauf. Lass uns über etwas anderes reden, ehe ich anfange, mich ernsthaft zu ärgern. So interessant ist Cai Dorner nun wirklich nicht.« Sie stand auf. »Ich habe Hunger. Ich hole mir jetzt noch ein Stück Käse und ein paar Trauben. Möchtest du auch noch etwas essen?«

Lydia ließ die Gardinenpredigt völlig kalt. »Ja, gern. Ein Stück Camembert wäre nett, der ist ein Gedicht. Und vielleicht noch ein bisschen von dem Ziegenkäse? Mal schauen. Ich komme mit in die Küche.«

Später, als Lydia gegangen war, schaltete Ines den Fernseher ein. Sie arbeitete sich durch sämtliche Kanäle, aber nichts konnte ihre Aufmerksamkeit fesseln. Sie gähnte und legte eine Hand auf ihren Bauch. »Zeit zum Schlafen, Mini, was meinst du?« Sie hatte sich angewöhnt, mit ihrem Baby zu reden und kam sich dabei kein bisschen albern vor. Ihr Kind, das Teil von ihr war, verstand bestimmt jedes Wort und fing jede ihrer Gefühlsregungen auf. Mini war der Name, der sich sofort in ihr Bewusstsein gedrängt hatte. Sie wollte nicht in die gleiche Falle tappen wie eine Bekannte, die neun Monate lang ihr Baby Tobias genannt hatte. Auf die Welt brachte sie ein neunpfündiges Prachtexemplar, das nach längerem Hin und Her auf den

Namen Gesine getauft wurde. ›Mini‹ war neutral, eine Wundertüte, ein Überraschungsei. Alles war möglich und das war das Schöne daran. Sie war überzeugt, dass Mini dunkle Haare haben würde, genau wie sie, und ihr wie aus dem Gesicht geschnitten wäre. Es schien ausgeschlossen, dass er/sie auf den Vater kommen könnte, wer immer er nun sein mochte. Eine so flüchtige Begegnung konnte einfach keine Spuren in einem Kind hinterlassen, das in ihrem Körper heranwuchs. Das hatte nichts mit Logik zu tun. Aber wer sagte denn, dass sich alles im Leben nach den Gesetzen der Logik abzuspielen hatte?

Vor dem Einschlafen ließ sie noch einmal Revue passieren, was Lydia von sich gegeben hatte. So etwas Lächerliches! Als ob Cai in sie verliebt sein könnte, er sendete absolut keine Signale in dieser Hinsicht aus. Sie sah nicht den Mann in ihm und er nahm sie nicht als Frau wahr. Was ein Glücksfall war, denn es wäre verdammt schade, wenn sie die Freundschaft zu ihm beenden müsste, weil er ihr zu nahe auf den Pelz rückte. Cai war ihr ans Herz gewachsen. So wie der Bruder, den sie nie gehabt hatte. Es hatte eine Zeit gegeben, da hatte sie sich als Kind einen großen Bruder erträumt. Jetzt fiel es ihr wieder ein. Sie war zehn oder elf gewesen. Der große Bruder hieß Robert und war ihr Vertrauter in allen Lebenslagen. Er war zwanzig, so wie der Bruder ihrer Freundin Melanie, und studierte genau wie er in Hannover Tiermedizin. Soviel Ähnlichkeit hatte er mit Melanies Bruder Peter, dass er sein Zwillingsbruder hätte sein können. Ines hatte sich von ihrem Taschengeld ein dickes Heft mit festem Einband gekauft und schrieb Robert lange Briefe über alles, was sie bewegte, und es kam ihr vor, als rede sie persönlich mit ihm, während sie schrieb. Sie sah ihn sogar vor sich, als säße er ihr in einem Sessel gegenüber: Robert hatte lockige blonde Haare und warme braune Augen. Wenn er lächelte, schien für das Kind Ines die Sonne. Irgendwann wurden die Briefe, die Ines verfasste, kürzer und nichtssagender. Er antwortete ja doch nie. Was für einen Sinn hatte es also, sich alles von der Seele zu schreiben? Roberts Konturen im Sessel gegenüber verschwammen mehr und mehr, bis er aufhörte zu existieren. An ihrem zwölften Geburtstag nahm Ines Abschied von ihm. Sie wickelte ihr Briefeheft in Plastikfolie und begrub es im Wald unter einem Kastanienbaum, in dessen Schatten sie oft an Robert geschrieben hatte. Sie vermisste ihn nicht. Irgendetwas von sich selbst hatte sie zusammen mit diesem Buch begraben. Aber manchmal träumte sie von ihm; es war immer der gleiche Traum: Hand in Hand ging sie mit einem Mann an einem Strand entlang spazieren. Sie sah sein Gesicht nicht, aber sie wusste, es war Robert. Im Traum fühlte sie sich wunderbar geborgen. Solange er ihre Hand hielt, konnte ihr nichts zustoßen. Sie wusste nicht, wie lange sie so dahingegangen war, als ein Wind aufkam, der durch Roberts Kleider und Haare fuhr. Ines bekam Angst. Dies war kein normaler Wind. Er brauste und tobte und riss an Robert, während sie selbst nicht mehr spürte als eine leichte Brise. Sie klammerte sich fester an Roberts Hand. Doch der Wind war stärker als ihr Griff, er hob Robert in die Höhe und wirbelte ihn davon, als sei er ein welkes Blatt. Fassungslos und mit wild klopfendem Herzen sah sie der gen Himmel entschwindenden Gestalt nach. »Nimm mich auch mit!«, schrie sie, doch ihr Schrei verhallte ungehört. Der Wind wollte Robert, nicht sie. Das war der Moment, in dem sie jedes Mal weinend aufgewacht war. Es war schon lange her, seit sie diesen Traum zuletzt geträumt hatte. Es musste kurz nach dem Abitur gewesen sein, nach einer wilden Party, von der sie erst in den frühen Morgenstunden nach Hause gekommen war. Warum nur fiel er ihr ausgerechnet jetzt wieder ein? Sie legte eine Hand auf ihren Bauch und war im nächsten Moment eingeschlafen.

Sie träumte, dass sie mit Cai Hand in Hand am Meer entlang spazieren ging. Der weiße Sandstrand war einsam und verlassen, die Sonne schien warm auf sie herab. Eine leichte Brise kam auf und blies Cai eine Haarsträhne ins Gesicht. Ines' Herz klopfte plötzlich schneller. Der Wind jagte ihr Angst ein, denn er weckte Erinnerungen, die besser begraben blieben. Cai lächelte sie an. »Du musst dich nicht fürchten. Alles ist gut.«

Der Wind war wie eine Liebkosung. Ines schloss die Augen und streckte ihr Gesicht der Sonne entgegen. Cai beugte sich zu ihr herunter und küsste sie auf den Mund. Ihre Lippen öffneten sich unter seinen. Und dann, ohne Übergang, wie es so oft in Träumen passiert, lagen sie nackt auf dem warmen Sand und er küsste ihre Stirn, ihre Augenlider, die Wangen, ließ seine Lippen über ihren Hals zu ihren Brüsten wandern. Sie streichelte seine Haare, seinen Rücken und dachte: Wenn er jetzt aufhört, sterbe ich.

Und das war der Moment, in dem sie aufwachte. Und sich so einsam und verlassen vorkam, dass sie anfing zu weinen. Weil Cai nicht da war, sie nicht in den Armen hielt und küsste, seine Hände nicht über ihren Körper gleiten ließ.

»Oh mein Gott«, sagte sie laut in den stillen Raum hinein. »Ich bin total durchgeknallt.«

Aber sie war nicht durchgeknallt, das war ja das Schlimme. Sie war verliebt. Oder wie auch immer man diesen Zustand bezeichnen wollte. Sie hatte keine Worte dafür, denn er unterschied sich von allem, was sie je empfunden hatte. Sie sehnte sich so sehr nach Cais Körper in ihren Armen, dass es weh tat. Die Situation war entsetzlich. Sie war verliebt, zum ersten Mal im Leben, und das in einen

Mann, der ihre Gefühle nicht erwiderte. Sie hätte viel dafür gegeben, wenn das, was Lydia vorhin gesagt hatte, wahr gewesen wäre. So war die Sache einfach nur peinlich. Von wegen platonische Freundschaft. Von wegen ›großer Bruder‹. Von wegen ›ich nehme ihn als Mann gar nicht wahr‹. Der Traum hatte die Wahrheit ans Licht gebracht. Sie begehrte Cai, wünschte sich nichts mehr als eine leidenschaftliche, zärtliche Nacht. Was hieß eine Nacht. Viele Nächte. Und Tage. Sie wollte mit ihm zusammen sein. Mit ihm reden, ihn anschauen, berühren. Mit ihm spazieren gehen, das Kinderzimmer anstreichen. Das Ganze war so verrückt, dass es ihr beinahe Angst machte. Bestimmt würde die Welt morgen wieder ganz anders aussehen, hoffte sie. Vielleicht befand sie sich in einem schwangerschaftsbedingten schwachen Zustand, der mit dem Tageslicht vergessen sein würde?

Nein.

Bestimmt nicht. Was sie für Cai empfand war sehr real, und ihre Gefühle würden sich morgen nicht geändert haben, nicht übermorgen, nicht im nächsten Jahr. In ihrem ganzen Leben war sie sich nie so sicher gewesen.

Was tun?

Es gab nur einen Weg. Gleich morgen würde sie mit Cai sprechen. Plötzlich war sie sehr ruhig. Sie stand auf und ging ins Bad, putzte sich die Nase und wusch sich das Gesicht. Fremd sah sie aus im Spiegel, aber das war egal. Alles war egal.

Jens war in London. Sie hatten ausgemacht, dass er sich erst wieder melden würde, wenn er zurück war. »Nicht böse sein, Süße, aber telefonieren, besonders, wenn ein Termin den anderen jagt, ist mir ein Gräuel. Ich rufe dich an, sobald ich wieder in Herfelden bin, okay?«

Lydia war einverstanden. Was blieb ihr auch anderes übrig? Aber ein kleiner Stachel saß ihr unter der Haut. Zum erstem Mal, seit sie sich kannten, fiel ihr auf, dass er es war, der den Rahmen ihrer Beziehung festlegte. Er bestimmte, worüber gesprochen wurde und worüber nicht. Wo sie sich trafen und wann. Sie hatte seine Handynummer für Notfälle, aber er hatte von Anfang an gesagt, dass er nur in dringenden Fällen angerufen werden wollte und auch kein Freund von Kurznachrichten war. Die Festnetznummer war sowieso tabu. Sie hatte trotzdem einmal angerufen, zu einer Zeit, in der sie genau wusste, dass er nicht daheim war. Genau wie sie gehofft hatte, meldete sich seine Frau. Die helle Stimme klang sympathisch. »Oh, Entschuldigung, falsch verbunden«, hatte Lydia in den Hörer gemurmelt und aufgelegt. Ihr Herz schien vor Aufregung fast zu zerspringen. Warum hatte sie angerufen? Neugier? Worauf? Auf die Stimme einer Frau, die mit dem Mann verheiratet war, den sie liebte?

Lydia vermisste Jens, aber nicht so verzweifelt, wie sie befürchtet hatte. Viele Dinge gingen ihr durch den Kopf, an erster Stelle ihre Ehe. Der Abend im Familienkreis hatte ihr zu denken gegeben. Nina und Lydia waren allein ins Kino gegangen, in die Vorstellung um achtzehn Uhr und hatten sich anschließend mit Andreas im *Steakhouse* getroffen. »Du brauchst wirklich nicht mit ins Kino zu gehen, Papa«, hatte Nina gesagt. »Ich weiß doch, dass du Liebesfilme total langweilig findest.«

»Ich würde schon mitgehen. Wer sagt denn, dass ich Liebesfilme so langweilig finde, hm?« Er hatte seiner Tochter zugezwinkert.

Nina stellte sich auf die Zehenspitzen und drückte ihm einen Kuss auf die Wange. »Na komm, Papa. Wenn einer im Fernsehen läuft, fängst du sofort an zu gähnen. Jetzt mach dir keinen Stress. Mama und ich gehen allein hin und wir treffen uns dann im *Steakhouse*.«

»Man könnte glatt meinen, du WILLST mich nicht dabei haben«. Andreas klang ein bisschen beleidigt.

Nina lachte ihn an. »Doch! Aber nur, wenn du an den rührenden Stellen mitheulst.«

Andreas grinste und zuckte die Schultern. »Damit kann ich leider nicht dienen, Maus.«

Der Film hielt, was die Kritik versprochen hatte. Große Gefühle, Irrungen und Wirrungen, ein seelenerquickendes Happy End. Die Heldin verließ am Ende ihren Mann, der ein notorischer Fremdgänger war, wegen der großen Liebe ihres Lebens, die ihr rein zufällig im Supermarkt über den Weg gelaufen war. Nina verbrauchte ein ganzes Päckchen Tempos und war restlos begeistert. »Ich hätte mich auch für den Ben entschieden. Der hat so schöne Augen. Abgesehen davon, dass es voll fies von dem Ehemann war, sie zu betrügen«, sagte sie, während sie zum Ausgang gingen. Lydia nickte geistesabwesend.

»Was ist mit dir, Mama? Geht es dir nicht gut? Du siehst irgendwie komisch aus«, sagte Nina. »Oder hat dir der Film nicht gefallen?«

Lydia riss sich zusammen und lächelte ihre Tochter an. »Mir geht es gut, Schatz. Ich habe nur einen Bärenhunger.«

Wie konnte man seinem Kind erklären, dass der Film an Dinge gerührt hatte, die man lieber verdrängt hätte? Am liebsten wäre sie jetzt nach Hause gefahren und hätte sich ins Bett gelegt. Es musste wunderbar sein, einfach einzuschlafen, während eine gute Fee ihren Schlaf bewachte und ganz nebenbei ihren Zauberstab über ihrem Kopf schwenkte, so dass sämtliche Probleme gelöst wären, wenn sie aus dem Reich der Träume wieder auftauchte …

9

Das Abendessen im *Steakhouse* ließ sich viel besser an, als Lydia befürchtet hatte. Genau wie sie gab sich Andreas seiner Tochter zuliebe große Mühe, locker und fröhlich zu wirken. Nina hatte sich so auf diesen Abend gefreut und genoss das scheinbar unbefangene Miteinander ihrer Eltern, was die Lage sichtlich entspannte. Schon bald war es nicht mehr nötig, sich Mühe zu geben, so zu tun als ob. Alles lief von selbst. Es ist fast so wie früher, dachte Lydia, als Andreas ein zweites Glas Rotwein für sie bestellte. Als die Welt noch in Ordnung war. Eine glückliche Familie sitzt hier an diesem Fenstertisch. Niemand, der uns so zusammen sieht, uns lachen und reden hört, käme auf die Idee, dass die heile Welt dieser Familie völlig aus den Fugen geraten ist.

Sie wurde aus ihrem Gedankengang aufgeschreckt, als Andreas' Knie ihren Schenkel berührte.

»Entschuldigung«, murmelte er und zog sein Bein so abrupt zurück, als hätte er sich verbrannt.

Das tat weh. Sehr weh sogar. Sie hatten sich doch einmal geliebt, sie und Andreas. Jetzt klaffte ein Abgrund zwischen ihnen, der so tief war wie der Grand Cañon. Es konnte ihr egal sein, denn sie liebte ihn nicht mehr. Aber wenn sie ihn nicht mehr liebte, warum schmerzte es sie so, dass er dieser Berührung ausgewichen war? Warum sehnte sie sich plötzlich wie ein Kind danach, dass alles wieder gut war in ihrem Leben, wobei sie gar nicht wusste, was ›gut‹ nun eigentlich bedeutete, da sie sich bisher hartnäckig geweigert hatte, darüber nachzudenken. Als würde Andreas ahnen, was in ihr vorging, schaute er ihr direkt in die Augen. Sehr wach, sehr aufmerksam, forschend. Sein Blick ging ihr durch und durch. So viele gemeinsame Jahre hatten sie miteinander verbracht. Er war der Mann, mit dem sie hatte alt werden wollen. In diesem Augenblick war er ihr wieder sehr vertraut, gleichzeitig aber auch unendlich fremd. Welche Gefühle brachte sie diesem Mann entgegen?

»Hey ihr beiden – warum schaut ihr euch so an?«, fragte Nina. »Flirtet ihr etwa miteinander?«

Ihre helle Stimme brach den Bann. Andreas zwinkerte seiner Tochter lächelnd zu. »Hm, also, ich finde, deine Mutter sieht besonders hübsch aus heute Abend«, sagte er.

Lydia merkte, dass sie rot wurde. Wie peinlich, über ein Kompliment zu erröten, das einem der eigene Mann gemacht hatte. Noch peinlicher war die Tatsache, dass Andreas ihre Reaktion bemerkt hatte, die nun einmal nicht zu übersehen war.

Zum Glück gab er keinen Kommentar ab.

Nina strahlte ihn an. »Du siehst auch nicht übel aus, Papa. Du bist ja schon ziemlich alt, aber man sieht es dir nicht an. Nicht sehr jedenfalls, finde ich.«

»Danke«, gab Andreas zurück. »Freut mich, dass ich in deinen Augen noch kein Kandidat fürs Altenheim bin.«

Ninas Kichern war so ansteckend, dass Lydia mitkichern musste. Andreas sah von einer zur anderen und schüttelte den Kopf. »Alberne Hühner«, sagte er. Es klang so zärtlich, dass Lydia eine Gänsehaut bekam.

»Das Essen war superlecker«, sagte Nina auf der Fahrt nach Hause. »Und es war richtig schön heute Abend. Oder?«

Wie unsicher das ›oder‹ klang, dachte Lydia. Wie sehr musste Nina unter der Tiefkühlatmosphäre, die üblicherweise zwischen ihr und Andreas herrschte, leiden.

»Ja, es war wirklich ein schöner Abend«, gab sie zurück.

»Das finde ich auch«, meldete sich Andreas zu Wort.

»Wir müssen öfter mal wieder etwas zusammen unternehmen«, sagte Nina. »Du musst im Job unbedingt ein bisschen kürzer treten, Papa. Oma und Opa sagen das auch. Du wirst noch einen Herzinfarkt kriegen, wenn du dir keine Freizeit gönnst. Das musste jetzt mal gesagt werden, jawohl. Wir haben dich nämlich lieb und machen uns Gedanken um dich und deine Gesundheit.«

Lydia lächelte in sich hinein. Nina glühte regelrecht vor Eifer.

Es gab eine kleine Pause, die Andreas sicher benötigte, um seine üblichen Argumente abzurufen. Gleich würde er Nina in leicht genervtem Ton erklären, warum er unmöglich kürzer treten konnte zur Zeit. Aber zu Lydias Überraschung tat er nichts desgleichen. Er räusperte sich und sagte lammfromm: »Jawohl, Frau Doktor. Ich habe Ihren weisen Rat vernommen und werde ihn mir zu Herzen nehmen, versprochen. Ab heute verordne ich mir mehr Freizeit.«

»Das wird auch allerhöchste Zei«, kam es von Nina.

»Bitte um Entschuldigung, Frau General.«

»Du machst dich doch nicht etwa lustig über mich, Papa?«, fragte Nina streng.

»Aber nein, Schätzchen. Wie kommst du denn darauf? Ich bin gerührt, dass du dich so um mich sorgst.«

»Natürlich sorge ich mich um dich, was denkst du denn. Das tun alle, die dich lieb haben, stimmt's Mama?«

»Ja, sicher«, sagte Lydia und kam sich wie eine Heuchlerin vor.

»Du Mama?«

»Ja?«

»Da fällt mir ein, vielleicht hat Ines ja auch mal Lust, was mit uns allen gemeinsam zu unternehmen? Wenn es ihr besser geht, meine ich. Wir könnten zum Beispiel am Wochenende ins Schwimmbad gehen. Schwimmen ist sehr gut für werdende Mütter, das kam erst letztens im Fernsehen. Es entlastet den Rücken.«

Das sollte wohl ein zarter Wink sein, dass Lydia, genau wie Andreas, dem Familienleben mehr Zeit widmen sollte. Ines, mit der Lydia ja angeblich so viel Zeit verbrachte, wurde daher gleich mit integriert. Nina war gründlich, da gab es nichts. Lydia antwortete, dass sie Ines bei nächster Gelegenheit fragen würde. Das konnte sie beruhigt tun, denn sie wusste, dass Ines ablehnen würde. Sie war absolut nicht der Typ für Familienunternehmungen.

»Bestimmt?«

»Ja, bestimmt.«

Lydia hätte schwören können, dass Nina einen kleinen Seufzer der Erleichterung ausstieß.

»Übrigens«, fuhr Nina fort, »Ich habe mir überlegt, dass ich den Babysitterkurs mitmache, der bei der VHS angeboten wird. Dann könnte ich ab und zu auf Ines' Baby aufpassen. Das würde mir total Spaß machen. Ich finde Babys süß.«

»Das ist eine gute Idee, Maus. Ines freut sich sicher, wenn du ihr das Kleine ab und zu abnimmst.«

»Sag einmal, du hast dir in letzter Zeit wohl einiges überlegt, hm?«, kam es von Andreas.

»Ja, das stimmt. Ich habe über vieles nachgedacht. Manchmal muss das sein, finde ich.«

»Da hast du Recht«, antwortete Andreas. »Man muss ab und zu innehalten, sich Gedanken machen über die Dinge, die einen beschäftigen und Bilanz ziehen.«

Das waren neue Töne von ihm und sie klangen melancholisch. Nina hakte nicht nach, was Lydia überraschte. Schweigen breitete sich aus, aber es war kein unangenehmes Schweigen. Jeder hatte sich in seine Gedankenwelt zurückgezogen. Man musste kein Telepath sein, um zu merken, dass Nina Familientherapeutin spielte. Sie wollte retten, was zu retten war. Aber gab es noch etwas zu retten? Das war die Frage, die Lydia für sich klären musste und das so schnell wie möglich. Das war sie nicht nur ihrer Tochter schuldig, sondern auch ihrem Mann.

»Wollen wir noch eine Runde Mau-Mau spielen?«, fragte Nina, als Andreas in die Garage einbog.

»Von mir aus gern«, gab Lydia zurück.

Andreas sah zu ihr herüber und lächelte. »Von mir aus auch gern. Wir haben ewig lange nicht mehr gespielt.«

Sie spielten ein paar Runden Mau-Mau, dann war Schlafenszeit angesagt. Morgen denke ich über alles nach, sagte sich Lydia, als sie in dem schmalen Gästebett lag. Morgen. Ganz bestimmt. Aber heute nicht mehr. Es ist zu spät. Ich bin sehr müde und kann keinen klaren Gedanken mehr fassen. Sehnsucht nach Jens stieg in ihr auf. Ob er schon schlief, in seinem einsamen Hotelbett in London? Ob er an sie dachte, sie vermisste?

Mitten in der Nacht wachte sie auf, weil sie schrecklichen Durst hatte. Sie tappte in die Küche. Dort stand Andreas und schenkte sich ein Glas Mineralwasser ein.

»Zwei Seelen, ein Gedanke«, sagte er mit einem schläfrigen Lächeln. Er trug Boxershorts, sonst nichts. Seit wann schlief er ohne Schlafanzug? Sie nahm sich ein Glas aus dem Schrank und hielt es ihm hin. Er schenkte ihr ein. Sie tranken beide. »Das ist ein hübsches Nachthemd«, sagte er.

Sie trug ein kurzes Hemd aus hellblauer Seide mit Spaghettiträgern. Sein Blick glitt hinunter zu ihren nackten Beinen.

»Danke.« Plötzlich wünschte sie sich nichts mehr, als dass Andreas sie in die Arme nehmen und küssen würde. Idiotisch. Mehr als das, es war bizarr. Wieso sehnte sie sich nach der Berührung eines Mannes, für den sie nichts mehr empfand? Es war beinahe unheimlich, dass Andreas sich genau in diesem Moment zu ihr hinunterbeugte und sie auf den Mund küsste. Eine Sekunde war sie wie erstarrt, dann öffneten sich ihre Lippen instinktiv unter seinen. Doch der Kuss war zu Ende, ehe er richtig angefangen hatte. Andreas trat einen Schritt zurück.

»Gute Nacht. Schlaf gut«, sagte er leise. Seine Stimme klang rau.

»Schlaf du auch gut«, sagte Lydia. »Gute Nacht. Bis morgen.«

»Ja. Bis morgen.«

Sie war erleichtert, dass er sich so schnell zurückgezogen hatte. Gleichzeitig – sie musste es zugeben – war sie auch enttäuscht. Es gab nichts mehr zu sagen. Sie ging zurück ins Gästezimmer und krabbelte ins Bett. Wenn Andreas eben mehr von ihr gewollt hätte, hätte sie sich auf Sex mit ihm eingelassen? Ja. Höchstwahrscheinlich. Und höchstwahrscheinlich hätte sie es hinterher bereut. Es wäre ihr wie Verrat an Jens vorgekommen. Oder doch nicht?

Jens, Andreas. Andreas, Jens. Jens war weit fort, in London, aber er war ihr innerlich näher als Andreas, der mit ihr unter einem Dach lebte. Hellwach lag sie im Dunkeln. An Schlaf war nicht zu denken, denn ihre Gedanken und Gefühle fuhren Achterbahn. Um vier hielt sie es nicht mehr aus im Bett. Sie stand auf, duschte, putzte sich die Zähne, schlüpfte in Jeans und einen blauen Baumwollpulli. Dann schlich sie sich ins Schlafzimmer.

Andreas hatte die Vorhänge nicht zugezogen, das Fenster stand weit offen. Andreas lag auf dem Rücken ausgestreckt auf dem Bett. Er sah jung und entspannt aus in seinem Schlaf. Sie stand vor dem Bett und schaute ihn an. Eine Stimme in ihrem Hinterkopf meldete sich mit der Bemerkung, dass man ziemlich durchgeknallt sein musste, wenn man seinen Ehemann, den man nicht mehr liebte, heimlich im Schlaf beobachtete. Lydia störte sich nicht an dieser Stimme. Dazu war sie viel zu beschäftigt. Andreas seufzte, dann huschte ein Lächeln über sein Gesicht. War er etwa wach? Nein, er atmete tief und gleichmäßig. Eine Welle der Zärtlichkeit stieg in ihr auf. Ich liebe ihn immer noch, dachte sie. Ich habe mir eingeredet, dass uns nichts mehr miteinander verbindet, aber die Wahrheit sieht anders aus. Aber Jens liebe ich auch. Was soll ich nur tun? So kann es nicht weitergehen, sonst werde ich verrückt.

Auf Zehenspitzen ging sie aus dem Zimmer und schloss behutsam die Tür hinter sich. Ihr erster Impuls war, sich ins Auto zu setzen und zu Ines zu fahren, um der Freundin ihr Herz auszuschütten. Aber dazu war es viel zu früh. Vor acht konnte sie Ines unmöglich aus dem Bett holen. Hier im Haus hielt sie es allerdings nicht aus, sie hatte das Gefühl, als würde sie ersticken. Sie musste nachdenken, ganz in Ruhe, in einer anderen Umgebung. Die Wohnung in der Schillerstraße kam ihr in den

Sinn. Dort war sie allein und ungestört. Ja. Das war DIE Idee. Sofort wurde ihr leichter ums Herz. Sie schrieb einen Zettel für Nina und Andreas und legte ihn auf den Esstisch. *Guten Morgen, ihr Lieben – ich bin zu Ines frühstücken gegangen. Keine Sorge, es ist nichts passiert (falls ihr euch wundert, dass ich so früh unterwegs bin). Bis dann, Kuss und liebe Grüße, Lydia.*

Natürlich würden sich Nina und Andreas doch wundern, und zwar nicht zu knapp, denn Ausflüge in der Morgendämmerung gehörten normalerweise nicht zu Lydias Gepflogenheiten. Egal. Sollten sie sich eben wundern. Sie schnappte sich ihre Handtasche und stürzte aus dem Haus, als seien tausend Teufel hinter ihr her.

Als sie im Auto saß, kamen ihr Zweifel, ob es wirklich in Ordnung war, wenn sie sich ohne Jens, ja sogar ohne sein Wissen in seinem Apartment aufhielt. Es kam ihr vor, als würde sie zu weit in seine Privatsphäre eindringen. Aber dann sagte sie sich, dass er ihr ja einen Schlüssel gegeben und immer wieder betont hatte, dass sie sich bei ihm wie zu Hause fühlen solle. Sie sei kein Gast, sondern die Frau, die er liebte und diese Wohnung sei ihr gemeinsames Nest.

Jens … Seine zärtliche Stimme klang ihr noch im Ohr. Und dann war da Andreas. Andreas, der friedlich schlief. Den sie immer noch liebte. Der keine Ahnung hatte, dass sie ihn seit Monaten mit einem anderen Mann betrog. Er durfte es nie erfahren, es würde ihm das Herz brechen, da war sie sich ganz sicher.

Im Haus in der Schillerstraße brannte trotz der frühen Stunde in einigen Etagen bereits Licht. Automatisch suchten ihre Augen Jens' Wohnzimmerfenster, das zur Straße hinaus lag. Es war dunkel, natürlich, schließlich war er in London. Im Hausflur begegnete sie einer verschlafen aussehenden weiblichen Gestalt im Jogginganzug, die einen Dackel an der Leine führte.

»Morgen«, murmelte die Gestalt.

»Guten Morgen«, murmelte Lydia im Vorbeigehen.

Im Lift bekam sie Herzklopfen vor Aufregung. Es war total albern, dass ein Mensch, der nichts Schlimmeres plante, als sich auf ein Sofa zu setzen und in Ruhe nachzudenken, aufgeregt war, aber der Zustand war leider nicht zu leugnen. Als sie mit zitternden Händen den Schlüssel ins Schloss der Wohnungstür steckte, schüttelte sie über sich selbst den Kopf. Eins war klar: Als Einbrecherin wäre sie eine absolute Niete.

Sie ging ins Wohnzimmer, knipste das Licht an. Und erstarrte. Auf dem Couchtisch standen eine leere Champagnerflasche und zwei Gläser. Der Hauch eines blumigen Parfums lag in der Luft, nein, das war unmöglich. Sie litt unter Halluzinationen. Wie konnte es in Jens' Wohnung nach

Parfum riechen? Er war in London, verdammt nochmal! Was die Flasche und die Gläser betraf – er musste vor seinem Abflug mit jemandem Champagner getrunken haben, einer Kollegin oder Bekannten, und dann in Eile die Wohnung verlassen haben.

Noch während sie das dachte, wusste sie, dass es nicht stimmen konnte. Jens war sehr ordentlich, fast pedantisch, er würde niemals Unordnung hinterlassen, und ganz besonders nicht vor einer Reise. Lydia inspizierte die Gläser. Eines davon wies rosa Lippenstiftspuren auf. Ohne nachzudenken griff sie nach der Flasche. Ein kleiner Rest war noch darin. Sie probierte und registrierte, dass der Champagner nur leicht abgestanden schmeckte und immer noch kühl war. Es war noch nicht lange her, dass die Flasche geöffnet worden war.

Plötzlich war ihr eiskalt. Jens hatte gelogen, er war nicht in London, sondern hier, und er war nicht allein. Nein. So wollte sie nicht denken. Die Beweislast war erdrückend, aber wie hieß es doch? Im Zweifel für den Angeklagten, oh Gott.

Am liebsten hätte sie sich selbst geohrfeigt. Wie idiotisch konnte man sein? Sie brachte es tatsächlich fertig, ein Plädoyer zu halten, anstatt sich mit eigenen Augen Klarheit zu verschaffen. Das war in einer Wohnung von 60 Quadratmetern ja nun wirklich kein großer Aufwand. Auf Zehenspitzen schlich sie über den Flur zum Schlafzimmer und öffnete vorsichtig die Tür. Lydia sah sofort, dass sie sich keine Mühe hätte geben müssen, leise zu sein. Die beiden vor ihr im Bett waren viel zu sehr miteinander beschäftigt, als dass sie noch irgendetwas von ihrer Umwelt wahrnahmen. Lydia stand im Türrahmen und starrte auf die ineinander verschlungenen Körper, die sich im warmen Licht einer Salzkristallampe wanden. Sie war wie versteinert. Wie gut sie zueinander passen, dachte sie als erstes. Beide waren blond und gebräunt, mit durchtrainierten Körpern. Jung ist sie, Anfang zwanzig, seine Frau ist das sicher nicht. Die Szene spielte sich fast lautlos ab, was Lydias Gefühl der Unwirklichkeit noch verstärkte. War dieser Akt, dessen Zeugin sie war, Realität, oder war sie gefangen in einem Alptraum und wusste es nicht einmal?

Wann immer sie sich später daran erinnerte, staunte sie über sich selbst. Wenn sie jemand gefragt hätte: »Wenn du den Mann, den du liebst, in flagranti beim Sex mit einer anderen erwischen würdest, was würdest du tun?«, hätte sie geantwortet: »Ich würde einfach nur heulen. Mein Herz wäre gebrochen.« Aber jetzt, als sie Jens in den Armen der jungen Frau erblickte, stellte sie fest, dass ihr Herz keineswegs gebrochen war. Ihre Lähmung löste sich. Das Gefühl der Unwirklichkeit wurde von kaltem Zorn abgelöst. Mit aller Kraft, die sie aufbringen konnte, schlug sie die Schlafzimmertür zu. Selbst in dem Zustand, in dem sich das Paar im Bett befand, musste der Donnerhall ihnen durch Mark und Bein gegangen sein. Schön, wenn sie den Schock ihres Lebens erlitten hätten und ihnen der Spaß am Sex für die nächsten Jahre vergangen war. Aber auf soviel Glück konnte sie leider nicht hoffen. Ob Jens nachsehen würde, wer in der Wohnung war? Oder die Frau vorschicken? Lydia wartete ein paar Minuten. Niemand kam. Dann marschierte sie ins Wohnzimmer und trat absichtlich fest auf, so dass ihre Absätze laut auf dem Marmorboden klackten. Ihre Schritte mussten im Schlafzimmer zu hören sein, aber nichts rührte sich. Sie vermutete, dass Jens in diesem Moment einiges an Überzeugungsarbeit im Flüsterton zu leisten hatte. Welches Märchen tischte er der Blonden wohl auf? Dass eine aufdringliche Ehemalige sich wohl einen Nachschlüssel hatte machen lassen? Das kam doch ganz gut. Sie hörte ihn förmlich: »Wir begeben uns nicht auf das gleiche unsägliche Niveau, indem wir jetzt reagieren, geschweige denn eine Szene machen. Wir bleiben schön liegen und ignorieren diese Irre. Und gleich morgen früh, Süße, lasse ich die Schlösser auswechseln. Dann haben wir ein für alle Mal unsere Ruhe.«

Der Schlüssel lag auf dem Couchtisch. Lydia betrachtete ihn, als sähe sie ihn zum ersten Mal. Er war an einem Schlüsselring befestigt, an dem ein in Silber gefasstes Tigerauge in Form einer Kugel hing.

»Das Tigerauge bringt Skorpionen Glück«, hatte Jens lächelnd gesagt. »Ich möchte, dass du immer glücklich bist, meine Süße.«

Die Erinnerung an die Freude, die sie über sein Geschenk empfunden hatte, war bitter.

Es war höchste Zeit, zu gehen. Aber eines gab es vorher noch zu tun. Sie nahm die Champagnerflasche und die Gläser mit in den Flur und schmetterte sie vor der Schlafzimmertür auf den Boden. Sie zerschellten unter äußerst befriedigendem Geklirr in tausend Scherben.

»Hören Sie auf, Sie Irre!«, kreischte eine weibliche Stimme.

»Lassen Sie uns in Ruhe! Sonst holt Jens die Polizei!«

»Wenn er das wollte, hätte er es längst getan. Viel Spaß noch, ihr beiden«, sagte Lydia laut.

»Sie gehören hinter Gitter. Und zwar in einer Zwangsjacke!«, schrillte es zurück.

»Sei still! Das bringt doch nichts!«, kam es von Jens.

»Allerdings nicht«, gab Lydia zurück. »Ich werde deine Frau herzlich von dir grüßen, lieber Jens.«

Das schlug ein wie eine Bombe. »Lydia! warte! Lass uns doch vernünftig –«

»Du bist VERHEIRATET?«, wurde er mitten im

Satz unterbrochen. »Und SAGST mir nichts davon? Ja, wie finde ich DAS denn?«

Lydia fing an zu kichern, sie konnte nicht anders. Was für eine Szene, was für ein Dialog. Wie aus einer billigen Soap Opera.

Im Schlafzimmer war jetzt ein lautstarker Streit entbrannt. Lydia trat den Rückzug an. Immer noch kichernd zog sie die Wohnungstür hinter sich zu. Sie war am Rande der Hysterie, das spürte sie deutlich. Es war nicht normal, dass sie nicht aufhören konnte zu lachen und ihr gleichzeitig die Tränen über die Wangen liefen.

Erst als sie im Auto saß, bekam sie sich langsam wieder unter Kontrolle. Aber sie zitterte am ganzen Körper. Sie sagte sich, dass sie zitterte, weil der frühe Morgen kalt war, denn sicher konnte man nicht derartig vor Empörung zittern. Oder vielleicht doch, wenn man sich nämlich verraten fühlte? Gedemütigt? Es ist so billig, dachte sie. Widerlich, ekelerregend billig, niederträchtig und gemein. Mich so anzulügen! Eine Geschäftsreise nach London und diese Sprüche: Hach, ich werde dich ja so vermissen, meine Süße. Während er sich in Wirklichkeit in »unserem Nest« mit seinem neuesten Aufriss austobte.

Bestimmt hat er die ganze Zeit andere Frauen neben mir gehabt. Und ich dumme Kuh hatte nichts Besseres zu tun, als seinen Liebesschwüren zu glauben: »Ich bin im Grunde absolut treu. Für mich gibt es nur eine einzige Frau auf dieser Welt und das bist du. Du bist das Beste, was mir je passiert ist im Leben.« »Ich bin so glücklich, dass wir uns begegnet sind«, hatte sie zurückgegeben und ihn zärtlich geküsst. »Ich liebe dich.«

Alles, was zwischen ihnen gewesen war, hatte seinen Glanz verloren, hatte sich entpuppt als eine Geschichte von Sex und Lügen. Ihre Augen füllten sich mit Tränen. Sie schluckte sie energisch hinunter. Wenigstens hatte sie einen guten Abgang hingelegt, das war zumindest eine kleine Genugtuung, die ihr blieb. Im Zuge dieses Abgangs hatte sie sicher etliche Hausbewohner aus dem Schlaf gescheucht, aber das war egal. Sie hatte tun müssen, was sie getan hatte, sonst wäre sie geplatzt. Allmählich hörte das Zittern auf. Sie atmete tief durch und warf einen Blick auf ihre Armbanduhr. Es war kurz nach sechs. Immer noch viel zu früh, um bei Ines vorbeizuschneien. Andererseits war dies ein Notfall. Und Ines hatte mehr als einmal gesagt: »Wenn mal irgendwas sein sollte, wenn es Probleme gibt und du darüber reden willst, ich bin immer für dich da. Jederzeit, auch nachts um drei.« Allein bei dem Gedanken, dass sie eine Freundin hatte, auf die sie sich verlassen konnte, fühlte sie sich ein bisschen besser. Sie fuhr zur Tankstelle. Dort gab es morgens schon um sechs frische Brötchen. Sie kaufte auch abgepackten Putenaufschnitt, Käse, Butter, Orangensaft, Marmelade und ein Pfund Kaffee. Mit leeren Händen würde sie Ines jedenfalls nicht überfallen.

Ein Hund bellte los, kaum dass Lydia geklingelt hatte. Der Lautstärke nach zu urteilen, befand sich das Tier in unmittelbarer Nähe der Haustür, was bedeutete, dass sich auch Cai Dorner dort aufhalten musste, denn sie wusste, dass er als einziger im Haus einen Hund besaß. Und richtig, schon öffnete er die Tür, schaute sie erst ein bisschen verdutzt an, dann lächelte er. »Hi, Lydia, guten Morgen! Komm rein.« Er trat beiseite, um sie vorbeizulassen. »Du bist aber früh unterwegs heute.«

»Guten Morgen, Cai. Ja, ziemlich früh.«

Sie wirkte verloren, fand er, wie sie da mit ihrer Plastiktüte in der Hand im Flur stand. Blass war sie auch, und da war ein Ausdruck in ihren Augen, der ihm ganz und gar nicht gefiel. Irgend jemand hatte ihr wehgetan. Man musste keine Polizeiausbildung haben, um zu merken, wie sehr es ihr auf der Seele brannte.

»Du weißt nicht zufällig, ob Ines schon wach ist?«, fragte Lydia. »Nein, das weiß ich leider nicht«, gab Cai freundlich zurück. »Aber geh ruhig rauf und läute; wenn es sein muss, auch Sturm. Freunde kann man immer wecken, egal wie früh es ist.«

»Meinst du wirklich?« Sie schaute zu ihm auf, vertrauensvoll wie ein Kind.

»Aber klar«, sagte er mit warmer Stimme. »Jetzt geh schon. Ines wäre todbeleidigt, wenn sie wüsste, dass du überhaupt DENKST, du könntest stören.«

Es war Lydia nicht entgangen, wie sein Gesicht jedes Mal aufleuchtete, wenn von Ines die Rede war. Unwillkürlich musste sie lächeln, obwohl ihr weiß Gott nicht danach zumute war. Er war so verliebt und versuchte so tapfer, es sich nicht anmerken zu lassen. Jetzt fuhr er sich mit allen zehn Fingern durchs Haar und lächelte zurück. Soviel Wärme und Verständnis lagen in seinen Augen, dass Lydia am liebsten den Kopf an seine Brust geschmiegt hätte, um sich von ihm trösten zu lassen. Einstein, der der Unterhaltung mit schief gelegtem Kopf gelauscht hatte, fand es nun an der Zeit für einen kleinen Guten-Morgen-Gruß: Er setzte sich aufrecht vor Lydia hin und hob die rechte Vorderpfote.

»Er sagt dir hallo«, dolmetschte Cai.

»Hallo, Einstein«, sagte Lydia feierlich und schüttelte die dargebotene Pfote. »Du bist aber ein kluger Hund.«

»Das ist er wirklich. Er versteht jedes Wort. Ich bin sogar überzeugt, dass er Gedanken lesen kann. Um nichts in der Welt würde ich ihn hergeben. Wir beide gehören zusammen, was, alter Junge?« Er zog zärtlich an Einsteins Ohren, dann wandte er sich wieder Lydia zu. »Leider müssen wir dich jetzt verlassen. Erst drehen wir im Park unsere Morgenrunde, und dann bringe ich Einstein zu meiner Mutter, sie passt immer auf ihn auf, wenn ich Dienst habe. Grüß Ines lieb von mir, ja? Wir sind heute Abend verabredet.« Wieder ging ein Strahlen über sein Gesicht. »Wir wollen zusammen kochen. Es soll Spargel geben mit Wiener Schnitzel und neuen Kartoffeln. Und zum Nachtisch eine Erdbeercreme.«

»Mhm. Da läuft einem ja das Wasser im Mund zusammen. Natürlich grüße ich Ines von dir.«

Cai sah ihr in die Augen und wusste Bescheid. »Du weißt, was ich für Ines empfinde«. Plötzlich war er ernst. In seiner rechten Wange zuckte ein Muskel. »Dass ich sie liebe. Stehen mir meine Gefühle so deutlich ins Gesicht geschrieben?«

»Für mich schon. Aber ich habe auch genau hingeschaut, weil Ines meine beste Freundin ist. Ob es für andere Leute auch so offensichtlich ist, wage ich zu bezweifeln. Du hast dich sehr gut im Griff. Ich finde übrigens, dass ihr wunderbar zusammenpassen würdet. In meinen Augen seid ihr ein Traumpaar. Das ist nicht einfach so dahin gesagt, ich bin ehrlich davon überzeugt.«

Er lächelte. »Danke. Ich wünschte nur, Ines würde genauso denken wie du. Für sie bin ich ein guter Kumpel, mehr nicht. Leider. Aber was nicht ist, kann ja noch werden. Warum soll man sich nicht irgendwann in seinen guten Kumpel verlieben? Ich bin von Natur aus ein unbelehrbarer Optimist.«

Er mochte ein Optimist sein, aber er litt unter der Situation, das war ihm deutlich anzusehen. Kein Wunder. Es musste an die Substanz gehen, auf die Frau zu warten, die man liebte und ständig seine Gefühle unter Kontrolle halten zu müssen.

»Ich glaube ganz fest daran, dass alles gut wird mit euch beiden«, sagte sie. Das entsprach nicht ganz den Tatsachen. Sie HOFFTE auf ein Happy End. Aber Glaube und Hoffnung gingen ja bekanntlich Hand in Hand, also hatte sie nicht geschwindelt. Jedenfalls nicht direkt.

Ihre Antwort erfreute ihn sehr. Genau das hatte er hören wollen: Etwas Positives, das ihn nicht unter Druck setzte. Lydia war die einzige, die Bescheid wusste. Dennis hatte nichts gemerkt, was an ein Wunder grenzte, so wie Cai ihn diskret nach Ines ausgefragt hatte. Aber Dennis schwebte eben auf rosa Wolken, was seinen Scharfsinn trübte. Außerdem war Kommissar Dorner im Verhör geübt, Dennis hatte oft gar nicht gemerkt, dass er ausgehorcht wurde. Impulsiv drückte Cai Lydia einen Kuss auf die Wange. »Du bist sehr lieb. Ich muss leider los, sonst komme ich zu spät. Aber eins möchte ich dir noch gern sagen, was immer es ist, das dich bedrückt, lass dich nicht unterkriegen. Wenn du mit Ines darüber gesprochen hast, fühlst du dich bestimmt gleich ein bisschen besser.«

»Woher weißt du –?«

Er strich ihr zart mit einem Finger über die Wange. »Ich habe auch hingeschaut. Jemand hat dir wehgetan, das ist nicht zu übersehen.«

Sie schluckte, denn die Kehle wurde ihr eng. Wie lieb er war. Da sie Angst hatte, vor lauter Rührung in Tränen auszubrechen, nickte sie nur.

»Wird schon wieder«, sagte er, zog sie an sich und drückte sie. »Wirst sehen.«

Sie lächelte unter Tränen zu ihm auf. »Ja, bestimmt.« Mit einer energischen Handbewegung wischte sie sich die Tränen ab. »Hey, du kommst bestimmt zu spät zum Dienst und bekommst zur Strafe Handschellen verpasst, oder so.«

Er ging sofort auf sie ein. »Wenn nicht noch Fußketten dazu kommen!« Er grinste sie spitzbübisch an, dann bückte er sich und leinte Einstein an. »Das hätte ich natürlich schon vor Verlassen der Wohnung tun sollen. Wie gut, dass Ines mich nicht erwischt hat. Sie schimpft immer mit mir, wenn sie Einstein im Treppenhaus ohne Leine begegnet. Irgendwann verpasst sie uns einen Strafzettel.«

»Ciao, Cai«, sagte Lydia weich. »Ich wünsche dir einen schönen Tag. Und Einstein natürlich auch.«

Einstein leckte ihre Hand, als habe er verstanden, was sie gesagt hatte.

Als Herr und Hund gegangen waren, schien die Temperatur im Treppenhaus schlagartig etliche

Grad gefallen zu sein. Ich würde Ines mit Wonne und Entzücken einen Tritt in die richtige Richtung verpassen, dachte Lydia, während sie nach oben ging. Wie kann ein einzelner Mensch nur so stur sein?

Fünf Minuten später saß sie am Küchentisch, während Ines Frühstück machte. Sie hatte damit gerechnet, Sturm läuten zu müssen, aber Ines hatte nach dem zweiten Läuten geöffnet. Dass Lydia um diese Uhrzeit vor ihrer Wohnungstür stand, nahm sie ganz selbstverständlich hin. »Guten Morgen, meine Liebe«, hatte sie gesagt, dabei gegähnt und sich die Augen gerieben. So ungeschminkt, mit verwuschelten Haaren und in einem gestreiften Männerpyjama, der ihr um einiges zu groß war, sah sie aus wie ein junges Mädchen. »Guten Morgen. Ich hab dich geweckt …«

Ines gähnte wieder. »Nein, hast du nicht. Ich war schon wach. Unglaublich, aber wahr.« Sie grinste. »Was ist in dieser Tüte? Etwa frische Brötchen?«

»… und Kaffee und noch ein paar andere Kleinigkeiten.«

»Wahnsinn! Das nenne ich Service. Wir gehen jetzt in die Küche, du setzt dich auf deine vier Buchstaben und erzählst mir, was passiert ist – denn es ist etwas passiert, das sehe ich dir an der Nasenspitze an – und ich mache Frühstück. Abgemacht?«

Sie streckte Lydia die rechte Hand hin. Lydia schlug ein.

»Abgemacht.«

In dem vertrauten Raum zu sitzen, während Ines schweigend um sie herum werkelte, tat Lydia unendlich gut. Die Worte sprudelten nur so aus ihr heraus, als sie berichtete, was sich soeben in der Wohnung in der Schillerstraße abgespielt hatte. Ines hörte aufmerksam zu, unterbrach sie kein einziges Mal. Innerlich kochte sie, aber sie ließ sich nichts anmerken. Scheißtyp, dachte sie, mieser Scheißtyp. Ich könnte ihm die Gurgel umdrehen, dass er Lydia so verletzt hat. Ich kann mit sowas umgehen, es wäre mir wurscht gewesen, ob er lügt und es nebenher noch mit anderen treibt, weil ich ihn nie so nah an mich herangelassen hätte. Eine Affäre ist eben eine Affäre, man investiert keine ernsten Gefühle, und so wird niemandem Schaden zugefügt. Aber Lydia hatte sich verliebt, sie hatte ihm vertraut. Sie war so ein naives Unschuldslamm, die Spielregeln des routinierten Seitensprungs waren ihr fremd. Ines schenkte Kaffee ein und setzte sich.

»Ich will ihn nie wieder sehen«, sagte Lydia. »Aber in einer Kleinstadt ist das wohl nicht machbar.«

»Warum denn nicht, mit etwas Glück? Ihr seid euch vorher ja auch nie begegnet. Außerdem wird er dir sicher aus dem Weg gehen. Und mir geht er auch besser aus dem Weg, sonst könnte es sein, dass ich mich vergesse und ihm die Meinung geige nach allen Regeln der Kunst.«

Ines' Gesicht war hart, die Augen schmal.

»Du kannst ganz schön böse dreinschauen«, sagte Lydia. »Ich möchte nie Streit mit dir haben.«

Ines lächelte sie an. »Bei dir würde ich nie so dreinschauen, auch wenn wir mal Streit haben sollten.«

Lydia trank einen Schluck Kaffee, nahm ein Brötchen aus dem Korb und schnitt es auf. Plötzlich füllten sich ihre Augen mit Tränen und das Messer fiel ihr zu Boden. Ines hob es auf.

»Tut mir Leid«, sagte Lydia. »Wie ungeschickt von mir.« Sie wischte die Tränen mit dem Handrücken ab.

»Bitte kein Drama wegen eines Messers«, mahnte Ines freundlich. »Und jetzt sag der lieben Tante Ines, wo der Schuh noch drückt. Du hast dir noch lange nicht alles von der Seele geredet. Es ist Andreas, stimmt's?«

Lydia nickte. »Ja. Ich habe geglaubt, dass ich nichts mehr für ihn empfinde. Aber das stimmt nicht. Ich liebe ihn immer noch, das ist mir gestern klar geworden. Aber ich habe ihn verloren. Uns trennen Abgründe und ich habe keine Ahnung, wie ich sie überbrücken könnte. Meine Ehe kann ich in den Wind schreiben. Und ich bin selbst schuld.

Anstatt mich um unsere Partnerschaft zu kümmern, habe ich –«

Ines unterbrach sie rigoros. »Wenn du jetzt sagst, eure Ehekrise sei die gerechte Strafe für deine Affäre, schüttle ich dich durch, bis du wieder klar denken kannst«, sagte Ines.

Lydia schaute sie an. »Aber es ist doch wahr!«

»Es ist NICHT wahr. Deine Ehe hat in einer Krise gesteckt, du hast dich in einen anderen Mann verliebt. Du warst hin und her gerissen zwischen deinen Gefühlen für deinen Mann und deinen Lover. Du hast festgestellt, dass du deinen Mann immer noch liebst, alles richtig bis hierher?«

Lydia holte tief Luft. »Ja. Aber –«

»Nichts aber. Ich bin noch nicht fertig. Es ist doch so einfach. Deine Affäre ist aus und vorbei. Was hindert dich daran, eine Brücke über den Abgrund zu deinem Mann zu bauen? Er muss natürlich auch etwas tun. In eine Krise steuern immer zwei in einer Ehe, niemals einer allein.«

Lydia senkte den Blick auf ihren Teller. »Er wird das anders sehen und ich glaube nicht, dass ich ihm noch etwas bedeute. Und außerdem …« Sie schluckte.

»… denkst du, du hast nicht das Recht dazu. Weil du ihn betrogen hast.«

Lydia schaute nicht auf. »Hm. Irgendwie schon.«

Ines schnaubte. »So ein Unsinn. Absolute Treue ist unrealistisch. Was passiert ist, ist passiert. Du hast zwei Möglichkeiten: entweder, du lässt alles so laufen, wie es läuft. Ich vermute stark, dass diese Methode über kurz oder lang das Ende deiner Ehe einläutet, es sei denn, ihr findet es beide gut, nebeneinander her zu leben. Die andere Möglichkeit besteht darin, auf Andreas zuzugehen. Um ihn zu kämpfen.« Sie lächelte. »Auch wenn das vielleicht nach einem Kitschroman klingt.«

Lydia schaute sie an. »Meinst du wirklich?«

Ines lehnte sich im Küchenstuhl zurück. »Du kannst es doch zumindest versuchen. Du hast nichts zu verlieren, aber du kannst alles gewinnen. So sehe ich das zumindest.« Sie belegte eine Brötchenhälfte mit Putenschinken und biss herzhaft hinein.

»Ich muss darüber nachdenken«, sagte Lydia leise.

»Tu das. Ich geh dir noch einen Rat, dann halte ich meinen Mund. Denk nicht zu lange nach. Handle einfach nach Gefühl, aus dem Bauch heraus. Dann kann eigentlich nichts schief gehen.«

Ich höre mich an wie die Kummerkastentante vom Dienst, dachte sie. Fragen Sie Frau Ines, sie hat für jedes Problem die richtige Lösung, sogar für ihr eigenes. Es tat zwar ein bisschen weh, an die Lösung dieses Problems zu denken, aber am nächsten Tag würde der Schmerz vergessen sein. Oder am übernächsten. Spätestens.

»Dein Wort in Gottes Ohr«, meinte Lydia.

Sie sah schon ein bisschen fröhlicher aus, fand Ines. Nicht mehr so niedergeschmettert, als würde sie sich am liebsten umgehend von der nächsten Autobahnbrücke stürzen. Jetzt straffte sie die Schultern und trank einen Schluck Orangensaft. Dann sagte sie: »Ich soll dich übrigens lieb von Cai grüßen. Ich bin ihm und Einstein vorhin im Hausflur begegnet.«

Ines spürte, dass sich ihr Herzschlag beschleunigt hatte und ärgerte sich darüber. Sie hatte doch alles unter Kontrolle – wieso verdammt noch mal konnte sich dieses blöde Herz nicht anständig benehmen? Es hatte schließlich absolut keinen Grund, aus der Reihe zu tanzen.

»Danke«, sagte sie und schenkte sich Kaffee nach, wobei sie feststellen musste, dass ihre Tasse noch beinahe voll war. Das war Lydia auch aufgefallen. »Vorsicht«, bemerkte sie überflüssigerweise. »Gleich schwappt es über.«

»Passt schon«, murmelte Ines.

»Cai hat erzählt, dass ihr heute Abend zusammen kochen wollt«, fuhr Lydia fort.

Wieso brachte Lydia schon wieder Cai mit solcher Vehemenz ins Gespräch? Man sollte doch meinen, dass sie mit ihren eigenen Problemen genug ausgelastet war.

»Ja. Aber daraus wird nichts. Ich muss leider doch arbeiten.« Ihr Gesicht war plötzlich ausdruckslos und sie rutschte auf ihrem Stuhl herum, als würde sie am liebsten flüchten.

»Ach so. Das weiß er aber noch nicht, oder? Er hat jedenfalls nichts davon gesagt.«

Ines seufzte und verschränkte die Arme vor der Brust. »Nein. Es hat sich sehr plötzlich ergeben. Ich rufe ihn nachher an und sage ab.«

Sie würde ihm für immer absagen, aber das würde sie Lydia nicht auf die Nase binden. Sonst gäbe es eine längere Diskussion über Warum, Wieso und überhaupt und darauf hatte Ines keine Lust. Es würde einige Zeit dauern, bis Lydia von selbst auffiele, dass Ines keinen Kontakt mehr zu Cai hatte und dann würde sie ihr lässig sagen, dass sich das eben so ergeben hatte.

Lydia räusperte sich. »Warum bist du auf einmal so komisch?« Ines zog die Augenbrauen so weit hoch, dass sie beinahe den Haaransatz berührten. »Ich bin nicht komisch. Warum sollte ich komisch sein? DU bist komisch. Warum fängst du jetzt plötzlich von Cai an?«

»Es ging in der Hauptsache darum, dass ich dir Grüße von ihm ausrichten sollte«, gab Lydia milde zurück.

»Nochmal danke. Können wir jetzt das Thema wechseln?«

Plötzlich fühlte sie sich den Tränen gefährlich nahe.

Schuld daran waren ganz klar ihre Schwangerschaftshormone, die täglich ihre Gemütslage mächtiger beeinflussten.

»Sicher«, sagte Lydia knapp.

Ines sah den verletzten Ausdruck in ihren Augen und berührte kurz die Hand der Freundin. »Es tut mir Leid. Ich war wohl ein bisschen schroff. Es sind die Hormone. Seit ich schwanger bin, fahre ich emotional täglich Achterbahn.«

»Ist schon gut. Ich weiß noch, wie ich drauf war, als Nina unterwegs war. Eine Mimose war ein robustes Gewächs gegen mich.«

»Danke.«

»Wofür?«, fragte Lydia erstaunt.

»Dass du nicht beleidigt bist. Du hättest allen Grund dazu.«

»Ach, Quatsch.« Lydia lächelte sie an. »Bis ich beleidigt bin, braucht es schon etwas mehr.«

Impulsiv beugte sich Ines hinüber und küsste die Freundin auf die Wange. »Ich bin sehr froh, dass wir uns wieder begegnet sind nach all den Jahren.«

»Ich auch«, sagte Lydia bewegt.

Sie verabschiedete sich bald darauf. »Ich fahre raus in den Wald und gehe ein Stück spazieren. Mir ist jetzt nach Stille und frischer Luft.«

Ines umarmte sie. »Wie fühlst du dich?«

Lydia überlegte einen Moment. Dann sagte sie: »Ziemlich durcheinander, aber viel besser als vorhin. Ich muss so vieles neu ordnen, vom Verstand her und vom Gefühl. Ich war so felsenfest davon. überzeugt, dass ich Jens liebe und er mich. Aber jetzt sehe ich klar. Liebe war das sicher nicht, sonst wäre nicht alles geplatzt wie eine Seifenblase. Ich war total verknallt, völlig hin und weg. Für ihn war es wohl ein Spiel, das er oft spielt.« Sie schluckte und einen Moment sah es aus, als wolle sie anfangen zu weinen. Aber sie fing sich schnell wieder. Ihre Stimme klang nur ein bisschen zittrig, als sie sagte: »Es hat gut getan, mit dir zu reden.«

»Ruf an oder komm vorbei, wann immer dir nach Reden ist. Jederzeit. Das meine ich ernst.«

Lydia umarmte sie. »Ich weiß. Danke.«

Nachdem sich die Wohnungstür hinter Lydia geschlossen hatte, stellte sich Ines ans Fenster. Kurz darauf kam Lydia aus dem Haus und steuerte auf ihr Auto zu, das auf der gegenüberliegenden Straßenseite geparkt war. Ihr Gang war nicht so geschmeidig wie sonst, aber sie schlich auch nicht mit gesenktem Kopf und eingezogenen Schultern daher. Sie war verletzt worden, aber sie würde sich erholen, davon war Ines überzeugt. Lydia schien ihre Blicke gespürt zu haben, denn sie drehte sich um und sah zum Fenster hinauf. Ines winkte und Lydia winkte zurück. Ines wartete, bis die Freundin ins Auto gestiegen und davongefahren war, ehe sie ins Schlafzimmer ging und ihr Handy vom Nachttisch nahm.

Cai holte scharf Luft, sagte aber nichts. Ines, deren Herz so heftig klopfte, dass sie das Gefühl hatte, es könne im nächsten Moment zerspringen, redete schnell weiter: »Es hat nichts mit dir zu tun, das heißt, ich habe nichts gegen dich, falls du das glaubst. Es liegt auch nicht an deinem Verhalten. Es ist einfach so, dass ich allein sein will.« Sie verschluckte sich und musste husten. Cai wartete, bis der Hustenanfall vorüber war, dann sagte er sehr ruhig: »Ines. Was ist LOS mit dir? Warum redest du so? Warum willst du mich auf einmal nicht mehr sehen? Habe ich irgendetwas Falsches getan, oder gesagt? Habe ich dich unabsichtlich gekränkt?«

»Nein!« Sie schrie fast in den Hörer. »Ich sage doch, es hat nichts mit dir zu tun. Respektierst du jetzt bitte meine Entscheidung?«

»Und die lautet?«, fragte er. Seine Stimme klang müde.

»Das hab ich dir doch gesagt! Keine Treffen mehr, keine gegenseitigen Besuche.«

Im Hintergrund läutete ein Telefon. »Ich muss leider Schluss machen, entschuldige bitte, das Telefon klingelt und ich erwarte einen wichtigen Anruf. Können wir …«

Sie unterbrach ihn unbarmherzig. »Kein Problem, ich hab auch keine Zeit mehr. Also tschüss. Mach's gut.«

Und dann saß sie auf dem Sofa und die Tränen liefen ihr die Wangen hinunter. Ihr Herz tat so weh, als habe es jemand in Fetzen gerissen. Aber alles war besser, als sich lächerlich zu machen. Und das tat man unweigerlich über kurz oder lang, wenn man völlig hin und weg von einem Mann war, der eine andere Frau liebte.

10

Auf halbem Weg zum Parkplatz am Aubachtal merkte Lydia, dass ihr nicht mehr nach einem Spaziergang zumute war. Was auch daran liegen konnte, dass gerade diese Strecke mit Erinnerungen an frühere, glückliche Zeiten behaftet war. Als Nina noch ein Baby gewesen war, waren Andreas und sie am Wochenende oft mit Elfi und Gerd oder Susanne und Norbert im Aubachtal spazieren gegangen und anschließend in der Aubacher Mühle zum Mittagessen oder zum Kaffee einkehrt. Einem Impuls folgend, bog sie rechts in einen Feldweg ein, wendete und fuhr zurück in Richtung Innenstadt. Sie musste Andreas sehen, jetzt sofort. Er würde erstaunt sein, wenn sie in der Kanzlei auftauchte und sie konnte es kaum erwarten, sein Gesicht zu sehen. Der Besuch in der Kanzlei gewann plötzlich eine symbolische Bedeutung: er würde der Auftakt zu einem Neustart mit Andreas sein.

Vor der Bäckerei Luchs, zwei Häuser neben der Kanzlei, fand sie einen Parkplatz. Als sie durch die offene Eingangstür auf die mit Gebäck und Kuchen reich bestückte Theke lugte, rief ihr die Verkäuferin zu: »Guten Morgen, Frau Wolf! Sie verirren sich ja selten in unsere Ecke. Na ja, dafür schaut der Herr Gemahl fast jeden Tag vorbei und gönnt sich eine Rosinenschnecke oder ein Streuselteilchen.«

Lydia betrat den Laden. »Haben Sie Erdbeertörtchen da?«

Die Erdbeertörtchen aus Mürbeteig, mit einer Zwischenschicht aus Vanillepudding und mit ganzen Erdbeeren belegt, waren eine stadtbekannte Köstlichkeit.

»Da haben Sie aber Glück«, sagte die Verkäuferin. »Die habe ich eben frisch rein bekommen. Zwei Stunden später wären sie ausverkauft gewesen.«

Lydia kaufte zwei Törtchen und verabschiedete sich hastig, um dem Redefluss der Verkäuferin zu entgehen. Zum Glück hatte sie genügend Kleingeld, so dass sie nicht auf die Herausgabe von Wechselgeld mit der entsprechenden Begleitmusik in Form eines Monologes warten musste.

Es war mittlerweile kurz nach neun. Wenn Andreas keinen Termin hatte, würde er jetzt sicher gern einen Kaffee in seinem Büro trinken. Und ein Erdbeertörtchen dazu essen.

Während sie auf die Kanzlei zusteuerte, zweifelte sie nicht eine Sekunde daran, dass er Zeit für sie haben würde.

Er hatte keine.

Und war, man konnte es nicht anders sagen,

beinahe peinlich berührt, dass sie in die Kanzlei geschneit war.

»Ich habe mir gedacht, ich bringe dir Erdbeertörtchen vorbei. Die isst du doch so gern. Und es ist ja Saison«, sagte Lydia nach den Begrüßungsformalitäten, die insofern bemerkenswert waren, als dass Andreas sich zwar von seinem Drehsessel erhob, als sie hereinkam, aber keine Anstalten machte, hinter seinem antiken Mahagonischreibtisch hervor zu kommen. Sie stellte ihr Präsent auf der ledernen Schreibtischunterlage ab und kam sich sehr albern vor. Was für eine hirnrissige Idee, in der Kanzlei zu erscheinen. Wie hirnrissig, zu erwarten, dass sie willkommen sein würde, dass er sich freuen würde, sich Zeit für sie nehmen würde. So einfach und schnell ließ sich ein Abgrund nicht überbrücken. Er war schließlich auch nicht von heute auf morgen entstanden.

»Oh. Erdbeertörtchen. Das ist ja eine Überraschung. Ja, ähm. Danke.« Das klang, als habe sie ihm soeben eine Platte mit Schlangenragout überreicht. Am liebsten hätte sich sich davongezaubert, irgendwohin, wo sie allein war und ihren Tränen freien Lauf lassen konnte.

»Du scheinst dich ja unheimlich zu freuen«, sagte sie. Es hatte spöttisch klingen sollen, aber ihre Stimme hörte sich zittrig an.

»Lydia, sicher freue ich mich. Es ist nur, ich bin sehr in Eile, ich erwarte gleich eine Klientin.

Entschuldige, wenn ich mich schroff angehört habe, es war nicht so gemeint.«

Er fuhr sich mit einer Hand durchs Haar und schielte auf seine Armbanduhr. Er ist nervös, dachte sie. Innerlich tritt er von einem Bein auf das andere. Wenn er könnte, wie er wollte, würde er mich auf der Stelle verschwinden lassen. Warum?

Die Tür ging auf und eine weibliche Stimme sagte: »Guten Morgen, oh, ich sehe, du hast Besuch, Andreas, habe ich einen falschen Termin notiert? Wir waren doch verabredet?«

Lydia drehte sich um. Der erste Gedanke, der ihr durch den Kopf schoss, war: Sie hat Andreas' Allerheiligstes betreten, ohne anzuklopfen. Selbst ICH klopfe an und ich bin immerhin mit ihm verheiratet. Ihr zweiter Gedanke war: eine attraktive Frau. Ungewöhnliche Kombination, die blauen Augen zu den dunklen Haaren. Top gestylt ist sie auch. Der dritte: Andreas und sie haben etwas miteinander. Das ist so sicher wie das Amen in der Kirche. Sie verschlingt ihn mit Blicken, intimer geht es kaum mehr. Und ihm stehen die Verlegenheit und das schlechte Gewissen ins Gesicht geschrieben. Er weiß, dass ich gemerkt habe, was Sache ist.

Plötzlich fühlte sie sich so erschöpft, dass sie sich kaum mehr aufrecht halten konnte. Aber sie wäre lieber gestorben, als sich vor dieser Frau, die sie jetzt abschätzend von oben bis unten musterte, etwas anmerken zu lassen. Sollte sie doch schauen und sich heimlich darüber mokieren, wie man ungeschminkt, in Jeans und in flachen Schuhen in Andreas' Büro erscheinen konnte, während sie selbst ein azurblaues Leinenkostüm mit kurzem Rock und hochhackige Sandaletten mit Pfennigabsatz trug und sorgfältig geschminkt und frisiert war. Es musste einige Zeit in Anspruch genommen haben, die Haare so gekonnt lässig aufzustecken, und noch mehr Zeit, genau den richtigen Schmuck zu diesem Outfit zu wählen.

»Guten Morgen, Anne«, sagte Andreas. Seine Stimme klang kühl und geschäftsmäßig, aber das konnte Lydia nicht täuschen. »Nein, du hast den Termin korrekt notiert. Darf ich kurz bekannt machen? Frau Schenckenberg, meine Frau.«

Frau Schenckenberg streckte die Hand aus. Lydia registrierte die langen, dunkelrot lackierten Nägel, die schweren, goldgefassten Türkisringe. Diese Hand zu berühren wäre über ihre Kräfte gegangen.

»Oh, DAS ist deine Frau, Andreas, guten Morgen Frau Wolf! Interessant, dass wir uns einmal kennen lernen. Ich bin ja schon seit Jahren eine Klientin Ihres Mannes. Er betreut mich bestens.« Die Doppeldeutigkeit ihrer Worte war nicht zu überhören; das falsche Lächeln, der feindselige Ausdruck in den blauen Augen nicht zu übersehen. Andreas' Wangen röteten sich. Lydia sagte: »Guten Morgen. Wenn du mich entschuldigen würdest,

Andreas, ich habe es eilig.« Und ging an Frau Schenckenberg vorbei hinaus in den Korridor, immer weiter, vorbei an offenen oder geschlossenen Bürotüren, für die sie keinen Blick hatte. Irgendjemand sagte: »Hallo, Frau Wolf, nett Sie zu sehen.« Sie murmelte einen Gruß ohne zu wissen, wem sie einen guten Morgen gewünscht hatte. Sie sah Gesichter, die vage vertraut waren, kein Wunder, sie gehörten zu Menschen, die hier arbeiteten. Sie erinnerte sich nicht an die Namen, warum auch, sie waren unwichtig. Wichtig war, dass sie heil nach Hause kam, damit sie sich ein paar Stunden ausruhen konnte, sonst würde sie umkippen, hier in Andreas' Büro, vor den Augen dieser Person. Wenn sie sich ausgeruht hatte, würde es ihr viel besser gehen. Sie würde die Kraft haben, Nina eine heile Welt vorzuspielen, natürlich, darin hatte sie ja Übung. Wenn Andreas heimkam, würde sie mit ihm reden, ganz in Ruhe. Jetzt, da die Karten auf dem Tisch waren, würde er die Scheidung wollen, das war klar. Natürlich war sie einverstanden; sie würde ihm nicht im Wege stehen, dazu hatte sie kein Recht. Sie würden alles freundschaftlich regeln, schon Nina zuliebe. Morgen würde sie zum Anwalt gehen und die Scheidung einreichen, so wie Carolin es getan hatte. Carolin, die jetzt in Rom lebte und Spaß hatte mit ihren Latin Lovern. Oder Andreas würde die Scheidung einreichen, das blieb sich gleich, Frau Schenckenberg würde entzückt sein, wenn er frei wäre. Oder vielleicht war sie auch verheiratet und dachte gar nicht daran, sich Andreas' wegen von ihrem Mann zu trennen. Lydia ging immer weiter, bis sie auf der Straße stand. Es dauerte einen Moment, bis sie sich orientieren konnte und das schwarze Auto, das vor der Bäckerei Luchs stand, als ihr eigenes identifizierte. Ich müsste mal wieder durch die Waschstraße fahren, dachte sie, der Wagen sieht schmutzig aus. Als jemand ihren Arm berührte, stieß sie einen Schrei aus.

»Entschuldige bitte, ich wollte dich nicht erschrecken«, sagte Andreas. Er war blass, in seiner Wange zuckte ein Muskel. »Ich wünschte, ich hätte dir das eben ersparen können. Wir müssen miteinander reden, du und ich.«

»Ja, ich weiß«, sagte Lydia. »Aber nicht jetzt. Ich bin sehr müde. Ist das nicht merkwürdig, dass man am Morgen schon müde sein kann? Heute Abend, wenn du aus der Kanzlei kommst, besprechen wir alles. Du kannst die Scheidung sofort haben, keine Angst. Es ist alles kein Problem.« Sie fing an zu lachen.

Er sah sie besorgt an. Sie stand am Rande der Hysterie, das war unverkennbar. So durcheinander hatte er sie noch nie erlebt. Er hätte Anne, die sich unmöglich aufgeführt hatte, gerne durchgeschüttelt. Nicht, dass es etwas helfen würde, die Katze war aus dem Sack, das Kind in den Brunnen gefallen. Wie würde es weiter gehen? »Wir fahren jetzt nach Hause«, sagte er ruhig und bestimmt. »Du ruhst dich ein bisschen aus und dann reden wir miteinander.«

»ICH fahre nach Hause. DU musst arbeiten«, erklärte Lydia, immer noch lachend. »Das ist wirklich lustig, dass du das nicht weißt.«

»Ich muss nicht arbeiten. Ich habe mir soeben frei genommen. Damit wir Zeit füreinander haben.«

Lydia hörte auf zu lachen. »Ach ja? Und Frau Dingsda? Was hast du mit der gemacht? In deine Schreibtischschublade gesteckt, bis du wieder kommst?«

»Sie ist gegangen. Gibst du mir bitte deinen Autoschlüssel?« Die Wahrheit war, dass er Anne hatte stehen lassen. »Wag es nicht, ihr nachzulaufen!«, zischte sie, sobald sich die Tür hinter Lydia geschlossen hatte. »Ein starkes Stück, mich mit ihr zusammenzubringen, wo du genau weißt, wie sensibel und verletzlich ich bin. Wenn du jetzt abhaust, brauchst du dich nie mehr bei mir blicken zu lassen.«

Mit diesen Äußerungen hatte sie mehr über sich preisgegeben, als ihr lieb sein konnte. Das war keine Antwort wert. Er ging einfach aus dem Zimmer. Und wäre beinahe über seinen Freund und Kollegen Gerd Bauer gestolpert, der den Flur entlang kam. »Tu mir einen Gefallen«, sagte Andreas.

»Kümmere dich um Frau Schenckenberg, ja? Sie ist in meinem Büro.«

Gerds Augen – lang bewimpert und rehbraun – leuchteten auf. »Gerne! Aber sie ist doch deine Klientin!« Er sah Andreas' Gesicht und schaltete schnell. »Oh. Ich verstehe. Ihr habt Zoff.« Dass seit ein paar Wochen etwas zwischen Andreas und der Schenckenberg lief, pfiffen die Spatzen mittlerweile vom Dach. Dennoch war Gerd Bauer der Einzige, der Andreas offen gesagt hatte, dass er Bescheid wusste über diese Affäre.

»Eine tolle Frau. Ich beneide dich, ehrlich.«

Andreas war tatsächlich rot geworden. »Woher weißt du …?«, rutschte es aus ihm heraus, was seinen Mangel an Übung an der Affärenfront deutlich dokumentierte. Gerd, dem niemand einen Mangel an Übung vorwerfen konnte, war gerührt.

»Na ja, wenn einem eine Frau gefällt, hat man eben ein Gespür für so etwas. Sie kommt halt auch ziemlich oft hier vorbei in letzter Zeit. Und ich habe euch mal zusammen auf der Straße gesehen. Ihr habt vor dem Bären-Bistro gestanden und euch unterhalten. Sie hat dich, wie soll ich sagen, hm, ziemlich intensiv angesehen. Du nimmst mir meine Offenheit hoffentlich nicht übel?« »Nein. Jedem anderen würde ich es übel nehmen, aber dir nicht. Aber halt bloß den Mund!«

»Meine Lippen sind versiegelt.«

»Zoff ist gar kein Ausdruck. Ich lehne die weitere

Zusammenarbeit mit ihr ab«, flüsterte ihm Andreas jetzt zu und eilte davon. Gerd sah ihm erstaunt hinterher. Als nächstes rannte ihn Frau Schenckenberg, die aus Andreas' Büro kam, beinahe über den Haufen. Was ihm nicht das geringste ausmachte, denn es gab ihm die Gelegenheit, stützend den Arm um ihre Taille zu legen. Leider befreite sie sich sofort aus seinem Griff und fauchte: »Stehen Sie mir nicht im Weg herum. Ich habe es eilig.«

Er lächelte sie mit allem Charme an, den er aufbringen konnte und das war eine geballte Ladung, die gewohnheitsmäßig neun von zehn Frauen in die Knie zwang. Gerd sagte: »Schade. Sehr schade. Ich hab mir gedacht, wir trinken einen Kaffee zusammen in meinem Büro und plaudern ein bisschen.«

Frau Schenckenberg taxierte ihn in Windeseile. Er war ihr schon früher aufgefallen mit seinen hellblonden Haaren und der durchtrainierten Figur. Anfang dreißig war er, sicher nicht älter. Sie hätte Andreas gern den Hals umgedreht und dieser unscheinbaren Kuh von Ehefrau gleich dazu, aber das konnte warten. Der Blick, der sie soeben traf, war viel versprechend.

»Für einen Kaffee hätte ich vielleicht schon noch Zeit, wenn man mich nett bittet, Herr Bauer. Der Name ist doch korrekt, nicht wahr?«

»Bitte, Frau Schenckenberg, Sie würden mir damit eine Freude machen.« Er legte noch ein bisschen mehr Charme nach. »Sie haben wirklich ein ausgezeichnetes Gedächtnis. Dass Sie sich an meinen Namen erinnern, ist der Wahnsinn. So oft sind wir uns ja leider noch nicht begegnet. Eher im Vorbeigehen, wenn Sie in der Kanzlei sind. Aber ...« Er bedachte sie mit einem tiefen Blick aus lang bewimperten Augen, »... was nicht war, kann ja noch werden. Vielleicht sehen wir uns in Zukunft ja öfter?«

»Gut möglich. Ich bin fest entschlossen, den Steuerberater zu wechseln«, sagte sie.

»Wenn das so ist, müssen wir uns unbedingt unterhalten!«

Sie folgte ihm in sein Büro. Ihr Zorn auf Andreas war beinahe verraucht. Oh, verziehen war die Sache natürlich nicht, sie würde ein übles Nachspiel haben. Aber erst einmal würde sie die Kaffeestunde und einen angenehmen Plausch mit Herrn Bauer genießen.

Lydia kramte den Schlüsselbund aus ihrer Handtasche. Und ging an der Seite ihres Noch-Ehemanns zum Auto. Als Andreas ihr die Beifahrertür aufschloss, fragte sie: »Aber wieso ist diese Frau Dingsda gegangen?«

»Ich habe den Termin gecancelt«, gab Andreas zurück. Sie nickte ernst. Ganz klar, dass Frau Dingsda ging, wenn Andreas cancelte.

Die Fahrt nach Hause verlief schweigend.

Ines war den ganzen Tag lang überaus beschäftigt. Mit dem Schreiben klappte es leider nicht, denn sie konnte sich nicht konzentrieren. Ihre Gedanken hatten die fatale Neigung, in alle möglichen Richtungen abzuschweifen. Genau genommen war es nur eine Richtung, und diese Richtung war tabu. Es war ein Kraftakt, sich ständig zur Ordnung zu rufen, bis sie den Trick raus hatte: wenn sie in Bewegung blieb, konnte sie ihre Gedanken prima in Schach halten. Also erledigte sie den wöchentlichen Großeinkauf im Supermarkt, putzte ihre Wohnung und bügelte. Am Nachmittag war sie so erschöpft von all diesen Aktivitäten, dass sie sich eine Stunde auf ihr Sofa legte und tief und fest schlief. Um fünf wachte sie weinend auf. Sie hatte geträumt, dass Cai neben ihr lag und sie in den Armen hielt. Was für eine bodenlose Unverschämtheit, dachte sie, während sie sich die Tränen abwischte. Dass er es wagte, ihre Träume zu infiltrieren, wo sie doch jeden Kontakt zu ihm abgebrochen hatte. Vor ihr lag ein langer Abend, den sie allein verbringen würde. Das war super. Sie konnte ihren uralten, ausgebeulten Jogginganzug anziehen, sich schon abschminken, fernsehen bis zum Abwinken und dazu Weingummi, schwarze Oliven, Chips und Schokoladenkekse knabbern. Herrlich, einfach herrlich. Vorher musste sie aber unbedingt noch in die Stadt gehen, die Geschäfte hatten noch eine Stunde geöffnet, das musste ausgenutzt werden. Sie brauchte etwas Neues zum Anziehen, denn fast alles, was sie besaß, war ihr zu eng geworden. Außerdem war Shoppen gut für das Gemüt. Ihre Laune würde sich schlagartig bessern, sobald sie über die Läden in der Fußgängerzone hergefallen war.

Um halb sieben kehrte sie wieder in ihre Wohnung zurück, immer noch mies drauf, aber beladen mit zwei riesigen Tüten, in denen sich Umstandsjeans, Leggings, T-Shirts und weit geschnittene bunte Baumwollkleider für den Sommer befanden. Um halb acht lag sie in einer neuen Leggings und einem pinkfarbenem T-Shirt auf dem Sofa und sah fern. Der Couchtisch verschwand fast unter Bergen von Knabberzeug und Süßigkeiten. Als Alibi für gesunde Ernährung in der Schwangerschaft diente eine Banane. Im Kühlschrank stand eine Riesenflasche Cola light bereit. Es durfte ein langer Fernsehabend werden, Ines war bestens gerüstet.

Um halb neun klingelte es. Ihr Herz machte einen Satz, beruhigte sich aber sofort wieder, als sie sich sagte, dass es sicher Lydia war, die das Gespräch vom Vormittag fortsetzen wollte. Ohne durch die Gegensprechanlage nachzufragen, betätigte sie den Summer der Eingangstür und öffnete schon mal die Wohnungstür.

Vor ihr stand Cai. Einen Moment lang sahen sie sich schweigend an. Sein Gesicht wirkte so angespannt, dass er zehn Jahre älter aussah.

»Hallo. Wir müssen reden«, sagte er und schob sich an ihr vorbei in den kleinen Flur.

Sie stemmte die Hände in die Hüften und sah angriffslustig zu ihm hoch. »Wozu? Ich habe am Telefon alles gesagt, was es zu sagen gibt.«

»Mir ist nicht nach einem Wortgefecht zumute, das darfst du mir glauben. Wenn mir nicht so verdammt viel an dir läge, wäre ich nicht gekommen.«

Ines fühlte eine heiße Welle des Zorns in sich aufsteigen. »Oh, wie gnädig. Dir liegt so viel an mir, ach, vielen Dank, dass ich das erfahren durfte. Am wesentlichen geht das aber völlig vorbei. Ich möchte nicht, dass wir uns je wieder treffen. Soll ich dir das schriftlich geben?«

Er starrte sie an. »Sag mal, spinnst du? Was ist bloß auf einmal in dich gefahren? Ich erkenne dich nicht wieder.«

Sie hatte ihm weh getan, das las sie in seinen Augen. Ihr Zorn schwand so schnell, wie er gekommen war. Das Bedürfnis, seine Wange zu berühren, zu sagen: »Vergiss, was ich da eben von mir gegeben habe, halt mich einfach fest«, war beinahe übermächtig. Nur nicht nachgeben. Sie verschränkte die Arme vor der Brust. »Bringen wir es halt hinter uns. Sag, was du zu sagen hast. Aber es ändert nichts an meiner Entscheidung, damit du es weißt.«

»Du behandelst mich auf einmal, als wäre ich dein ärgster Feind«, sagte er so leise, dass sie sich anstrengen musste, um ihn zu verstehen. »Warum?«

Weil ich in dich verknallt bin, du Idiot. Weil ich das nicht will, ich will nicht verliebt sein, in niemanden, in dich am allerwenigsten, weil du eine andere liebst, aus der Ferne auch noch, meine Güte, wie idiotisch kann man sein. Ich will, dass du gehst, sofort. Weil ich für nichts garantieren kann, wenn du bleibst!

»Ines?« Wieso stand er plötzlich so dicht vor ihr, dass ihre Körper sich beinahe berührten? Sie konnte einen Hauch seines Rasierwassers riechen, vermischt mit dem Duft nach frischer Wäsche und ihm selbst.

»Ja.« Es kam heiser heraus. Es war notwendig, einen Schritt zurückzutreten. Sie war ihm zu nahe und diese Nähe brachte sie völlig durcheinander. Sie hatte Schwierigkeiten mit dem Atmen, konnte sich nicht losreißen von seinen Augen, die schwarz wirkten in seinem blassen Gesicht. Eine Minute verging, noch eine. Sie fühlte sich gefangen in einem Netz der Zeitlosigkeit, bis Cai sagte: »Was ich jetzt tun werde, ist bestimmt grundverkehrt, aber es ist mir scheißegal. Ich kann nicht anders.«

Mit einer schnellen Bewegung drückte er auf den Lichtschalter. Ines stieß unwillkürlich einen kleinen Schrei aus, als der Flur plötzlich im Halbdunkel lag und nur noch vom schwachen Schein der Stehlampe erhellt wurde, der durch die halb geöffnete Wohnzimmertür drang. Dann lag sie in Cais Armen. Er hielt sie sehr fest. »Lass mich los. Sofort. Bist du verrückt geworden?«, zischte sie.

Sie drückte beide Hände gegen seine Brust und versuchte, ihn weg zu schieben. Er hielt sie noch fester, so fest an sich gepresst, dass sie sich nicht mehr rühren konnte. Sanft berührten seine Lippen die ihren. Das war zuviel, viel zu viel, das war eine Zumutung, sie war schließlich auch nur ein Mensch. Ob sie es wollte oder nicht, es gab nichts auf der Welt, was sie jetzt lieber tun würde, als ihn zu spüren. Sie wurde weich und nachgiebig in seinen Armen und erwiderte seinen Kuss. Er seufzte leise. Sein Griff lockerte sich so weit, dass sie sich bewegen konnte. Wie von selbst legten sich ihre Arme um seine Hüften.

Nach einer Ewigkeit tauchte Ines aus einer Dimension auf, an deren Existenz sie nie geglaubt hatte, der Dimension absoluter Seligkeit. Es gab nur Cai und sie selbst und die Gefühle, die sein Mund, seine Hände, sein Körper in ihr auslösten. Es war, als sei sie ihr Leben lang unterwegs gewesen, um endlich nach Hause zu kommen.

»Davon habe ich geträumt«, wisperte er in ihr Ohr. »Dich in den Armen zu halten und zu küssen. Ich bin fast gestorben vor Sehnsucht nach dir.« Seine Lippen wanderten über ihren Hals. Sie bekam eine Gänsehaut. Vage erinnerte sie sich, dass er ja in eine andere Frau verliebt war. Aber das berührte sie nicht wirklich. Nichts, absolut nichts konnte den Zauber im Hier und Jetzt stören. Trotzdem musste sie es aussprechen.

»Sagtest du nicht, dass du deine große Liebe gefunden hast und sie heimlich aus der Ferne verehrst, weil du sicher bist, dass sie deine Gefühle noch nicht erwidert? Oder so etwas in der Art?«

»Ja, so etwas in der Art hab ich wohl gesagt. Es hat sich erledigt.« Er grinste sie an und strich ihr über das Haar. »Du bist übrigens viel zu weit weg von mir.«

»Ein paar Zentimeter Abstand ist nicht wirklich weit weg.«

»Doch. Viel zu weit. Jeder Millimeter, den du von mir entfernt bist, ist zuviel.«

Um ihn zu necken, wich sie einen Schritt zurück. »Ich komme erst wieder näher, wenn du mir sagst, wieso es sich erledigt hat.«

»Hey, bist du etwa eifersüchtig? Eifersüchtig auf dich selbst?«

»Eifersüchtig auf mich selbst? Wie soll das denn gehen. Oh…«

»Ja. Oh.« Er nahm sie in die Arme, küsste ihre Lippen, die noch das ›oh‹ formten, ihre Stirn, ihre Nasenspitze, ihr Kinn. »Muss ich noch mehr sagen?«

»Nein, nicht nötig. Gott, war ich blöd!«

Sie wollte noch mehr sagen, aber er legte einen Finger auf ihre Lippen. »Sch. Sag nichts mehr. Ich weiß es auch so. Nur nichts zerreden. Ich bin sehr glücklich.«

»Aber ich muss mich bei dir entschuldigen. Ich war abscheulich zu dir.«

Der Ausdruck in seinen Augen wärmte sie durch und durch, als er zurück gab: »Auch das hat sich erledigt. Dass du fühlst, was du fühlst, genügt mir.«

»Woher weißt du, was ich fühle?«

Er nahm ihre Hand und küsste die Innenfläche. »Du redest viel zu viel.«

In diesem Augenblick war sie wunschlos glücklich. Wenn die Welt über ihr zusammengestürzt wäre, sie hätte sich noch geborgen gefühlt in Cais Armen. Ich bin wirklich nach Hause gekommen, dachte sie, endlich. Es hat fast vierzig Jahre gedauert, aber es ist tatsächlich passiert. Was immer werden wird mit Cai und mir, ob wir zusammen bleiben oder uns irgendwann trennen, dieses Gefühl werde ich nie vergessen. Es wird mich für den Rest meines Lebens begleiten. Sie zog seinen Kopf zu sich herunter und küsste ihn.

Andreas schloss die Haustür auf. Lydia ging an ihm vorbei ins Wohnzimmer und legte sich auf das Sofa. Sie hatte nicht einmal mehr die Kraft, um ihre Jacke oder die Schuhe auszuziehen. Ihr fiel auf, dass sie ihre Handtasche immer noch umklammert hielt. Egal. Sie schloss die Augen. Als Andreas hereinkam, war sie bereits eingeschlafen. Andreas hob ihre Tasche auf, die ihren Händen entglitten war, zog ihr die Schuhe aus und deckte sie mit einer Wolldecke zu. Dann setzte er sich in den Sessel gegenüber und betrachtete seine schlafende Frau. Sie lag so still da. Und blass war sie, fast durchsichtig. Selbst ihre Lippen wirkten farblos. Er hatte eben das Gefühl gehabt, dass sie sich am Rande eines Zusammenbruchs bewegte. Wenn es ihr nicht deutlich besser ging nach dem Aufwachen, würde er Dr. Bronner, den Hausarzt, anrufen und ihn um Rat fragen. Er wünschte, Lydia und Anne wären sich nie begegnet. Er wünschte, er hätte nie etwas mit Anne angefangen. Er wünschte, er wäre nie hinter Lydia her gefahren, als sie angeblich Ines besuchte, um sie in ein großes Apartmenthaus hineingehen zu sehen. Er wünschte, er hätte nie die Dienste des Privatdetektivs in Anspruch genommen, der den Namen des Mannes herausgefunden hatte, mit dem Lydia schlief. Er wünschte, dass alles noch so wäre wie vor nicht allzu langer Zeit, als er noch nicht gearbeitet hatte wie ein Verrückter. Wie lange war das genau her? Ein Jahr, zwei Jahre? Wenn er ehrlich war, musste er sich eingestehen, dass er sein ganzes Berufsleben lang geschuftet hatte wie ein Verrückter, allerdings nie so extrem wie in den letzten Monaten. Lydia und er waren immer glücklich gewesen, jedenfalls hatte er das gedacht. Aber sie hatten sich verloren. Wie war das genau passiert, wann, warum? Mangel an Zeit, an Zuwendung, Aufmerksamkeit? War es möglich, sich wiederzufinden? Er wusste es nicht. Denn dazu gehörten immer zwei und Lydia wollte offenbar die Scheidung. Krüger war verheiratet, obwohl sein Ruf als Casanova legendär war in bestimmten Kreisen der Stadt. Ob Lydia ernsthaft glaubte, dass er sich ihretwegen scheiden lassen würde? Sein Handy klingelte. Schenckenberg ruft an, meldete das Display. Er schaltete das Handy aus. Ihm stand jetzt nicht der Sinn nach einem Telefonat mit Anne. Er würde sie später anrufen, um ihr zu sagen, dass es vorbei war zwischen ihnen. Er hatte die Sache im Grunde schon beenden wollen, kaum dass sie angefangen hatte. Sie hatte ihn zum Probetraining mit in ihr Fitnessstudio genommen, nach dem Training waren sie einen Wein trinken gegangen. So war die Affäre ins Rollen gekommen. Er seufzte und rieb sich mit der Hand das Gesicht, dann nahm er sich den *Spiegel* aus dem Korb mit Zeitschriften, der neben dem Sofa stand.

Um halb zwölf schlief Lydia immer noch, aber unruhig. Sie seufzte und drehte sich im Schlaf von einer Seite auf die andere. Sicher würde sie bald aufwachen. Andreas griff sich das Telefon und ging in die Küche, um Kaffee zu kochen und seine Mutter anzurufen. »Tust du mir einen großen Gefallen, Mama? Ohne Fragen zu stellen?«, sagte er gleich nach der Begrüßung.

Elisabeth kämpfte einen Moment gegen ihre natürliche Neugier und gewann. »Sicher. Schieß los, Junge.«

»Würdest du Nina um eins von der Schule abholen und mit nach Hause nehmen? Lydia und ich brauchen ein paar Stunden für uns allein.«

Elisabeth erklärte, dass sie das sehr gern tun würde, gar kein Problem. Andreas und Lydia sollten sich alle Zeit der Welt füreinander nehmen. »Probleme müssen angegangen werden, es hat keinen Sinn, sie unter den Teppich zu kehren, ups. Entschuldigung.« Wenn Andreas sich besser gefühlt hätte, hätte er lachen müssen. Seine Mutter war einfach unverbesserlich.

Elisabeth räusperte sich und fuhr fort: »Wann soll ich Nina heim schicken? Oder soll sie bei uns übernachten, wenn sie mag? Morgen ist ja Samstag.«

»Ja«, sagte Andreas. Mit den Gedanken war er bei Lydia. Ob sie schon aufgewacht war?

»Wir rufen heute Abend kurz an und sagen Bescheid«, meinte seine Mutter. »Tschüs, Junge. Grüß Lydia von mir.«

»Tschüss, Mama. Ja, ist gut, ja, mach ich.« Als er auflegte, überlegte er, wann er das letzte Mal einen Tag allein mit Lydia verbracht hatte. Es wollte ihm nicht einfallen.

Seine Frau saß auf dem Sofa und rieb sich die Augen, als er mit einem Kaffeebecher in der Hand ins Wohnzimmer kam.

»Hab ich lange geschlafen?«

Er sah sie prüfend an. Ihre Wangen hatten ein bisschen Farbe bekommen, ihre Augen hatten nicht mehr diesen gehetzten, gequälten Ausdruck.

»Ungefähr zwei Stunden. Fühlst du dich besser?«

Sie überlegte einen Moment. »Ja. Nein. Ich weiß nicht, doch. Ich bin ziemlich okay.«

»Möchtest du auch einen Kaffee?«

»Ja. Bitte.«

Er brachte ihr den Kaffee und setzte sich dann auf den Sessel gegenüber. Sie legte ihre kalten Hände um den Becher, um sie zu wärmen und sagte: »Du bist nervös. Du überlegst, wie du mir am besten beibringst, dass du die Scheidung willst. Du musst dir keine Gedanken machen, ich werde dir keine Schwierigkeiten machen. Und was Frau Schenckenberg betrifft, ich mache dir ganz sicher keine Vorwürfe, dazu hab ich nicht das Recht. Ich hatte auch eine Affäre. Sie ist vorbei. Wir haben uns getrennt.«

Sein Gesicht verzog sich, als ob er Schmerzen hätte. »Ja. Ich weiß von deiner Affäre. Um ehrlich zu sein, war das auch der Grund, warum ich etwas mit Anne angefangen habe. Ich wollte es dir irgendwie heimzahlen. Kindisch, ich weiß. Ich hätte es lassen sollen. Die Sache ist übrigens vorbei.«

Sie zuckte die Schultern. »Ach, ist schon gut.

Warum entschuldigst du dich, du hast keinen Grund dazu.«

Einen Moment lang sah es so aus, als ob sie weinen wollte, aber vielleicht bildete er es sich auch nur ein. Sie sprach ruhig, beinahe unbeteiligt. So redete man doch nicht, wenn einem die Tränen locker saßen.

»Wie hast du es herausgefunden?«, erkundigte sie sich.

»Privatdetektiv.«

»Ach Gott.«

»Ja. Ich bin mir regelrecht unmoralisch vorgekommen, wie ein schmieriger Typ aus einem schlechten Film. Aber ich musste es genau wissen.«

»Warum hast du nichts gesagt?«

Er zuckte die Schultern. »Was hätte das gebracht? Jeder tut, was er tun muss. Ich habe darauf gewartet, dass du es mir erzählst. Ich saß im Schmollwinkel und habe mich getröstet. Anne war übrigens mein einziger Seitensprung in all den Jahren. Ich möchte gern, dass du das weißt.«

Sie seufzte. »Ich habe nie einen anderen Mann angesehen. Bis auf das eine Mal.« Sie warf einen Blick auf ihre Armbanduhr. »Nina kommt bald heim ...«

»Nein, Mama holt sie ab und nimmt sie mit zu sich. Ich habe sie angerufen.«

»Ach so. Was hast du deiner Mutter erzählt?«

»Nur, dass wir allein miteinander reden müssen, du und ich.«

Sie nickte.

Der Dialog hatte etwas Surreales. Wie abgeklärt sie sich doch gaben, wie fremd sie miteinander umgingen. Beide schauten in ihre Kaffeetassen, als befände sich dort die Antwort auf die einzige Frage, die wirklich zählte, und die keiner von beiden zu stellen wagte: Liebst du mich noch? Wollen wir vergessen, was war, und es noch einmal miteinander versuchen?

Worüber Andreas jetzt reden wollte, war klar. Nun, sie würde es ihm leicht machen, das war sie ihm schuldig. Sie stellte ihren Becher auf dem Couchtisch ab. Ohne Andreas anzusehen, sagte sie: »Wollen wir uns zusammen einen Anwalt für die Scheidung nehmen? Das ist billiger, ich weiß es von Carolin.«

Im ersten Moment glaubte er, sich verhört zu haben. Dann kam die Explosion. »Herrgottnochmal!« brüllte er. »Scheidung ist anscheinend das einzige Thema, was du drauf hast. Ja, dann lass dich doch scheiden, wenn du das unbedingt willst. Ich werde dir nicht im Weg stehen. Ich habe gedacht, wir könnten miteinander reden, aber ich habe mich eindeutig geirrt!«

Ihr Gesicht hatte sich verschlossen, als habe jemand einen Rolladen heruntergelassen. »Du brauchst mich nicht anzuschreien. Ich gehe freiwillig. Ich gehe jetzt nach oben, um zu packen.« Ihre Stimme klang eisig. Sie stand auf. Ihre Augen waren auf ihn gerichtet, sahen aber direkt durch ihn hindurch.

Ein beinahe unerträglicher Schmerz durchzuckte seine Herzgegend. »Dann geh doch«, sagte er. »Aber ich gehe zuerst. Ich werde dir bestimmt nicht beim Packen zuschauen.«

Und schon war er aus dem Wohnzimmer gestürmt. Kurz danach donnerte die Haustür ins Schloss. Sie saß wie betäubt da. Ihr ganzes Leben lag in Scherben. Weg, nur weg. Alles hinter sich lassen, erst einmal wenigstens. Wohin? Die Finca ihrer Eltern kam ihr in den Sinn. Ein altes, liebevoll restauriertes Gemäuer in einem mallorquinischen Dorf. Von der Terrasse aus hatte man einen herrlichen Blick auf das Meer. Diese Finca mit dem großen Garten, in dem Bougainvilleen und Hibiskussträucher blühten, Orangen- und Zitronenbäume und Lavendel und Rosen, war ein kleines Paradies. Kein Wunder, dass Lydias Eltern mittlerweile den größten Teil des Jahres dort verbrachten. Lydia war schon länger nicht mehr dort gewesen. Sie und ihre Eltern standen sich nun mal nicht besonders nahe. Aber jetzt zählte das nicht. Die Finca war eine Zuflucht und ihre Eltern würden sie in Ruhe lassen.

Sie ging nach oben ins Schlafzimmer. Jeder Schritt die Treppe hinauf war mühsam, es war, als seien ihre Beine plötzlich aus Blei. In ihrem Kopf drehten sich die Gedanken. Organisation war alles. Sie musste einen Flug buchen, am besten am Flughafen. Wie kam sie zum Flughafen? Mit dem Auto. Sie würde es im Parkhaus abstellen.

Sie nahm eine große Reisetasche aus dem Schrank, stellte sie auf das Bett und packte Unterwäsche, T-Shirts und Jeans zusammen. Ein paar Sachen hatte sie mittlerweile hinüber in den Schrank im Gästezimmer geräumt, aber der Großteil ihrer Garderobe befand sich immer noch hier. Sie öffnete eine weitere Tür des Einbauschranks und sah Andreas' Anzüge, die er in der Kanzlei trug. Der unverwechselbare Geruch seiner Kleidung stieg ihr in die Nase, vermischt mit dem Aroma der Vanilleduftsäckchen, die sie einmal aus der Boutique mitgebracht hatte. Sie starrte auf die Anzugreihe. Marion fiel ihr ein, morgen hätte sie eigentlich arbeiten sollen, sie musste unbedingt noch absagen, ehe sie nach Palma flog. Sie würde sagen, dass sie krank war, und irgendwie war das auch nicht gelogen, sie fühlte sich krank. Krank vor Traurigkeit. Sie trat näher und strich über Andreas' anthrazitgrauen Lieblingsanzug. Das war ein Fehler, ein ganz großer Fehler. Die Tränen schossen ihr in die Augen. Blind tastete sie sich zum Bett. Legte sich auf den Bauch und vergrub das Gesicht in Andreas' Kissen. Auch hier sein

Duft, sein unverwechselbarer Duft, nach ihm, seinem Rasierwasser, seinen Haaren. Sie hörte erstickte Laute, die erbarmungswürdig klangen. Es dauerte eine Weile, bis sie registrierte, dass sie ihr eigenes Schluchzen hörte.

Plötzlich spürte sie eine Hand auf ihrer Schulter. Jemand setzte sich zu ihr auf das Bett. Die Hand streichelte ihr Haar. Eine Stimme sagte: »Bitte, Lydia. Geh nicht. Bitte nicht.« Andreas. Das konnte nicht sein, er war doch zornig gegangen. Er wollte sie doch nicht mehr. Aber er war da, er war zurück gekommen und hörte nicht auf, ihr über das Haar zu streicheln und über den Rücken.

»Bitte weine nicht so. Ich halte das nicht aus, es bricht mir das Herz«, murmelte er. Sie drehte sich zu ihm um.

»Ich liebe dich«, stieß sie hervor. »Immer noch.«

»Ich liebe dich auch. Warum hast du dauernd von Scheidung geredet? Das hat mich beinah durchdrehen lassen. Es tut mir Leid, dass ich eben so explodiert bin.«

Er zog sie in seine Arme. Sie legte den Kopf an seine Brust. Er holte ein Taschentuch aus der Hosentasche und reichte es ihr. Nachdem sie sich die Tränen abgewischt und die Nase geputzt hatte, sagte sie: »Ich dachte, du willst die Scheidung. Weil dir nichts mehr an mir liegt.«

»Rutsch rüber.«

Gehorsam machte sie Platz. Er legte sich neben

sie. Bauch an Bauch, Brust an Brust lagen sie da, eng umschlungen.

»Mir liegt alles an dir. Auch wenn ich es nicht mehr gezeigt habe. Ich will dich nicht verlieren, auf keinen Fall. Wohin wolltest du verschwinden? Zu Ines?«

»Nein. Nach Mallorca.«

»Zu deinen Eltern.« Es klang erstaunt.

»Um ehrlich zu sein, hatte ich mehr Sehnsucht nach der Finca. Dem Garten. Dem Meer. Findest du das sehr schlimm?«

»Nein. Warum? Gefühle kann man nicht erzwingen.«

Sie lächelte ihn ein bisschen traurig an und strich ihm mit einem Finger über die Wange. »Das stimmt.«

»Aber Gefühle allein sind auch kein Patentrezept für eine glückliche Ehe.« Er grinste schwach. »Oh Gott. Ich höre mich an wie ein Briefkastenonkel.«

Eine Weile lagen sie schweigend da. Dann sagte Andreas: »Ich werde dich jetzt etwas fragen. Du antwortest ehrlich, mit ja oder nein.«

»Okay.«

Er fragte. Sie sah ihn ungläubig an. »Ist das dein Ernst?«

»Sicher ist es mein Ernst. Sehe ich so aus, als ob ich Witze machen würde?«

Sie sah ihn an. »Nein. So siehst du tatsächlich nicht aus.«

Ines wurde durch das Klingeln des Telefons geweckt. Sie steckte die Finger in die Ohren und schmiegte sich fester an Cais Rücken. »Telefon«, murmelte er. »Soll ich rangehen? Vielleicht ist etwas passiert?«

Mit einem Schlag war Ines hellwach. Bestimmt war Lydia dran! Sie knipste das Licht an und ging ins Wohnzimmer. Lydia war tatsächlich am Telefon. »Ines, hi! Habe ich dich etwa geweckt?«

»Lydia! Hallo! Ich habe ein ganz schlechtes Gewissen. Ich wollte dich noch anrufen, aber hm, also ich bin tatsächlich eingeschlafen. Wie geht es dir?«

»Du wirst es nicht glauben, aber es geht mir gut. Ich bin mit Andreas auf Mallorca in einem kleinen, feinen Hotel mitten in der Altstadt von Palma.«

Cai war aufgetaucht. Er stand im Türrahmen und sah Ines besorgt an. »Ist es Lydia? Wie geht es ihr?« fragte er.

Ines lächelte ihn an und machte das Victory-Zeichen. »Ja, es ist Lydia. Es scheint ihr sehr gut zu gehen.«

»Mit wem redest du da?«, wollte Lydia wissen.

Cai wanderte wieder davon. Ines sah seinem breiten, nackten Rücken hinterher. Es war ein Rücken, der zum Sich-Anschmiegen und Küssen wie geschaffen war.

»Mit Cai«, gab Ines zurück.

Es gab eine kleine Pause, dann fragte Lydia: »Cai ist bei dir und du HAST GESCHLAFEN?«

»Genau.« Es kostete Ines einige Mühe, ernst zu bleiben, aber sie schaffte es.

»Oh. Ich verstehe. OH! Ich freue mich ja so für euch, das ist so wunderschön, ihr passt so gut zusammen.«

»LYDIA! Hörst du jetzt BITTE auf! Du schreist so in deiner Begeisterung, mir platzt gleich das Trommelfell.«

»Entschuldige. Ich höre ja schon auf. Hach, ich habe ja gewusst, dass du völlig hin und weg bist von ihm und es nur nicht zugeben wolltest.«

»Dann hast du mehr gewusst als ich. Aber wir waren bei dir und Andreas. Cai und ich sind im Moment völlig unwichtig. Ich platze fast vor Neugier. Was ist passiert?«

Lydia wurde ernst. »Eine ganze Menge. Ich erzähle dir alles, sobald ich zurück bin. Nur das Wichtigste in aller Kürze: Andreas hat alles stehen und liegen gelassen, um mit mir nach Mallorca zu fliegen. Damit wir Zeit füreinander haben und in Ruhe besprechen können, wie es weitergeht mit unserer Ehe und –«

Plötzlich war die Verbindung weg. Ines versuchte, zurückzurufen, hatte aber keinen Erfolg. Lydia und Andreas auf Mallorca – das war eine Sensation und sie hätte zu gern auf der Stelle gewusst, wie es nach allem was passiert war, zu dieser Blitzreise gekommen war. Na ja, ein bisschen musste sie sich noch gedulden. Sie öffnete ein Fenster, sah hinauf in den sternenklaren Nachthimmel und konzentrierte ihre Gedanken auf Lydia und Andreas. »Ich wünsche euch von ganzem Herzen, dass ihr alle Probleme aus dem Weg räumen könnt und für den Rest eures Lebens glücklich miteinander seid«, sagte sie laut.

Sie lehnte sich aus dem Fenster, um ein größeres Stück vom Himmel sehen zu können. Wie hell die Sterne leuchteten und sie logen nicht, wie zumindest in bestimmten Kreisen behauptet wurde. Plötzlich musste sie unbedingt wissen, was die Sterne aus Madame Zodiacs Sicht an diesem bedeutsamen Tag, der schon vergangen war, für Lydia und sie bereitgehalten hatten. Sie schloss das Fenster und schnappte sich die Zeitung.

Der Weg des Herzens tut sich auf für alle Skorpione, die offen sind und den Mut besitzen, sich darauf einzulassen. Was Sie heute säen, werden Sie auch ernten! Also, mitten hinein, Sie werden es nicht bereuen!

Lächelnd legte Ines die Zeitung zurück auf den Tisch. Lächelnd ging sie zurück ins Schlafzimmer und krabbelte in ihr Bett. Sie lächelte immer noch, als Cai seine Arme um sie legte und sie leicht auf die Lippen küsste. Sie kuschelte sich an ihn und schlief lächelnd ein.

Im Weltbild Verlag ist außerdem erschienen:

Barbara Wood

Lockruf der Vergangenheit

224 Seiten, Format 13,0 x 19,0 cm

Best.-Nr. 232 339

ISBN 3-8289-7432-5

8,95 Euro

Seit ihrer Kindheit hatte Leyla Pemberton den Landsitz ihrer Familie nicht mehr gesehen, denn nach einem schrecklichen Erlebnis war sie mit ihrer Mutter nach London gezogen. Doch mit unwiderstehlicher Kraft zieht es die junge Lady zurück zu diesem Landsitz und zu ihrer Vergangenheit, an die sie sich nicht mehr erinnern kann. Lastet auf der Familie wirklich ein Fluch, wie die Leute behaupten? Warum waren ihre Vettern nicht verheiratet? Muss sie wirklich einem Leben ohne einen liebenden Mann und ohne Kinder entgegensehen? Mutig kämpft Leyla Pemberton um ihre Erinnerungen und stößt dabei auf ein schreckliches Geheimnis …

Im Weltbild Verlag ist außerdem erschienen:

Katryn Berlinger

Das Schokoladenmädchen

442 Seiten, Format 13,0 x 19,0 cm

Best.-Nr. 232 354

ISBN 3-8289-7375-2

9,95 Euro

1896: Die 18jährige Waise Madelaine fängt in Hamburg bei dem schweizer Zuckerbäcker Urs Sprüngli ein neues Leben an und lässt sich in seiner Backstube in die Geheimnisse der Backkunst einweihen. Schon bald ist sie eine wahre Meisterin ihres Fachs und sie eröffnet zusammen mit Urs Sprüngli in Riga eine eigene Konditorei. Madelaines köstliche Schokoladenkreationen verzaubern nicht nur die gesamte Rigaer Gesellschaft, sondern auch den charmanten Grafen András Mazary. Madelaine ist fasziniert von dem ungarischen Grafen und findet in ihm endlich die Erfüllung ihrer Sehnsüchte und Träume. Doch der Graf ist bereits einer anderen versprochen …